あんの信じるもの

お勝手のあん

柴田よしき

時代小説文庫

角川春樹事務所

目次

あんの信じるもの

お勝手のあん

一　新しい紅屋と新しい小僧さん

年が明け、安政四年になった。

三が日はおいとさんと深川で過ごしたが、四日の朝、やすは品川へと向かうことになった。

おいとさんとの別れは辛かった。たったふた月のことだったけれど、やすにとって深川はもう、見知らぬお江戸ではなく、品川に次ぐ故郷になっていた。と言っても毎日煮売惣菜を懸命に作っていただけで、お江戸見物はおろか、深川見物もしたことはなかったのだけれど。

四日の朝には、おそめさんとおゆきちゃん、それに末吉さんまで顔を揃えて、やすを見送ってくれた。

おいとさんは涙を見せるのが嫌だからと、じゃあね、たまには文でも書いておくれよ、とだけ言って、戸口の外には出て来なかった。店の前でみんなに手を振られ、やすは何度も何度も頭を下げてから歩き出した。涙が頬を伝っていたけれど、前を向いて歩き始めるとすぐに涙は乾いて、品川に帰れる喜びが胸の底から湧き上がって来た。

恐ろしい颶風と高潮の爪痕は、まだ江戸の町にも深く残っていた。普請が済んで真新しくなった長屋や屋敷に挟まるようにして、壊れたままの家々が残されている。大工の手間賃や木材の価格は大変な値上がりをしているらしい。貯えのない者は、壊れた家を直すこともできずに江戸を離れるしかない。その一方で、出て行く者と同じくらいの人々が毎日江戸にやって来る。

東海道に入ると行き来する人の数の多さに驚かされた。あの高潮で亡くなった人はどのくらいいるのだろう。江戸だけでも相当な数の人が潮に呑まれ、芝の大火でも炎に呑まれて未だ亡骸さえ見つからない人は数多くいるらしい。

それでも人々は、前に向かって生きるしかない。どこかに向かい、どこからか来て。

やすもまた、新しい生活に向かって歩いた。

紅屋は、甦っていた。

見かけはそう変わっていない。馴染みのある姿を再現するように計らわれているのだろう。紅色の幟が睦月の冷たい色の空に翻って美しい。

玄関の前に番頭さんの姿が見えた。若い男衆と共に法被を着込み、新年の挨拶を口にしながら通り過ぎる人たちに頭を下げている。八王子での怪我はもうすっかりいいようで、頭にも布などは巻いていなかった。一度、無事に品川に戻ったと文が届いていたが、元気な姿が見られてやすは嬉しかった。けれど番頭さんに見つからないよう、やすは裏にまわった。

　裏にまわってみて驚いた。裏口がとても立派になっている。以前よりも少し裏庭が狭くなったように感じるのは、台所が大きくなっているということなのだろうか。

　やすはそっと、勝手口の戸を開いた。中には誰もいない。

踏み込んで、やすは思わず、わあ、と歓声をあげてしまった。

　これが紅屋の新しいお勝手！　まるで、以前に入ったことのある、百足屋のお勝手のようだった。

　竈が三つも並んでいる。包丁をつかう板台も以前の倍ほども大きい。真新しい檜の香りがする。

　鍋や釜は売り物のようにきちんと並べられていて、味噌の樽や醤油の瓶も、壁側に勢ぞろいしていた。以前は場所がなかったので、まとめて置くことはできなかった。

　壁際に新しく作りつけられた棚には砂糖やら何やらの壺が並び、その下、棚板のふちには曲げた釘が丁寧に打たれていて、大小様々な柄杓や木べらなどが吊り下げられている。どの道具にも小さな穴が開けられていて、そこに麻紐が通してあり、釘に引っ掛けて整理することができるように工夫してあった。

やすはそれらの道具を一つずつ手に取り、眺めた。あの高潮の時、上等なものは蔵に避難させたけれど、普段使いの道具はみんな潮にさらわれてしまった。これらを買い揃えるだけでも、けっこうな物入りだっただろう。

やすの頬を涙が伝った。

壊れた建物を普請するだけでも、大旦那さまはひと財産つかってしまわれたに違いない。木材の値上がりはひどく、大工の手間賃も上がり放題だと深川でも噂になっていた。そんな大変な最中にも、台所の道具一つずつまでこんなに大切に、丁寧に揃えていただいた。大旦那さまがいかに料理を大切に思い、政さんを信頼していらっしゃるか、それがやすの胸に染みた。

「おやす！」

懐かしい声に顔を上げると、政さんがそこにいた。

「もう帰って来たのか」

「へえ！」

やすは思わず、政さんに飛びついた。

「帰って来ました！」

「七草が終わってからで良かったのに」

政さんは、やすの頭をぐりぐりと掌で摑んで優しく揺すった。

「おやすはせっかちだなあ。せっかくの江戸暮らしだ、もっとゆっくりしてくればいいのに。深川見物はしたのかい。七福神のお参りや八幡さまに初詣は済ませたかい」

「ふた月もゆっくりさせていただきました。紅屋がお商売を始めたのに、のんびり深川見物なんてしていられません。八幡さまにはおいとさんとお参りに行きました。七福神はまたいつか参ります。それより、このお勝手、すごいですね！」

「大旦那様が、いい機会だからと思い切って広げてくだすったんだ。これまではおやすと平さんと俺が並んで立つと互いの腕がぶつかっちまったが、これからは思い切り腕を伸ばして仕事ができるぞ」

「へい！　お道具も新しくなっています」

「普段使いのもんはみんな潮に持ってかれちまったからなあ。手に馴染んだ道具の方が使いやすいが仕方ない。まあこれからじっくり、鍋も釜も鍛えていい道具に育てていこう」

「へえ。あの、平蔵さんは」

「仕入れに出てる。今年からはある程度、平さんに仕入れを任せてみようと思ってな。昨年ずっと俺にくっついて仕入れを学んだから、平さんもこつは摑めてるだろう。平さんにはひと月を通しての算盤もやってもらう。毎月、仕入れにどのくらい費用がかかるのか、季節によってどう違うのか、番頭さんと一緒に紅屋の利益のことも考える仕事だ。料理の腕の方は平さんはもう、充分に板長が務まるだけのものを持ってる。これからは、金勘定も頭に入れねえと料理人として一人前にはなれねえからな。その分、おやす、料理の方はおまえさんの役割が大きくなる。心してかかってくれよ」

「へい」

「それと、これはちょっと残念なんだが。おまきが里に帰ることになった」

「えっ」

やすは驚いて、悲しくなった。おまきさんは野菜のことを誰よりよく知っている。野菜の下ごしらえをさせれば右に出る者などいない。

「そんな顔するな。俺たちにとっては残念な話だが、おまきにとってはめでたい話だ。紅屋の普請が終わるまで、おまきは里の小金牧に帰っていたんだが、その間に地主の息子に見初められたらしい。後添えだが、とてもいい縁談だそうだ。来月に祝言とかで、若旦那はお祝いにかけつけると言ってらっしゃるよ」

「それは、おめでたいお話ですね」

「うん。おまきは早くにふた親に死に別れて、親戚の家で大きくなり、十三の頃から奉公に出た。あんなに明るい女だが、それなりに苦労はしている。幸せになってくれればいいと思う」

「へえ」

「まあそんなわけで、野菜のこともこれからはおまえさんの仕事だ」

「へい」

「やることが増えて大変だな。そのかわり、高潮騒ぎになる前に進んでいた話がやっと決まった」

「進んでいた、お話？」

「お勝手に小僧を入れてもらう話だよ、忘れてたのかい」

「あっ」

やすは思い出した。勘平の代わりに男の子を一人、お勝手に入れてもらう話が出ていると確かに聞いていた。

「今日から来ることになってるんで、もうすぐ顔が見られるぞ。歳は十と聞いてる。

十ならある程度は使えるだろうが、おまえさんもよくわかってる通り、男の子ってのは女の子に比べて幼いからなあ。まあ勘平ほど厄介じゃないとは思うが」

　政さんは笑った。

「その子の世話もおやすの仕事になっちまうが、任せていいかい」

「へい。おまかせください」

「悪いな。二階へ上がってごらん、奉公人の寝床も随分変わったぞ。部屋の襖に名前の書いた紙が貼ってある。おやすの部屋もあるんだが、その子は少しの間、おまえさんの部屋に置いてやってくれるかい。十一になったら女と同部屋にはできねえから、ここの暮らしに慣れたら男衆の部屋に移すが、慣れるまではおやすのそばにいる方がその子も安心できるだろう」

「わ、わたしの部屋もあるんですか！」

「もちろんあるよ。おやす、おまえさんはもう下女でも見習いでもないんだぜ。身分は女中だが、仕事は立派に料理人だ。ちゃんとひと部屋、もらってある。まあ二階の広さに限度があるから、一人一部屋ってわけにはいかねえがな。そのうち、おまきの代わりにお勝手女中も一人増やしてもらうことになってるんで、その子が来たら相部屋になるが」

やすは自分の部屋が見たくてたまらなくなった。政さんはそんなやすの気持ちを察して、仕事はまだいいから、まずは部屋に荷物を置いて来な、と言ってくれた。

以前の建物には、お勝手の奥に奉公人が食事をする部屋があったが、下駄を揃えて上がってみると、その部屋も前よりずっと広くなっていた。畳が真新しく青々としているのがとても贅沢に感じられる。

そこを抜けて廊下に出ると、すぐに階段があった。以前の建物とは階段の位置が少し違っていたが、木の香りのする新しい踏み板をのぼって二階に上がると、そこにも長い廊下があった。まるでお客を泊める二階のような作りだ。廊下の片側には襖が並んでいて、貼られた紙に見事な墨文字で、名前が書いてある。

手前から女中の名前が並んでいた。以前は男衆部屋と女中部屋に分かれているだけの大部屋だった。それが、今度は一つの部屋に二、三人の名前が書かれている。思わず廊下を歩いて男衆の部屋の前まで行ってしまい、慌てて引き返した。

以前よりも住み込み奉公人の数が減っているように感じるのは、今度の普請を機に、品川に新しく作られた長屋に移った者がいたせいだろうか。

やすは、自分の名前が見つけられずに戸惑いながら階段の方まで引き返した。以前は階段の上の空いた板敷きの床に古い畳を一枚敷いて、勘平と寝ていた。でも今度はちゃんと部屋があると政さんが言ってくれたのに。

何度か廊下を行き来して、やすはようやく、自分の名前を見つけた。深川のおいとさんの家で用意してもらったような布団部屋、小さな隅の部屋を探していたので見つからなかったのだ。なんと、やす、と書かれた紙が貼られていたのは、廊下の真ん中あたりの場所だった。

こわごわ襖を開けると、そこは畳六枚ほどもある立派な部屋だった。畳が新しいのは当然だったが、驚いたことに、桐の箪笥や火鉢まで置かれている。大きな行灯、それに書き物机まで用意されていた。いくらなんでも、こんな良い部屋に一人で寝るなんて、もったいなくてできない。しばらくは小僧さんと寝ることになるとしても。

番頭さんに言って、もう少し狭い部屋に替えてもらわないと。やすが戸惑ったまま部屋を出ようとした時、襖ががらりと開いた。

「おしげさん！」

「お帰り、おやす。政さんが、おやすが帰って来たって言うんでね。元気だったかい。江戸はどうだった？」

「へ、へえ、元気にしてました。お江戸は広かったです。でも煮売屋の仕事が忙しくて、見物には出ていないんです」

「八王子には行ったんだってね。おちよも元気にしていたかい」

「へえ、お腹がとっても大きくなってました。顔色も良くて。八王子まで深川から往復したので、お江戸の真ん中あたりは歩きました。千代田のお城も遠くから見えました。内藤新宿は賑やかで面白かったです」

「煮売屋の仕事はどうだった？」

「勉強になりました。旅籠の飯を作るのとは、いろいろ違っていて。あ、あの、この部屋は」

「気に入ったかい。ここがあんたの部屋だよ」

「こ、これは贅沢が過ぎます。もっと狭い部屋で充分です」

おしげさんは笑った。

「みんな同じ広さだよ、今度の部屋は。そのうちお勝手女中が一人入るから、今日来る小僧と三人で使うんだよ。三人なら広すぎるってことはないだろ」

「へえ、でも……箪笥や机まで」

「大旦那様がお決めになったことさ。奉公人も書物を読んだり文を書いたりできるようにならないといけないからってね。箪笥はね、持ち物をちゃんと整理しておけるようにって。普段の生活からきちんとしておかないと、だらしのなさは態度に出る。これからは、紅屋の奉公人であることを誇りに思えるように、日々の暮らしからきちんとしていこう、とおっしゃったんだよ。ただ建物を新しくしただけでは、新しい紅屋とは言えない、って」

「新しい……紅屋」

「これは内緒だけど、あんたには教えておくよ。大旦那様は、今度の普請のためにかなりの財産を手放された。細かいことは知らないけれど、あたしらが一生かかっても貯められない大金をはたいて紅屋を再建されたんだよ。相当なお覚悟だったろうね。それだけに、紅屋を必ずや、品川一の旅籠にしてみせると意気込んでらっしゃる。奉公人にもそれなりのものを用意して、その代わり、目一杯気を入れて働いて貰いたいってことなんだよ。あんたはその中でも特に大切な、料理を作る料理人だからね。部屋が広すぎる、なんて寝ぼけたようなことを言ってないで、この部屋や箪笥にふさわしい働きをして、大旦那様の気持ちに報いなさい」

おしげさんは、手に箒を持っていた。

「まずはこれで部屋を掃除して。押入れに布団が入っているから、小僧っ子の分も干しといておやり」

「へえ。他の部屋のお布団も干しましょうか」

「自分たちでさせればいいんだよ。贅沢に新しい綿の布団をあつらえてもらったんだから、自分たちで大切にしないとね。あんたはもう下働きじゃないんだから、他の奉公人の世話なんか焼いてないで、自分の仕事をしっかりおやり。あんたが世話をするのは、小僧っ子だけでいいんだよ」

「あの、住み込みの人が減ったような気がするんですが」

「ああ、そうだね。男衆が三人、女中が二人、長屋住まいになった。品川も人がね……潮にさらわれたりしてさ、長屋も流されて、仕方なく出てった人もたくさんいるし。いざ長屋を建て直してみたら、入る人が減っちまってるんだってさ。うちの奉公人なら身元も素行も間違いないからって、一、二箇所の長屋の大家さんが来てね、空いた部屋に住まないかってお誘いいただいたんだよ。奉公人は住み込みが当たり前ってお店（たな）も多いけど、紅屋は通いでもいいことになってるからね。それにおまきは嫁に行くことになったし。さ、さっさと掃除をしちまいなさい。下で政さんがあんたのこと待ってるよ」

おしげさんが階下に行ってしまうと、やすは大急ぎで部屋を掃除した。天井も壁も柱も新しくて、畳も青く香っていたが、普請が終わってから誰も寝泊まりしていない部屋には、うっすらと埃（ほこり）が積もっている。

押入れを開けると、布団が三組、畳まれてしまってあった。抱えて取り出してみると、思わずため息が出るほどしっかりと綿の詰まった布団だった。敷布団だけではなく、掛け布団までちゃんと揃っている。

なんて贅沢なんだろう。こんなにしていただいて、罰が当たったらどうしよう。新しい建物、新しい料理道具、新しい畳、新しい布団。これらすべて、大旦那さまが私財をなげうってあつらえてくだすったのだ。

やすは布団をふた組抱えて階下に降りると、裏庭と海へと続く草地を隔てている柵(さく)の上に布団を並べて干した。その柵は懐かしい色をしていた。あの高潮にも流されずに残った、以前の紅屋の一部だった。

台所に戻ると、まずは水瓶の蓋(ふた)をあけてみた。澄んだ水がいっぱいに入っている。政さんが水汲(みずく)みをしてくれたのだ。やすは、申し訳ありません、ありがとうございます、と呟(つぶや)いて手を合わせた。明日の朝から、水汲みは小僧さんの仕事になる。歳は十らしいけれど、体は大きいだろうか。あまり小さい子だと心配だ。水桶(みずおけ)は重たい。

掃除を済ませ、鍋や釜を丁寧に洗った。包丁はしっかりと研がれていた。政さんが研いだ包丁は、怖いほど光っている。

生の魚を入れておく桶はまだ空だった。仕入れに出た平蔵さんもじきに戻るだろう。新しい紅屋にとっては、今日、四日が新年の始まりだった。夕刻になれば呼び込みが始まり、今年お初のお客が草鞋を脱ぐ。

政さんが表の方から顔を出した。やすも平蔵さんも政さんも、台所組は勝手口から出入りするので、そちらの側から現れることはあまりない。

「さて、今夜はどうするかな。平さんには、刺身にできる魚と、貝を選んで来るよう言ってある。野菜はそこに届いてるが、あんまり大したものはねえな」

「お刺身に、貝はお汁ですか」

「潮汁でいいだろう。まだ松の内だから、田作りと黒豆を出そう。どっちも休みの間に作っておいた。野菜を見てから、煮物を考えよう。刺身がある時は他は簡単な方がいい」

野菜が届くまでの間に、出汁の準備をした。野菜は昼近くになってやっと届いた。その頃には平蔵さんも戻って来た。見事な平目を仕入れて来ていた。

「漁師もなんとか舟を手に入れて漁には出ているようですが、高潮の前と比べたらまだ魚の数は少ねえですね。網元が来てたんで少し話をしたんですが、うちに卸してくれていた魚正は、大将が潮にさらわれちまったんだそうで」

政さんが沈痛な面持ちでうなずいた。

「そんな話を聞いてるが。商売はもうできねえのかい」

「息子がいるらしいです。江戸のでかい魚屋に修業奉公に出てるらしいですが、そいつが戻って来ればあとは継げるだろうってことで。まあそれまでは、網元のゆるしを貰ったんで、港で直接仕入れして来ます。うちはそんなに大量に買い付けねえから、まあいいだろうってこって」

「助かるな。魚正は大将が目利きだったから、持って来る魚から選んで間違いはなかったが、他の魚屋だと信用できるかどうかわからねえからな。この平目はいいもんだ。平さん、いい魚を選んでくれた」

褒められて平蔵さんは嬉しそうだった。

平目は薄くひくとほんのりとした桃色が透けてとても美しいし、口に入れても爽やかな甘さがあり、品が良くて見栄えもする。ただ、品が良すぎて食べ応えが少し足りない。平目がひきたつように他の献立はあまり凝らず、野菜の煮物くらいにしようと政さんは言ったが、野菜だけだと物足りないかもしれない。

届いた野菜は可もなく不可もない、小芋と青菜。それに蓮根だった。この寒空でも元気な青菜を見るとほっとする。蓮根は面白い野菜だ。穴を見せるように輪切りにすればざっくりと歯ごたえが出るし、穴を割るようにぶつぶつと大きく切ったものを煮ると、芋の仲間かと思うほどほっくりとして味の染みも良くなる。

青菜はおひたしであっさりと。小芋と蓮根は煮ころがしに。ただ、芋と蓮根ではどうも華やかさに欠ける。平目の薄造りは充分に華やかだから、それを引き立たせる意味では地味な料理でいいのだろうが……

「遅くなりやした—」

勝手口から、見知らぬ男が入って来た。

「おう、来たかい」

政さんは男を見るとうなずいた。

「おやす、こちら口入れ屋の金造(きんぞう)さんだ」

「へえ」

口入れ屋。では……

「金造さん、小僧は」

「外におります。今、呼びますんで」

金造さんはいったん外に出て、それから、男の子と一緒に戻って来た。

「平さん、すまねえが番頭さんを呼んで来てくれるかい」

「あ、やすが参ります」

「いや、おやすはここにいて、小僧の挨拶を聞いてやんな。おまえさんが今日から、母親代わりなんだからな」

「ほれ、挨拶しなさい」

金造さんが男の子の頭をくいと前に倒した。男の子は、ぐっと頭を下げてお辞儀をしてから、顔を上げるとやけに胸を張って、大声で言った。

「とめ吉ともうします。どうぞよろしくお願いいたします」

「とめ吉さん」

やすは一歩前に出て、とめ吉の手を握った。大声を出したあとなのに、とめ吉の手は少し震えていた。緊張しているのだ。不安なのだ。その気持ちが、やすには痛いほどわかった。

「とめ吉。そう呼びますよ。いいかしら」

「へ、へえ！」

返事の仕方は実家で教わって来たのだろう。それで合っているのだろうか、と、とめ吉の目が不安げに泳ぐ。

「いいお返事」

やすは握った手を軽く振った。

「わたしの名前は、やすです。おやすちゃんと呼んでいいわよ。今日からとめ吉の母上様の代わりに、と政さんは言ったけど、わたしはまだ十七、せいぜい姉上にしかなれませんから」

やすは政さんを振り返った。政さんは、ははは、と笑った。

「今日からこの台所が、とめ吉の働く場所です。仕事は一つずつ教えるから、焦らないで、ちょっとずつ覚えましょう。怖がらないでも、ここのみんなは優しい人ばかりなの。わたしもここで働きながら育てていただいた。とめ吉も一所懸命働いて、真面目に手習いもして、良い奉公人になってご実家の母上さまや父上さまを安心させてあげましょうね」

「へえ」

とめ吉は素直にうなずいた。歳は十でも、顔はもっと幼く見える。だが体つきは十の子供にしては大柄でしっかりしており、丈夫そうだった。

番頭さんが現れたので、やすはとめ吉の手をひいて二階に向かった。口入れ屋と番頭さん、それに政さんとで、年季や実家への礼金の支払いなど、細々としたことを決めるのだろう。丁稚奉公には給金は支払われない代わりに、取り決めによっては実家にいくらか金銭が渡ることもあると聞く。やすの時のように、はなから子供を売り払ってしまうこともあるが、とめ吉はきちんと実家から預かり、口入れ屋を通して紅屋にやって来たはずだった。給金がないとは言え、日々のご飯は食べられるし、季節ごとにお古の着物やら履物はいただける。何か祝い事があればご祝儀が出ることもある。手習いもさせてくれる。紅屋では八つ時に甘い菓子や餅も食べられる。世間にはもっと辛い丁稚奉公もあるのだから、とめ吉は決して不幸せではないのだ。それでも、自分が品物のように取り引きされる場面をとめ吉に見せたくはなかった。

「当分は、わたしと一緒にこの部屋で寝ましょう」

やすは新しい部屋にとめ吉を通した。

「お布団は裏庭に干してあるから、後で二人で取り込んで運びましょうね」

とめ吉は畳の真ん中にちょこんと座って、物珍しそうに部屋を見回していた。

「……部屋が、新しいのですね」

とめ吉は幼い顔をしているが、口調はしっかりしていた。

「とても綺麗です」

「まだできたばかりなの。ほら、去年の高潮でこの建物もあらかた壊れてしまったから。とめ吉の実家はどうだったの？　颶風の被害はなかった？」

「わたしの家のあたりは颶風が通りませんでした」

「あら、それは良かった。里はどちら？」

「中川村です」

「そうなの。中川村のお米は紅屋でも使っているわ。とめ吉のうちも、お米の農家？」

　とめ吉はうなずいた。

「きょうだいは？」

「兄さんが四人、姉さんが三人です」

　名前からして末っ子なのだろうと想像はついた。姉三人は嫁に出るからいいとして、男の子が五人もいたのでは、農家ではどうにもならない。奉公に出るか養子に出るか。それでも、たくさんの兄や姉に可愛がられて広々とした農家で育つというのは、やすには憧れでもあった。きっと賑やかで、楽しい日々だったろう。

「ここでの暮らしは、慣れるまで大変だと思う。でもね、さっきも言ったけれど、ここの皆さんは本当に優しい人ばかりよ。時にはしくじって叱られたり、もたもたしていて怒鳴られたりすることもあるでしょう。泣きたくなったり、里に帰りたくなることもあるかもしれない。だけど、ここよりいいお店はきっとどこにもないと思う。どのみち里に帰っても、奉公に出されることになるのだったら、少しのことは我慢して、ここで頑張ってみる方がいいと思う。わたしがここに来たのは、今のとめ吉よりも小さい時だった。辛いと思ったこともまったくないわけじゃないけど、それでもわたしは、できれば一生ここで働いていたいと思うくらい、ここが好き。とめ吉もきっとそう思えるようになるわ。それは信じてちょうだい」

とめ吉はやすの言葉を真剣な顔で聞いていた。そして、こくり、とうなずいた。

「でも、我慢ばかりしているとお腹の中に悪いものが溜まってしまうから、嫌なことがあったり辛いと思った時には、わたしに何でも言ってね。約束します、わたしは何を聞いても、そのまま番頭さんに言いつけたりしない。どうしたらいいか考えて、とめ吉が辛くならないように、それをまず考えるわ。だから話してちょうだい、どんなことでも。あなたはここで一人ぼっちじゃない。わたしはあなたの味方になります」

「……はい。あ、違った、へい」

やすは笑った。

「奉公人の受け答えをどこかで教わったの？」

「奉公に出てる小春姉ちゃんが、去年の藪入りに帰って来て、教えてくれました」

「お姉さんも奉公に出ているのね」

「大吉兄ちゃんだけ残って、あとはみんな奉公に出てます。でも田植えと稲刈りの時には、幸吉兄ちゃんと三吉兄ちゃんも休みをもらって手伝いに来ます」

農家の繁忙期に奉公先が休みをくれることもある、というのは聞いたことがあった。だがそうした配慮をしてくれる奉公先というのは、奉公人を大切にしているいいお店だろう。とめ吉の両親は、きちんと奉公先を吟味して子供達を送り出しているのだな、と思った。その両親が、まだ幼い末っ子を紅屋に託したのだ。やすは身が引き締まる思いをしていた。この子を、曲がったところのない正直で真面目な奉公人に育てるのは、自分に課せられた大切な役目だ。

「じゃ、風呂敷をほどいて、中の物を箪笥にしまいましょう。この箪笥はね、わたしと、近いうちに来るもう一人の女子衆とあなたの三人で使います。なので引き出しを決めましょうね。とめ吉はまだ背が低いから、下の段の方が使いやすいわね。荷物も少ないから、まずは下から二つ目の、この段を使ってちょうだい」

「いちばん下ではないんですか」

「いちばん下がいい？」

「い、いいえ。でもおいら、じゃない、わたしはいちばん下っ端だから」

「いちばん下の引き出しって開けにくいでしょう。それにこの先、何か重たいものをしまうことになったら、重たいものはいちばん下がいいと思うの。だから下から二番目があなたの段。わたしはその上にします」

とめ吉は、それまでずっと背負ったままでいた包みをおろし、風呂敷をほどいた。着替えが二枚、褌が三本。手習いの本。墨と硯、筆。それに、張子の虎が出て来た。

「あら可愛い」

「小梅姉ちゃんがくれました」

「それはしまわないで、出しておいたら？　箪笥の上が空いているから、ここに」

やすは虎を箪笥の上に飾った。

それがとめ吉にとっていいことなのかどうか、少し迷いはあった。里心がつきやすいものをいつも目にしていては、家に帰りたい気持ちが出てしまうかもしれない。けれど、何か一つでも懐かしい家と優しい姉に繋がるものがあるだけで、とめ吉の心は強くなれる、そんな気がした。

人は、生まれる家も順番も自分で選んで生まれて来ることができない。子沢山な農家の末っ子に生まれてしまったとめ吉には、奉公に出されて早くから親と引き離される人生以外、あり得なかった。そのことを恨んで生きていくか、それとも、まあ悪くないな、と思いながら生きていけるかは、とめ吉にとってとてつもなく大事な分かれ道だ。

階下に戻ると、口入れ屋は既にいなかった。番頭さんがとめ吉を連れて奥に挨拶に向かったので、やすは夕餉の下準備に取り掛かった。

とめ吉がお勝手に戻ったので、二人で布団を取り込んだ。陽の光を浴びた布団はふかふかになり、とてもいい匂いがして暖かかった。

「政さん、これからちょっと出かけてもいいですか」

「買い物かい？　何か足りねえか」

「へえ……芋と蓮根を煮るだけでは、少し寂しいかなと。おあげでも一緒に炊いたらこくも出るし美味しくなるかなと」

「なるほど。でも今からじゃ、おあげは売り切れてるかもしれねえな。豆腐屋は年明けから商売を始めると言ってたが、初日の今日は客が殺到しただろう」

「そうですね。おあげが買えなければ、何かないか探してみます」

「だったらとめ吉を連れてってやんな。まだ本来の品川にはほど遠いが、それでも町の雰囲気は感じられるだろう。自分が生きていく町がどんなところか、自分の目で見ておくのも悪くないだろうよ」

政さんは懐から財布を出したが、やすはそれを押しとどめた。

「お金はいりません」

「豆腐屋はつけでいいが、他の店だと金がいるだろう」

「大丈夫です」

「そうかい？　まあいいじゃねえか、せっかくだからとめ吉に飴でも買ってやったら」

やすは笑って首を横に振った。

「だめですよ、最初っから甘やかしたら。買い物に行くたびに買い食いするような癖はつけたくありません」

「けどなあ……勘平には厳しくし過ぎて逃げ出されちまったし」

「勘ちゃんが紅屋を出て行ったのは、政さんに厳しくされたからじゃありません。あの子は料理人になるよりも、他にやりたいことがあったんです。それに政さん、勘ちゃんにちっとも厳しくなんかなかったですよ」

「そうかなぁ」

「とめ吉のことは大丈夫です。あの子は勘ちゃんよりも素直です。ただ、勘ちゃんのように自分が何をしたいのか、何をしたくないのかわかっているような子じゃないと思います。それだけに、いろんなことを我慢してお腹に溜めてしまいそうで、そっちの方が心配な気がします。勘ちゃんの時は、一緒に育ったようなものでわたしも子供でした。でも今は違います。今ならとめ吉のことをちゃんと面倒みてやれると思います。わたしに任せていただけませんか」

「おやすがそう言うなら」

政さんは財布をしまった。

「まあ人には向き不向きがあるのは仕方ねえが、せっかく縁あって預かった子だからな、できれば料理人になりたいと思ってもらいてえんだ」

「へえ。料理の面白さを教えてあげたいです。でもその前に、働く、ということに喜びを見つけられるようにしてあげたいんです。辛い辛いと思っていたら、毎日が本当に辛いものになります。勘ちゃんのように逃げ出してもなんとか道があればいいですが、あの子は特に運がよかった。誰でもがそううまく道がみつかるわけではありません。ここを逃げたら、とめ吉の将来は暗いものになるかもしれない。だから、辛いと思って欲しくないんです。でも飴でごまかしてはいけません」

政さんは頭をかいた。

「わかったわかった。おやすに任せよう」

「へえ。ありがとうございます」

やすはとめ吉の手をひいて、ゆっくりと大通りを歩いた。深川に行く前に見た光景と比べれば、品川らしさは随分と戻っていた。揚羽屋も商売を始めたようだ。旅籠の呼び込みも始まっている。

やすは通りの名を教えたり、買い物に来るかもしれない店を教えたりしながら豆腐屋まで歩いた。が、豆腐屋はすでに閉まっていて、売切御免、と貼紙がしてあった。

「あらあら残念。ここでおあげさんを買おうと思っていたのよ」

「お狐様にお供えするんですか」

「え？」

「おあげさんです。ばあちゃんの家の裏には稲荷神社があって、ばあちゃんは毎日、おあげさんをお供えしています」

「まあ、それは信心が深くて立派なことね。きっと、お狐さまのおぼえがめでたく、いいことがあるでしょうね。でもおあげさんは、紅屋では料理に使うのよ。今日の夕餉の献立に芋と蓮根を煮るのだけど、そこにおあげを入れるとこくが出て美味しくなるの」

「では困りましたね。売り切れでは、買えません」

「そうね、困ったわ」

だがやすは、あまり困った顔をしていなかった。

「ちょっと思いついたことがあるの。寄り道して行きましょう」

「寄り道ですか。でも、大将に叱られるのでは」

「大将？　ああ、政さんのことね。ふふ、叱られないといいけれど」

「お、おやすさん……」

とめ吉は不安げな顔になった。やすはとめ吉の頭を優しく撫でた。

「ごめんなさい、そんなお顔をしないで。大丈夫よ、政さんは叱ったりしませんよ。寄り道、という言い方が悪かったわ。とめ吉は本当に、真面目な子なのね。これから、山の恵みを少し分けてもらいに行くの」

「山の、恵み……」

「こんな冬のさなかに、と思うでしょう？　でも真冬であっても、山の神さまはいろんなものを恵んでくださるのよ。おあげさんが売り切れでも、それで簡単に諦めたくはないの。お客さまにお出しする料理は、たとえ煮物一つであっても、できる限り美味しく作りたいの。山と言っても品川の裏山で、登るのに苦労することはないわ」

やすはとめ吉と共に、春によもぎを摘む山へと入った。

冬枯れて草がなくなった山の入り口は、他の季節よりもずっと見分けやすい。いつかはとめ吉が一人でここに来ることもあるだろう。やすは道々、目印となるお地蔵さまや辻標（つじひょう）をとめ吉に教え、山に入る細い道の手前では、地面に積もったもみじの枯葉に目を向けさせた。

「今は葉が落ちてしまっているけれど、この木は楓（かえで）の木。春や夏は草が生い茂ってこの道を見つけにくいけれど、楓の葉の形ならとめ吉にもわかるでしょう？」

「へえ、掌の形です」

「そう、ちっちゃな掌ね。赤子の手。その形の葉がこの木についているから、それを目印に道を探して。秋には紅葉が色づくから間違えることはないでしょう。冬になると今のように草が枯れて道が見つけやすくなる。でも雪が積もっている時には、山へは入らないでね。足を滑らせて怪我をしたら大変だし、吹き溜まりに踏み込んで埋もれてしまったら出られなくなる。品川は海が近いので滅多に大雪にはならないけれど」

「へい」

とめ吉の足を考えてゆっくりと登ったが、十の子供というのは案外足が丈夫なもので、とめ吉は悠々とやすを追い越して先を歩いていた。

「あった！」

先を急ぎ過ぎたとめ吉の背中に、やすは叫んだ。

「戻ってらっしゃい！　ここにあったわ！」

とめ吉は走って戻って来た。

「ここを見てごらん」

やすは、あちこち黒ずんでいる榎（えのき）の古木を指差した。

「あ、きのこ！」

古木の枝の叉（また）から、明るい茶色をしたきのこの傘が見えている。

「なめすすき。榎から生えるから、えのきだけ、とも呼ばれているけれど」

「なめすすき……」

「濡（ぬ）れると、傘がぬるりとなって、つるんと喉（のど）に入ってとても美味しいの」

「冬でも生えるんですね」

「なめすすきは、とても強いきのこなの。秋から生えるけれど、寒くなっても少しずつ少しずつ大きくなる。時には雪を被（かぶ）っても元気に傘を広げるのよ。ぬめりが美味しいきのこだけれど、とても良い出汁も出るの。煮物にすればその出汁が煮汁に溶けて、こくと旨味が出る。今日は小芋を煮付けるでしょう、小芋はぬめりがあるものだから、なめすきのぬめりとも喧嘩をしない。おあげがなくても、これを入れて煮付ければ、煮物が格段に美味しくなるの。さ、山の恵みを少し分けていただきましょう」

やすはきのこの傘をそっと持ち上げた。

「下に黒い柄がついているけれど、ここは硬いので食べないのよ。それと、この、そっくりかえるほど傘が開いているのも採らないで。傘が開くくらい育っている方が味はいいのだけれど、古いきのこはお腹を壊すことがあるから」

「毒ですか！」

やすは笑って首を横に振った。

「毒きのこじゃないのよ。でも毒のないきのこでも、古いものは食べない。古いきのこは、椎茸でも松茸でもお腹を壊すことがあるからね。あまり小さいのもそのままにしておきましょう。魚でも、稚魚は漁師さんが海へ放すそうよ。山でも海でも、神さまが恵んでくださる食べ物は独り占めしないことが大事なの。小さいものはそっとしておけば、いずれ育って他の誰かが食べることができるし、大きくなれば卵を産んで増えたりもする」

「きのこも卵を産むんですか」

やすはその発想に笑ったが、考えてみたら、きのこはどうやって増えているのか知らなかった。

「そうねえ……きのこが卵を産んだという話は聞いたことがないけど、もしかすると、人には見えないくらい小さな卵を産んでいるのかも。とめ吉は、面白いことを考えるのね」

「すみません……」

「いいのよ、叱っているのではないの。むしろ、嬉しいの。以前に紅屋にいた、勘平という子がね、とっても面白いことをいつも考えているような子だったの。奉公には向いていない子だったけれど、わたしはその子が考えたことを聞くのがとても好きだった」

やすは勘平のことを思い出した。最後に挨拶に来て、去って行く後ろ姿を。

勘平は武家に養子に入るという話が持ち上がっていた。あれはどうなったのだろう。

「これからも、思ったこと、考えたことはなんでも話して聞かせてね。ああ、そうだ。前にいた子のことは勘ちゃん、って呼んでいたの。とめ吉のことも、そういうふうに呼びたいな。何て呼べばいいかな」

「……とめ吉でいいです」

「うーん、でも……とめちゃん、じゃだめ？」

「うちでは、とめ、と呼ばれてました」

「なら、とめちゃんにしよう。とめちゃん。耳に優しい感じでいいわ。とめちゃん、なめすすきを採って、この笊に入れてちょうだい。力任せに引っ張ると途中でちぎれてしまったり、きのこの株の下、木を傷めてしまうから気をつけて。採りたいきのこの根元の方をつまんで、そっと揺すりながら引っ張るの。そうすれば抜けるから。そうそう、上手だわ、とめちゃん」

とめ吉は真剣な顔で、ゆっくりとなめすすきを採って笊にそっと置いた。

「あ、ちっちゃいのがくっついて来ちゃいました。すみません」

「そのくらい、いいのよ。気にしないで。なめすすきは小さいのも美味しいから。傘の裏が黒くなってるそれは採らないでね」

　時間をかけてきのこ採りが済むと、笊に半分ほどのなめすすきが集まった。これだけあれば充分だろう。

「ありがとう。とめちゃんの初仕事ね。でもね、とめちゃん。きのこを採るのはしばらくの間、必ずわたしか政さんと一緒にね。一人で採ってはだめ。今の季節は間違えるようなきのこが他にないからいいけれど、なめすすきも生え方によっては毒のある怖いきのこに似ているの。毒のあるきのこを食べてしまうと命に関わるから」

「へい。中川村でも、きのこは詳しいじい様に採ったものを見せてから食べてました」

「山の恵みはとても美味しいけれど、きのこや赤い実には毒のあるものがあるから、決して軽く考えないことが大事。とめちゃんは、ちゃんとそれを教えられているのね」

やすはまた、とめ吉の頭を撫でた。とめ吉は嬉しそうに笑顔になった。緊張して笑顔を見せてくれなかったとめ吉が、ようやく笑ってくれて、やすはほっとした。

明日の朝はさっそく、誰よりも早く起きて水を汲む、という仕事を教えなくてはならない。今の季節、早朝は頬が切れるかと思うほど風が冷たいし、水桶は重く、こぼした水が足にでもかかれば泣きたいほどに冷たい。やすも初めてその仕事をさせられた頃、何度かべそをかいた記憶がある。

だが、水がなければ台所の仕事は何一つ進まない。水を汲むことは、何よりも大切なことなのだ。その大切なことを任されて、それをやり遂げる。そして初めて、紅屋の一人として、働き手として認められる。

頑張ろうね、とめちゃん。一日も早く、とめちゃんが紅屋の働き手として、みんなに頼りにされるように。

そして、紅屋で働いていることが、とめちゃんの喜びになるように。

その日の夕餉は好評だった。平目の薄造りはもちろん、なめすすきの入った煮物は、部屋付きの女中におかわりを頼むお客さままでいたほどだった。賄いに出す分まではきのこが足りなかったけれど、芋の味がいつもと違う、ぬめりが多くて美味しい、と、奉公人たちも喜んでいた。

とめ吉も台所の隅で、醤油樽に腰掛けて夕餉を食べていた。やすも座敷にはあがらず、とめ吉のそばで食事を済ませた。そうして二人で食べていると、遠い遠い記憶の中で、生き別れになった弟に食事をさせていた時のことが思い出された。

賄いを食べ終えると、さげられたお膳を片付けて皿や椀を洗う仕事が待っている。まずは湯をたっぷりと沸かし、その熱い湯の中に皿などを沈める。皿を洗うのに湯を使うのは、ちよの考えたことだった。それまでは井戸の水で手を真っ赤にしながら洗っていたのだ。けれどちよは、手が痛くなるからお湯を使いたいと言い出した。普通ならばそんなわがままは通らないよと皆に怒られるところだが、政さんは違った。もしかするとお湯の方が食べ物のかすがよく落ちるんじゃないか、と試してみた。驚いたことに、お湯の方がずっと汚れが落ちやすかった。政さんは、楽をしようと思うことは悪いことばかりじゃない、と言った。楽をしようと工夫することで、いろんなことが便利になる。

あぶらの強い料理の時は、湯には入れずに竈の灰をまぶしておく。湯と皿の入った盥（たらい）ごと井戸まで運ぶ。重たいので、やすととめ吉二人がかりだ。井戸の水を盥に注いで、手が入れられるくらいの熱さにする。あとはへちまや束にした藁（わら）などで擦（こす）り、汚れを落とす。今夜はあぶらものは出さなかったので、灰をまぶした皿はない。

汚れが落ちたら、井戸の水ですすいで終わり。盥の湯は桶に移して外に出しておく。食べ物のかすが溶けた水はいくらか養分があるので、翌日、裏庭の隅にまいてやる。

夜気は冷え込んでいたが、海から吹いて来る風は心なしか暖かい。

「海の匂いがしますね」

とめ吉は鼻をくんくんさせていた。

「中川村では海の香りは嗅（か）げないものね」

「へえ。おいら、じゃない、わたしは、海の匂いが好きです」

「二人だけの時は、おいらでいいわよ」

やすは微笑（ほほえ）んだ。

皿洗いのあとは台所の片付けが残っている。朝から気を張り続けていただろうとめ吉は、何度もあくびをかみ殺していた。もう寝かせてやりたいと思ったが、最初に楽をしてしまうと明日から辛くなる。

やすは丁寧に、鍋の洗い方を教え、竈の火の落とし方を教えた。

「火はしばらくの間、わたしが落とします。でもいずれはとめちゃんの仕事になるのよ」

「へい」

「どんなに眠たくっても、竈の火だけはきちんと落としてね。火事を出したら紅屋が潰(つぶ)れてしまうかもしれない」

「へ、へい」

「おやす、俺はそろそろ帰るぜ」

政さんが言って、とめ吉の頭を撫でた。

「どうだい、とめ公。今日は疲れただろう。そろそろお湯が空くだろうから、おやすと風呂(ふろ)にへえって寝な」

「……お風呂？　でも政さん、この時間だともう湯屋は」

「あれ、おやす、まだ新しい風呂を見てねえのかい」

「新しい……お風呂？」

「おっと、そいつは悪かった。真っ先におまえさんに見せたかったのに、うっかりしちまった。二人とも、手ぬぐい持ってこっちにおいで」

やすは何がなんだかわからずに、言われた通り手ぬぐいを持って政さんについて行った。政さんは奥に向かったが、座敷にあがらず階段も登らなかった。以前の建物には、その先にお客様が入る風呂があった。小さな風呂で三人も入ればいっぱいだったが、それでも内湯のある旅籠は人気があり、紅屋も内湯は自慢の一つだったのだ。

新しい建物も、通り土間の先にはその湯殿があるようだった。達筆で、お湯、と書かれた檜板が掲げられている。

「お客さまが入るお湯などに、女中や小僧さんは入れませんよ」

やすが言うと、はは、と笑って政さんは右手の奥を指差した。

「あっちだよ。若旦那の思いつきでな、奉公人や俺たちが入れる湯殿を作っていただいたんだ。男衆が先に入って、そのあと火を落としちまうから、女子衆は急がねえと湯が冷めちまうがな、それでも湯屋に行くよりはずっといいだろ」

「……へえ！」

やすは飛び上がりたいほど嬉しかった。

「へえ！　ゆ、夢みたいです！」

「さ、早く入んな。湯が冷めちまったらもったいねえよ」

やすはとめ吉の手を握り、急いで湯殿へ向かった。

ちょうど住み込み女中のおはなが出て来るところだった。

「おやすちゃん、あんたでしまい湯だね。おや、小僧さんも一緒かい」

「へえ」

「まだお湯があったかいよ。ゆっくりしなさい。じゃあ、おやすみ」

「おやすみなさいまし」

とめ吉がぺこんと頭を下げたので、おはなは、あらあ可愛い、と笑った。

お湯に浸かり、二人で数を数えた。田舎育ちとは言え、ちゃんと手習い所に通っていたとめ吉は、数もきちんと数えられた。背中を手ぬぐいでこすり合った。農家に育ったとめ吉は、勘平よりもがっしりといい体格をしていた。

ぽかぽかと温まった体で、二階の部屋に戻った。布団を並べて敷き、浴衣に着替えた。とめ吉の浴衣は、こざっぱりと洗ってあり、糊まできいていた。愛しい末っ子を手放す時の母親の気持ちが伝わって来るようだった。

真新しい布団に潜りこみ、湯で温まった体をさらに温める。

行灯の火を吹き消し、ほどなくしてとめ吉の寝息が聞こえて来た。よほど疲れたのだろう、軽くいびきまでかいている。

やすはその、小さないびきを心地よく聞いていた。

紅屋での新しい日々が始まった。

なんて、なんて幸せな夜だろう。

二　かんざしの価値と南蛮の菓子

翌朝から、やすはとめ吉に仕事を教え始めた。歳相応よりも体格が良くて力も強いとめ吉は、水桶を両手に提げても難なく歩くことができた。朝の仕事でいちばん骨の折れる水汲みも、やすと二人でやればあっという間に終わる。

水汲みのあとは竈に火をおこす。火口となる藁のほぐし方、火打石の使い方を教える。薪を くべる頃合いもだんだんおぼえていかないとならない。薪割りも小僧の仕事だ。とめ吉は農家の子だけあって、鉈を使うのは慣れていた。実家でも薪割りをやらされていたらしい。

教えることはいろいろあったけれど、とめ吉のおぼえは早かった。しかも忍耐強く骨惜しみをしない。その様子はすぐに女中たちの間にも伝わり、様子を見に来たおしげさんも、感心して言った。

「あれま、この子は勘平とはだいぶ違って、いい奉公人になれそうだねえ」

「勘ちゃんには勘ちゃんのいいところもたくさんありましたよ」

やすは言ったが、正直なところ、とめ吉のような子が来てくれたことにほっとしていた。

政さんも、とめ吉には教えがいがあると感じているのか、小僧の仕事ではないことでも、いちいちとめ吉をそばに呼んでは、丁寧に説明してあげている。

新しい台所は広くてとても働きやすい。平蔵さんも、久しぶりに紅屋の台所に戻れたのがよほど嬉しいのか、やたらと張り切っている。まだ颶風の前と比べたら、思うような魚や野菜が仕入れられない不便はあったが、品川は、紅屋はもう大丈夫だ、とやすは思った。

お勝手だけでなく、客間の女中たちにも活気があった。何しろ仕事の後で、湯屋が閉まることを心配せずにゆっくりと風呂がつかえるというのは、なんとも言えず贅沢な気分にさせてくれた。男衆のあとにしか入れないとは言え、気心の知れた女中同士で遠慮なく風呂がつかえるのだ。

やすは、八王子への旅の途中で番頭さんが、みんなを驚かせるようなことがあるから楽しみにしていなさいと言っていたことを思い出す。あの時、もちろん番頭さんは、奉公人たちだけが入れる内湯のことを知っていたのだ。

何もかも楽しくて嬉しくて、やすは毎日うきうきと過ごしていた。だが、これだけの普請に大旦那さまがどれだけの小判を出してくだすったのか、それを考えると申し訳なさで少し気持ちが沈む。まさか一文無しになられたわけではないだろうが、それでも、先代の頃からこつこつと貯えておられたものを一気に吐き出してしまわれたことは確かだろう。旅籠の商売は、両替屋だの回船問屋だの、薬種問屋だのといった大きな商売ではない。品川の旅籠賃は旅籠の大きさや格によって決められているから、好き放題に儲けることもできない。建物を普請したからといって、以前より旅籠賃を上げるわけにはいかないのだ。そして紅屋は平旅籠、飯盛女も置かないし芸者も呼ばない。お上がお目こぼししてくださるような、裏の商いをすることもない。おそらく大旦那さまのご存命のうちに、今回の普請でかかった費用を儲けで埋めることはできないだろう。

やすの頭の中に時折、石田村の若者の顔と声とがよみがえって来る。あの若者は、やすが自分の夢に対して、自分の力でそれを叶えるのだという気概が足りないことを叱ってくれた。叱ったと言っても、とても優しい言い方ではあったけれど、ただぼんやりと願っているだけでは夢は叶わないのだと、やすの甘えを叱ったのだ。

石田村の歳三さん。あの人は変わった人だった。江戸で奉公しているのに、少しも奉公人らしさがなかった。お百姓の息子なのに、まるでお武家さまのようだった。剣術で何ものかになりたい、世に出たいと言っていた。

戦、とはどんなものなのだろう。命を落とすかもしれないとわかっていて、なぜ人は戦に向かうのだろう。

やすは武士の刀を見るだけでも背中が震える。戦どころか、斬り合いだってこの世からなくなればいいと思う。

歳三さんの夢が叶う時、この世はまた戦の世になってしまうのだろうか。

❖

睦月は瞬く間に過ぎて如月となった。真冬は風も水もひどく冷たく、品川の海も冬の灰色に沈んでいる。が、月が変わるとどこからともなく梅の香りが流れて来る。颶風からはや半年、見る影もなく壊れてしまった品川宿はどこかに消え、真新しい材木の匂いが漂う新しい宿場が生まれている。建物を建て替える金が工面できずに品川を離れた人も多いが、どこからともなく新しい人がやって来て店を買い取り、新しい商売を始めている。

紅屋は、以前にも増して繁盛していた。野菜を扱うのがとても上手だったおまきさんがいなくなって、やすは野菜についても自分の知識不足を痛感する日々だった。八百屋が届けてくれた野菜の良し悪しや旬くらいは自分でもわかると思っていたのだが、おまきさんが選んでいた時よりも政さんからのお小言が増えてしまった。

「八百屋の言うことをなんでも鵜呑みにしたらいけねえよ」

政さんは苦笑いしながら言った。

「向こうも商売だ、まっとうな商売をしてる八百屋だって、時には売れ残りをどこかに押し付けちまおうくらいのことは考えるだろうし、ちっとばかり難があるとわかってたって、黙ってることはある。ましてやおまきがいなくなって、八百屋は今が儲け時だくらいに思ってるかもしれねえ」

　五本仕入れた大根の一本が、割ってみると芯のあたりにスが入っていた。

「他の四本はなかなかの上物だ。だがこの一本は、おまきならスが入ってると気づいただろうな」

「……へえ。すんません」

「葉は青々してるし艶も悪くない。だが弾いてみな、他の四本とは音もハリも違う。こいつはおそらく、収穫が遅れたんだな。まあいい、明日八百屋が来たら、こいつを見せてちょいと文句を言ってやろう。おまきがいなくなったからって、こういう商売をするんだったら今後のことは考え直す、とな。だが買っちまったもんは買っちまったもんだ、金を返せとは言わない。ただ、これからはこういうのを混ぜないでくれと釘をさしておくだけだ。スが入った大根だって、奉公人の飯のおかずくらいなら作れるからな」

　スの入った大根は味が悪い。なので濃いめに味付けして、賄いのおかずを作る。甘辛く煮付けてみよう。やすは、スの入った大根を手にあれこれ考えた。おまきさんだったらこんな大根を買ってしまうことはなかっただろう。自分はまだ、勉強が足りない。

そうだ、今度、大根の畑に行ってみよう。収穫される前の大根の姿をこの目で見てみよう。

そうこうするうちに、日本橋から文が届いた。お小夜さまの跳ねたり踊ったりするような筆で、お医者様のおゆるしが出て床から起きることができたと書いてあった。もう普段の通りに動いて、近くまでなら外を歩いてもいるらしい。そして、早く会いたい、次はいつ来られるのかと繰り返し書かれていた。

だがやすは、少なくともとめ吉がもう少し仕事や紅屋での日々に慣れるまでは、半日でも留守をすることはできないと思った。お小夜さまにはお気の毒だけれど、あとふた月、いやひと月はお待ちいただこう。梅の香りが桜の花びらに変わる頃には、とめ吉も一人で大丈夫になっているだろう。

清兵衛さまに食べていただく料理のことは、やすの頭の中でおおよそ形ができている。今度はあぶら焼きのように簡単な料理ではなく、お小夜さまが少し苦労される程度に難しい料理になるだろう。お腹が大きくては台所に立つのも大変だろうから、女中さんに作らせることも考えて、きちんと作り方を文字で書いておかないと。

春になる頃には、おちよちゃんの産み月が近づく。前に会った時でもかなりお腹が大きくて、もうややこがぐいぐいと動いていた。あれからまた一段と大きくなって、今頃はおちよちゃんのお腹はすいかのようになっているのだろう。十月十日で赤子が生まれると聞いているけれど、おちよちゃんのお腹にややこがいると判ったのは、夏が始まる頃だった。だとしたら、桜の花が咲く頃に生まれて来るかもしれない。おちよちゃんのややこ。新しい命。

おちよちゃんの産む子と、お小夜さまがお産みになる子。二人はおない歳になる。同じ時をこの先ずっと生きていく。それがやすには、なぜかとても不思議なことに思えていた。

梅の香が強くなって来ると、頬にあたる風もぬるんで来る。品川の海の色も心なしか変わったように見える。もともと品川には砂浜がほとんどない。旅籠の立ち並ぶ大通りからすぐ、海の水が迫っている。紅屋の裏手は海からいくらか距離があり、そこに草原が広がっているのだが、昨年の高潮でいったん海に沈んでしまい、今でもまだ、枯れた草は泥に半ば埋もれたままだ。けれどその草原にも、日に日に変化が起こっていた。冬枯れの地面の中から、春の草が芽を出し始めたのだ。

やすは胸が高鳴るのを抑えきれなかった。春になればとめ吉を連れて摘草に行ける。

食べて美味しい野草を二人で籠に摘むのだ。とめ吉は農家の子だし田舎育ちだから、きっと野草のこともいくらか知っているだろう。やがてよもぎの季節が来れば、紅屋名物よもぎ餅を作る。紅屋のよもぎ餅は評判で、そんじょそこらの菓子屋のものより美味しいと、季節になるとよもぎ餅目当てに泊まってくださるお客もいるほどだ。とめ吉に、その美味しい美味しいよもぎ餅を早く食べさせてあげたい。

八つ時のひと休みの後、とめ吉が薪割りを始めたので、やすは買い物に出ることにした。

「とめちゃん、気をつけてね。鉈で怪我しないように」

やすが声をかけると、とめ吉はうなずいた。とめ吉は実家でよく仕込まれているようで、鉈の使い方に危なっかしいところはない。だが仕事というものは何につけ、慣れて来た頃がいちばん危ないのだ。

薪割りはけっこうな重労働だが、男衆の仕事の中ではもっとも簡単なので、小僧の仕事だった。勘平はあまり腕っぷしが強くなかったし、体も華奢だったのですぐに音をあげ、手をまめだらけにしてべそをかいていたが、とめ吉は体格がよく力もそこそこあるらしく、難なくこなしている。

男衆が斧で大きく割った木片を、鉈でさらに細く割る。割ったものはきちんと束ねて、裏庭の薪小屋にしまう。生木は燃えにくいので、薪は割ってからしばらく乾燥させないと使えない。

カンカン、と鉈をかませた木片を台にした切り株に打ち付ける音が響いている。やすはその音を聞きながら裏庭伝いに町に出た。

まずは乾物屋。上等な鰹節や上方の昆布は政さんが吟味して仕入れるが、他のものは地元の乾物屋で買っている。干瓢、豆、高野豆腐など、必要なものを丁寧に選んで買う。同じ値段でも品物にはいくらかばらつきがある。以前は政さんに連れられて買いに来て、政さんが品物を選ぶのを見て覚えた。そのうちにはとめ吉を連れて来るようになるだろう。

道具屋に寄って、修理を頼んでいた料理道具をひきとった。高潮に流されて古い道具はなくなり、どれも真新しい物に変わったが、政さんが特に気に入っていた道具は御殿山の蔵に避難させてあった。そうした物が少しでもこわれると、政さんはすぐに修理に出す。穴の開いた笊、持ち手が取れた杓子、折れた菜箸。どれも新しいものに買い替えればいいのだが、政さんは、いよいよ直せなくなるまで修理して使い続ける。料理道具は手に馴染むまで時間がかかる。一度馴染んだものの使いやすさは、かけがえのないものだ、と。

最後に小間物屋に寄った。

特に急ぐ買い物はなかったが、小間物屋の店先を眺めるのはやすにとって、買い物に出た時の楽しみだった。やすだけではなく、女中たちもみな小間物屋の店先をひやかすのが大好きだ。店内に入ってきちんと飾られた櫛(くし)や簪(かんざし)、白粉(おしろい)や紅などを手に取る勇気はないけれど、店先の台の上に並べられた、値下げされていたり、少し難ありで安くなっていたりするものなら、給金から貯(た)めた銭で買えないこともない。

その日も台の上には、片方欠けてしまった蛤(はまぐり)の貝殻に入れられた紅だの、売れ残った袋物だのが置かれていた。簪もいくつか並んでいる。値下げされているとは言え、簪は高価で手が出ない。それに、簪など使うのは正月くらいだ。櫛もあったが、それを見るとやすの頬に自然と笑みが浮かんだ。櫛だけは、上等なものを持っている。いつぞや紅屋に泊まったご新造さまにいただいた。あの頃はまだ、やすは子供だった。悪阻(つわり)で炊きたての白飯の匂いが辛(つら)そうだったご新造さまに、冷や飯のお握りを出して感謝され、お礼にいただいた櫛。けれどその時やすは、勝手に部屋付き女中の仕事を代わってしまい、おしげさんにきつく叱られたのだ。やすが宝物箱と呼ぶ箱にしまわれたあの櫛を見るたびに、当時の自分の思い上がりや幼さを思い出して頬が赤くなる。毎日毎日、数限りなく失敗を繰り返して、自分はあの頃より少しは成長したのだろうか。

いつまでも油を売っていては夕餉の支度に遅れてしまう。やすは小さなため息をひとつついてから小間物屋の店先を離れようとした。その時、店の奥から出て来た人と軽くぶつかってしまった。

「あ、ごめんなさい」

「いや、俺が悪いんです。すみません」

声に聞き覚えがあった。

「……千吉さん」

おしげさんの弟、飾り職人の千吉さんだった。

「……おやすさん？」

千吉さんは少し驚いた顔になった。

「おやすさん、ですよね？」

「へえ、やすでございます」

千吉さんは、苦笑いのような顔で頭をかいた。

「これはびっくりした。感じが変わりましたね、おやすさん」

「……へ？　そうでしょうか」

「変わりましたよ、随分と。その……大人びたというか」

やすは恥ずかしくなって下を向いた。

「……最後にお会いしてから……二年近く経ちましたから」

千吉さんと顔を合わせて言葉を交わしたのは、千吉さんと芸者の春太郎さんが駆け落ちをしようとしたあの晩が最後だ。あれは大地震の前だった。けれどやすはそれからも、通りを歩く千吉さんの姿を何度か見かけている。

「少しの間、見ないだけで、変わるもんだな、女子というのは。あの時はまだ女童のように見えたもんだが。……おやすさんは、姉のしげと仲良くしてくださってるんですよね」

「おしげさんにはとてもよくしていただいてます」

「姉は元気ですか。あれから少し体を壊したと聞いたんだけど」

「へえ、とても良いお医者さまが品川に越していらして、その先生のお薬が効いたようで、胃の病は治ったようです」

おしげさんが千吉さんとほとんど会っていない、と、なんとなく知ってはいたが、千吉さんの口ぶりがやすの心に痛かった。姉と弟の絆が断たれてしまったのは、自分が余計なことをしたからなのかもしれない。

やすは二人が逢い引きしていることを知り、おしげさんに伝えた。その告げ口がなければ、二人は今頃どこかで夫婦になり、幸せに暮らしていたかもしれない。そうしたらきっとおしげさんにも文ぐらいは出していただろう。駆け落ちは未然に防がれたが、春太郎さんと別れることになった千吉さんは、おしげさんの長屋を出て行ってしまった。おしげさんは、おやすのおかげであの二人は命拾いしたんだよと言ってくれる。けれど、大切に大切に、親代わりで育てた弟に出て行かれたことが、おしげさんの胃を痛めたのは間違いない。

駆け落ちは大罪だ。ましてや、芸者を足抜けさせての駆け落ちでは、捕らえられたら千吉さんがどんな目に遭うか、考えただけで怖くなる。あの時は、駆け落ちすれば二人に命はない、と思った。実際、春太郎さんは死ぬ気だったとのちに打ち明けてくれた。たとえほんの半月でもいいから、千吉さんと夫婦の真似事がしたかった、そのあと死んでも構わないと思っていた、と。

春太郎さんは、命が助かったことを喜んではいなかった。余計なおせっかいをしたやすのことを恨んでいるような顔つきだった。その春太郎さんは、今でも品川で芸者を続けている。二人は同じ町で生きているのに、二度と逢瀬はゆるされない。それがどれほど辛く苦しいことなのか。

「少し一緒に歩きませんか」

千吉さんにそう言われて、やすは驚いた。自分の顔など見たくもないと思っているはずなのに。

「まずいかな、俺なんかと歩くのは」

「い、いいえ」

やすは首を振った。

「旅籠のお勝手女中が誰(だれ)と歩いていようと、品川の人たちは気にも止めないと思います」

はは、と千吉さんは笑った。

「そりゃそうだ。ここは天下の花街、花宿場、品川だ。男と女が並んで歩く姿なんざ、珍しくもなんともないや」

少し早足の千吉さんの後ろを、やすは遅れないように歩いた。やっぱり千吉さんも健脚なのだ。おしげさんがそうであるように。二人の故郷は、信州の保高(ほたか)村、とんでもなく高い山が連なる麓(ふもと)らしい。どこに行くにも峠越(とうげご)え。子供の頃から二人は歩きに歩き、走りに走って育ったらしい。だから足がとても強い。

「おやすさんは、鼻がいいそうですね」

千吉さんが唐突に言った。

「以前に姉から聞いたことがあります。お勝手にいるおやすって子は、鼻が犬みたいによく利くんだよ、って」

「子供の頃は……匂いに多少敏感でした」

「今は違うんですか？」

「へえ……今は料理を作ることだけに鼻をつかっています」

「魚が腐っているかどうか、鼻で確かめるとか？」

「へえ、それもあります。でも魚の匂いくらいは、料理人なら誰でも嗅いで新しい古いはわかると思います」

「他にどんなことに鼻をつかうんですか」

「……吸い物も煮物も、匂いで出汁を何でとったのかおおよそわかりますし、醤油や砂糖の量も見当がつきます。その醤油や油などは、匂いで新しい古いを嗅ぎ分けないと大変な失敗に繋がります。古い醤油や油を使うと匂いも味も悪くなり、料理を台無しにしますし、食べた人が胸焼けも起こします」

「なるほど」

「野菜が古くなっているかどうかも匂いでわかります」

「生まれつき、よく利く鼻を持ってるおやすさんは、料理人として恵まれてるってことですね」

「へえ……そうかもしれません。けれど鼻がよそ様より少しばかり良くても、それだけでは良い料理人にはなれません。毎日こつこつ、精進することが何より大切だと思います」

「職人はみんな同じですね。生まれ持った才がある方がいいに決まっているけれど、日々の精進を怠ればどんなに才のある者でもいい職人にはなれない。飾り物でも料理でも、そこは変わらない」

「千吉さんの簪は人気があると聞いています。……わたしらのお給金ではとても手が出ませんが」

「簪を作ることは楽しいんです」

千吉さんの声は、どこか沈んでいた。

「だけど、簪なんて何の為に作るのか、簪なんか作ったって何の役に立つのか、この頃そんなことを考えてしまうんです」

「簪は、芸者さんにはなくてはならない物でしょう？　芸者さんだけじゃありません、女が着飾ろうと思えば、簪があるとないとではまるで違いますよ」

「でもおやすさん、あなたは簪、さしてないですよね、今」

「それは、だって、お勝手女中が仕事中に簪なんか髪にさしていたら笑われます」

「なぜですか？」

千吉さんの声は妙に切羽詰まっていた。

「どうして笑われるんです？」

「ど、どうして……」

「簪を髪にさすことは、滑稽(こっけい)なことですか」

「ま、まさか。素敵なことです。女にとってはとても素敵なことです。でも、だからこそ特別なものなんです。毎日の仕事にはいらないものです。簪を髪にさすのは、ひと様から美しい女だと思われたいからです。あるいは、簪を髪にさすほど特別に装っていると認めてもらいたいからです。お勝手女中の仕事は台所で料理を作ることです。その仕事には、美しい女だと思われる必要もないし、特別な装いをしていると認めてもらう必要もありません。必要もないことをしていれば笑われるのは当たり前です。けれど部屋付き女中には簪をさしている者もおります。それらはたいがい、地味で目立たない物ですが、それでも少しは、ああ今日は綺麗(きれい)にしているな、と思ってもらえます。部屋付きの女中はお客さまに接しますから、綺麗にしていると思われるのは悪いことではありません。簪が必要か必要でないかは、その女の仕事や、日々の暮らしによって変わるのだと思います」

「でも女中さんがつけている簪は、俺が作るようなものじゃない。漆を塗った木玉や小さな珊瑚玉などをあしらった、質素な中に可愛らしさのある物でしょう。そして値段もさほど高くない」

「へえ、女中の給金では、そんなに高価な簪など買えません」

「俺が細工するのは銀だ。鼈甲を使うこともある。翡翠や瑪瑙をあしらったりもする。特別な注文で金細工をしたこともある。きらびやかで贅沢で、金のある者にしか縁がない。芸者は商売道具として買ってくれるが、その代金はみんな自分の借金になる。髪にちゃらちゃらとした飾りをつけるだけで、年季明けが何年も延びるんだ」

　千吉さんは、やすに話しているというよりも独り言のようにぶつぶつと言った。

「芸者が簪で装うのは、旦那衆に綺麗だと褒められたいからだ。つまり、俺は毎日毎日必死になって、金持ちの旦那衆を喜ばせる為に簪を作っているのも同然だ。そんな物が本当に、この世に必要な物なんだろうか」

「……千吉さん……」

「大地震、颶風と続いて、どれだけの人が路頭に迷ったか、あなたも知っているでしょう。親に死なれた子供達が飢えている様も見たでしょう。奉公先のお店が潰れて、わずかな荷物を背にあてもなく品川を出て行った人たちも大勢いる。それなのに俺は相変わらず、金持ちしか喜ばない簪を作り続けている」

「でも……必要とする人がいるんですから。千吉さんが作った簪で、いい気持ちになる芸者さんもいるんですから。美しい簪は、きっと、この世に必要なものなんだと思います」

「そうかもしれない」

千吉さんは歩く速さを少し緩めた。

「金持ちにしか用のないもんだって、金持ちがこの世にいる限りは世の中に必要なもんなんだろう。だけど、それを俺が作る意味がわからないんだ」

「……意味」

「あんな店じゃなくて、背中に箱を背負って売りあるく小間物屋をあんたも知ってるだろう」

「へえ、ほんの時々ですが、紅屋のお勝手口にも売りに来ます。女中でも買えるような安い紅や櫛など見せてくれます」

「お女中に買ってもらえる櫛の方が、俺が作る簪なんかよりずっと世に必要なもんだと思いませんか？　だって世の中には、金持ちよりずっとずっと大勢のお女中がいるんだ。大勢の人に欲しいと言ってもらえる物の方が、本当の価値がある、そうは思いませんかね？」

やすはすぐに返事をすることができなかった。千吉さんの言うことは正しいとも思うのだが、でも、美しい銀細工の簪が、それを買えるお金持ちにしか意味のない物だと言い切ることもできないような気がする。やすは、自分はおそらく一生働いても、千吉さんが作る銀細工の簪を買うことはないだろうと思う。それだけの貯えが出来たとしても、簪でつかってしまう気にはなれないだろう。店に入っても、おいくらですか、と訊いてみる勇気さえ出ない。銀細工や翡翠をあしらった簪一つ買える銭があれば、半間ほどの店を借りて煮売屋が開けるだろう。やすにとって確かに、千吉さんが作る素晴らしい簪は、どうしても必要なもの、ではない。でも、ごくたまにそうした簪を目にして、ふわっといい気持ちになることもある。小間物屋の店先にそうした高価な品が出されることはないけれど、大通りを芸者衆が歩く姿を見れば、その髪に揺れる美しい花簪を目にできる。それを見ると、ああ素敵だなあ、とやすは思う。その一瞬、やすの心は確かに浮き立つ。そうした心がうきうきとする気持ち、素敵だなあと思う気持ちは、無駄なのだろうか。意味がないのだろうか。

そうは思いたくない。自分の髪にさすことができないからと言って、美しい物を見て心をときめかすことが無駄だなんて、思えない。

この世から、あんなふうに美しい物が消えてしまったら、どれほど寂しいだろう。悲しいだろう。つまらないだろう。

「わたしにはわかりません」

やすは言った。

「何が必要で意味があることなのか、それを決めるのは誰なのか、わかりません。でも、美しい簪を見て、ああ綺麗だなあ、と思うことが悪いことだとは思えないんです。わたしは……芸者さんたちが着飾って歩いているのを見るのが好きです。髪に揺れている見事な花簪を眺めるのも好きです。それは悪いことなんでしょうか……」

「欲しいとは思いませんか」

「……とても手が届くようなものでは」

「もし買えるのであれば欲しい、そうは思いませんか」

「買ってもつけられません。そんな簪に合うような着物を持っておりません」

「ではその着物も欲しくないんですか？　簪も着物も、欲しいと思ったことは」

「……子供の頃には、欲しいなと思ったことはありました」

「今は欲しくないんですか。それは、どうせ手に入らないと諦めてしまったからじゃありませんか？　あるいは、それだけの金があったら他のものを買いたいと思ったからでは」

「そうかもしれません」

「けれど世の中には、簪も着物も買った上に、あなたが買いたい他のものを買える人たちもいるんですよ」

「あの……千吉さん……？」

「すみません、なんだかおかしな言い方をしてしまった。ただ、この頃、仕事に身が入らなくなることがあるんです。考え始めてしまうと、細工をする手が止まります。俺はなんの為に簪なんか作っているんだろう、って。俺がこの世で手に入れたかったものはたった一つだけだった。あなたもそれは知ってるでしょう」

やすはただ、下を向いた。もちろん知っている。千吉さんが手に入れたかったもの、それは、春太郎さんだけだ。

「でもそれはもう手に入らない。生きていても手に入ることはない」

「そんなことは」

「おやすさん、あなたに恨み言を言いたいわけじゃないんですよ。今になって思えば、あなたは俺たちの命の恩人だ。あのまま駆け落ちしていたら、きっと数日も経たずに俺たちは追っ手に捕まっていた。二人合わせて斬られて死ねたならまだしも、春太郎は女郎にされたかもしれないし、俺が殺されただけでは済まず、姉のしげもひどい目に遭っていたでしょう。でも……でもね、春太郎を永遠に失ってみてあらためて知ったんです。俺の生きがいはあのひとだけだった。そして今、かろうじて俺が生きていられるのは、俺が作った簪をあのひとが髪にさしてくれるかもしれない、その望みがあるからです。だけどその先には何もない。俺が作った簪は、春太郎のように、年季を背負って否応無く芸者を続ける女たち、二度と抜けられない遊郭の囲いの中で死ぬまで作り笑いをし、金を払う男たちに身を預ける女たちの髪にしか飾ってもらえない。俺が精進を重ねて品川一の飾り職人になったところで、せいぜいが、金持ちの娘の贅沢の道具を作るだけのことだ。そういうこと全部が、ひどく虚しいんです」

「……颶風の前に、春太郎さんと偶然お会いして、少しお話しました」

「そうですか。元気でしたか」

「はい」

「あのひとはめきめきと頭角を現していると聞いてます。三味線も踊りも、どんどん上達しているようです。あのひとは……強いひとだ。それに引き換え俺は……」

「春太郎さんだって、お辛いのは一緒だと思います。けれど今は、芸者として精進するしかないのだ、と覚悟を決めていらっしゃるように見えました」

「あのひとはきっと、品川に春太郎ありと言われるような芸者になるでしょう。そして、前の時よりもっともっといい身請けの話も来るようになる」

「春太郎さんは、決して身請けのお話はお受けにならないと……」

「先のことはわかりませんよ。それに、条件のいい話ならば受けるべきだ。結局それが芸者にとっては幸せになるいちばんの近道なんです」

　突き放したような言い方に、やすは少し心が痛んだ。もちろんそれは千吉さんの本音だろう。どのみちもう自分と添い遂げることはない春太郎さんだが、幸せになって欲しいと思っていることに嘘はないはず。そして、芸者が幸せになれる道はそう多くはない。財力があり人柄も悪くない旦那に身請けされるのであれば、それは一つの道に違いない。でも、春太郎さんがそんな話を受けるとは思えない。千吉さんのことを今でも思っていることのほかに、春太郎さんの意地もある。芸の道を極めたいからと身請け話を断った春太郎さんは、生涯芸者として生きていく覚悟を決めているだろう。

　だがやすは、二人が添い遂げることは本当にできないのだろうか、と思った。駆け落ちしなくても二人が一緒になる道は本当にないのだろうか。

「すみませんでしたね」

千吉さんが唐突に言って頭を下げた。

「なんだか、おやすさんに俺の愚痴をぶつけてしまったようで。俺はこんなふうに情けない男なんです」

「そ、そんな」

「姉ちゃんは、俺が姉ちゃんに腹を立てて長屋を出たと思ってるだろうから、何かの折にでも言ってやってくれませんか。そうじゃない、って。姉ちゃんには本当に感謝してるんです。田舎を出てからずっと、親代わりに俺を育ててくれた。わかってるんです。俺のせいで姉ちゃんは嫁にもいけなかった。俺がいなければ今頃は、商家の女将(おかみ)さんにでもおさまって、楽な暮らしができてたはずなんだ。なのに俺は、結局姉ちゃんの気持ちを裏切っちまった。俺が姉ちゃんと暮らさないのは、こんな情けない男の面倒をみるのはもうよしにして、姉ちゃんには姉ちゃんの幸せを見つけて欲しいからなんです。だから俺のことは忘れて、自分のことだけ考えてくれって、どうか姉ちゃんに言ってやってください」

「おしげさんは、千吉さんとまた暮らしたいと思って……」

「姉ちゃんは今からだって、いいひとがいたら嫁にいけばいいんだ。俺なんかが一緒にいたら姉ちゃんはいつまで経ってもその気にならない。……たまらないんですよ。辛いんです。俺のせいで姉ちゃんが幸せになれないのが、たまらない。俺は、俺は……ろくなもんじゃないんだ。好きな女一人幸せにできない、それだけの甲斐性がない男です。飾り職人としても半端だ。だから姉ちゃんにはもう、俺に構わないで欲しいんですよ。俺に構ってたら、姉ちゃんはいつまで経っても幸せになれない」

千吉さんはまた頭を下げると、早足でとっとと先へ行ってしまった。

やすはその背中に、声には出さずに叫んでいた。

おしげさんは今、それなりに幸せですよ！

おしげさんが不幸だなんて、そんなの、あなたの勝手な決めつけですよ！

でも。

本当にそうなんだろうか。おしげさんの本心は、やすにもわからない。ただわかっているのは、千吉さんが勝手に不幸だと思い込むようには不幸じゃないはずだ、ということだけだ。おしげさんは仕事に誇りを持っているし、紅屋はとてもいい旅籠だ。きちんと真面目に働いて、頼りにされて、ちゃんとお給金もいただいて。そうして生きているのに、弟に哀れまれなければいけないほど不幸だなんて、そんなこと……そんなことない。ないですよね？　おしげさん。

千吉さんと話したことが、やすの心にどんよりと残っていた。おしげさんに言わないと、と思ったものの、どうにも気が重い。ただ、千吉さんが怒って出て行ったのではない、ということだけは、伝えないといけない。

❖

その日は満室で、夕餉の膳(ぜん)の数も多かった。当然、台所も大忙しになる。おしげさんと話をする機会がないままで夜になり、気づくともうおしげさんは長屋に帰ってしまっていた。

先にとめ吉に湯をつかわせてから、やすはしまい湯をもらった。とめ吉が来た最初の夜は一緒に湯に入ったけれど、もう十になるとめ吉は男衆のはしくれ、いつまでも子供扱いをしていてはかわいそうだ。

しまい湯は薪をくべる湯の番がいないので、お湯はどんどん冷めてしまう。それでも如月の寒さで縮こまった手足を湯の中で伸ばすと、なんとも言えずいい心持ちになれる。奉公人の為にわざわざ内湯を作るなんて、なんと贅沢な話だろう。大旦那さまのお心には、仏様がいらっしゃるのかもしれない。

からだを洗うついでに風呂場をざっと洗い、着物を脱ぐ板の間も掃除して湯殿を出た。からだがほかほかしている間に布団にもぐりこみたい。

あまり音をたてないようにそっと部屋に入ると、もうとめ吉は寝息をたてていた。日に日に慣れているとは言え、毎日が新しいことばかり、叱られることも多く、からだだけではなく心も相当にくたびれるのだろう、とめ吉は本当に寝付くのが早い。

灯がとめ吉の顔にかかると眩しくて目が覚めてしまうかもしれないので、小さな行灯をとめ吉が寝ている布団と反対の側に置き、横を向いて自分の体で光を遮った。その姿勢だと行灯の光がやすの顔のあたりを照らすので、本を読むのにちょうどいい具合になる。行灯を使えるというのもとても贅沢なことだ。階段の上の小部屋に寝ていた頃は、灯明皿でさえ火を灯すのははばかられた。少しでも灯りを点ければ、壁のない小部屋、というより階段の上の隙間から光が外に漏れ、起きていることを他の奉公人に知られてしまう。下っ端が夜更かしなんてふとどきな、と叱られる。

今は、ちゃんと襖の付いた部屋の中だ。遅くまで行灯に火を灯していても叱られる心配はない。もちろん、明日の仕事に差し支えてはいけないので、本を読むのはほんの半刻ほどにしているけれど。

やすは、胸をときめかせながら本を開いた。政さんから借りた南蛮料理の本だった。元々はとても古い本で、南蛮料理書、というものらしいが、長い年月に写本が繰り返され、書き加えられたり削られたりしていて、何種類もの類本があるらしい。政さんが貸してくれたものは、江戸の料理人たちが読みやすいように仮名文字を交ぜて書かれていて、挿絵も豊富だった。

なんばん、や、おらんだ、と呼ばれる料理の中にも、今ではすっかり江戸の料理として親しまれているものも多い。天ぷらもその一つだ。今でも油は決して安価ではないが、その昔はとても高価なものだったので、油をたくさん使う天ぷらは贅沢な料理だったらしい。

やすは、かすてぼうろ、のところを熱心に読んだ。かすてぼうろは何度か食べたことがある。甘くて香りが良くて柔らかくて、とても美味しいお菓子だった。政さんの知り合いが何かの折に届けてくれてお相伴にあずかったことが一、二度。忘れられない味だった。

紅屋では、座敷にあがったお客にまずお茶とお菓子を出す。旅籠でそうしたもてなしをするところは他にもあるが、たいていは菓子屋から仕入れた菓子を使う。紅屋では、菓子も自前、台所で作って出すことにしている。たいていは餅菓子か饅頭で、特に春に作るよもぎ餅は紅屋の名物になっている。冬場なら酒饅頭も人気だ。その菓子に、かすてぼうろを作ってみようか、というのが政さんの考えだった。かすてぼうろは煎餅のように日持ちはしないが、一日すれば硬くなってしまう餅菓子や、ふかしたてでないと面白味のない饅頭よりは作り置きができるらしい。

江戸では菓子屋で売られるようになっているかすてぼうろだが、旅籠のもてなしに出しているという話は聞いたことがない。紅屋で出すようになれば評判を呼ぶだろう。

かすてぼうろは、かすていら、とも呼ばれる菓子。本に書かれていたのは、玉子焼きのように四角く焼かれたかすていらだった。長崎でその形になったようで、長崎かすていら、とそのままの名前が書かれている。小麦の粉、砂糖、卵、水飴。四角く焼いて、切って出す。そのあたりも玉子焼きそっくりだ。ぼうろは別の南蛮菓子で、こちらも今では菓子屋で買うことができる。

かすていらは、丸ごと買って、お武家さまやお大尽がお使いものにされると聞いている。それを食べやすい大きさに切ったものがかすてぼうろなのだが、ぼうろのように丸く焼いたかすていらもあるようだ。旅籠のお茶うけとして出すのなら、丸く焼いたものの方がいいかもしれない。水飴でしっとりさせているとはいえ、小麦の粉で焼いたものなら包丁を入れてしまうと切り口が乾いてぱさぱさになるのではないだろうか。

あれこれ考えていると目が冴えてしまった。料理の勉強とはいえ、翌日の仕事に差し障るようでは本末転倒だ。

　行灯の火を消して、横向きに寝たままで闇（やみ）の中で目を閉じた。頭の中では、小麦の粉に卵を混ぜて、それに水飴を流しいれる光景がはっきりと現れ、なかなか消えてくれない。


と、低く小さな声が背中の方から聞こえて来た。

　かあちゃん。


　とめ吉の寝言だった。

　やすは、胸がぎゅっと痛くなった。とめ吉は、故郷の母が恋しいのだ。けれど起きて働いている間は、そんなことをまったく顔に出さない。意外とさばさばした子だなと思っていた。が、そうではなかったのだ。とめ吉は必死に我慢していた。そして夢の中で、恋しい母に会えたのだろう。

　やすにはもう、この世のどこにも母がいない。母を恋しいと思う気持ちさえ、とうの昔に忘れてしまった。

　どんなに頑張っても、自分はとめ吉の母にはなれない。そう思うと寂しいと同時に、少し肩の荷が下りた気がしている。とめ吉と自分とは、つまるところ同じ奉公人仲間なのだ。自分はとめ吉の姉ですらない。

だがおしげさんと千吉さんとは本当の姉弟だった。おしげさんが、千吉さんの親代わりになろうとした時、その覚悟は今のやすとは比べ物にならないほど大きかっただろう。おしげさんは、自分のことよりずっとずっと、千吉さんのことが大切だったのだ。

千吉さんの、どこか投げやりな態度が思い出された。春太郎さんを失って生きるはりをなくしてしまった、それはわからないではない。けれど千吉さんのあの、憂鬱は、ただ春太郎さんのことだけが原因ではないような気がした。千吉さんは、目に見えない高い壁にぶつかっている、そんな感じがした。

何かをきわめようとする時には、必ず壁にぶつかるものだ。それは料理人も飾り職人も一緒だろう。きっと千吉さんは、飾り職人としてさらに高みに上る前の苦しい時期にいるに違いない。

そう考えると千吉さんの態度も納得はできた。が、その先には何もない、と言い切った時の暗い声は、やすの耳に今でも残っている。

眠りが静かにやすの頭に忍びこみ、ぼんやりとして来る。その曖昧で摑みどころのない、ふわふわとした気分の底に、何かひんやりとするものがあった。

その先には何もない。

あれはどういう意味なんだろう。飾り職人としてどこまで道をきわめても、その先には何もない……？

三　嫌がらせ

「まったく腹が立つったら」

珍しくおしげさんがお勝手に来て、政さん相手に愚痴を言っている。やすはとめ吉と二人で、小豆を選り分けていた。颶風の前なら豆屋がきちんと選り分けて、傷のある豆など持って来たりはしなかったのだが、昨夏に収穫された豆は、再興した菓子屋や料理屋で取り合いになっていて、良質のものがなかなか回って来ない。紅屋で使う小豆や黒豆は蔵に入れて守ったので、正月の分は足りたのだが、これから春になって餅菓子を作る機会も増えるだろうと仕入れをしてみたら、皮の裂けた豆が混じっていてがっかりさせられた。傷のある豆を一緒に煮るといい餡ができないので、丁寧に一粒ずつ選り分ける。傷物は傷物で、粥にしたり粉にひいたりと使いみちはある。

とめ吉はなかなか器用で、根気もあった。いいつければ、一刻でもひたすら豆を選り分けてくれる。

「何かの勘違いってことはねえのかい」

政さんは出汁の味を見ながら頭を振った。

「そんな噂があるなんざ、俺は聞いたことがねえけどなあ」

「噂ってのは女の口と耳が早いんだよ。あたしの耳に入ったってことは、巷の女の耳にはたいがい入ってるさ。まあ政さんは噂には遠い人だから、あんたの耳に入るまでにはまだ数日はあるだろうけど」

「そんなに気にすることぁねえだろう。どうせ誰かがやっかみで適当なことを垂れ流してるだけなんだから」

「気にしなくたって腹は立つんだよ、耳に入ったんだから。うちの大旦那様のことをそんな風に言うなんて、あんまりじゃないか。大地震の時だって蓄えてた米をほとんど炊き出しに使わせてくだすったし、颶風の後はお救い小屋暮らしの人たちを泊めてやって、あんたたちが作った料理と新しい畳、それに布団だってちゃんと用意してもてなしたんだよ。そんな徳の高い人のことを、役人に賄賂を渡して材木の手配をしただなんて……」

「しっ」

政さんの声がした。やすは下を向いていたが、政さんが唇に指一本を立てている姿が見えるような気がした。何気なくとめ吉を見たが、聞こえたのか聞こえないのか、表情を変えずに小豆を選り分けている。この子はしっかりしている、とやすは思った。

おしげさんと政さんは、奥の部屋に入ってしまった。やすは仕事を続けながら、気持ちがざわつくのを抑えられなかった。

役人に賄賂。

もちろん本当のことのはずがない。ただの噂だ。誰かが悪意を持って流した噂。

だがやすの脳裏には、いつだったか裏庭で、十手持ちの手に何かをさっと握らせた番頭さんの姿が蘇っていた。あれは、賄賂だ。そしてあんなことは誰でも、どこのお店でもやっていることだ。十手持ちの親分さんたちには心付けを渡す、それは、やすのように世情に疎い者でも知っていることだ。特に何かを頼む為ではなく、お役目ご苦労様です、という気持ちを込めて渡す、微々たる銭だ。そしてあの時は、境橋の柳の下から掘り出された男の死体に、おちよちゃんの思いびとの背中にあった彫り物と同じ柄の彫り物があったことを教えに来てくれたお礼だった。

天災が続いて材木の価格は跳ね上がり、品薄で手に入りにくいという話は聞いている。そんな中、紅屋は以前の建物を壊してほとんど新しく建て直し、奉公人の為の内湯まで作った。お客が泊まる部屋の数は以前と変わらないが、お勝手は大きくなったし、奥の住居も以前より広いようだ。その分は庭や裏庭が少しずつ狭くなっているのだが、建物が大きくなった分、普請に必要な木材などは多く必要だったろう。それらをこうして手に入れたのだから、大旦那さまがご無理をなすったろうなというのはなんとなくわかる。けれど、悪い噂で広まるようなことを、あの方がされるはずがない。

やすは気にしないことにした。世間の噂なんて、とてもいい加減なものだ。でも喉に魚の小骨が刺さっているような不快さが、しばらく消えなかった。深川のおいとさんが言っていたことがまた思い出された。奉公人に手厚くすることで、同業者の中には忌々しく思う者がいるかもしれない。紅屋は、品川の旅籠仲間から妬まれているのではないか。

今回の普請で大旦那さまはご自分の財産をかなり失われたはずだ。けれど世間から見れば、そんなに儲けていたのか、と妬まれる種になるのかもしれない。材木や普請に必要な材料がことごとく値上がりし、大工の手間賃も跳ね上がっているこの時期だ。大旦那さまらしく、良い材料を使ってしっかりと建てられた新しい建物は、品川の人々の目を惹いているのは間違いない。

やすは、気にしまい、と思ってもどうしても、心の底にわずかな不安が芽生えたことを意識せずにはいられなかった。

脈絡もなく、頭に布を巻いた番頭さんの姿が思い出された。八王子で追いはぎに襲われた番頭さん。もちろんあれは、紅屋とは何の関係もない行きずりの災難だった。府中の高札場で、街道に盗人が出ていると高札が上がっていたくらいだから、街道に悪人が増えているのは確かなのだろう。黒船以来の天変地異続きと、異人さんたちが増えることで浮き足立つ人々。米の値段は上がり、仕事をなくした者も増えている。世の中が悪い方へと向かっているのは、なんとなくわかる。そうした時には、強盗や泥棒は増えるものだ。

やすは頭を振って、不安を振り払った。

「耳に虫が入りましたか、おやすちゃん」

小豆を選り分けていたとめ吉が真顔でそう訊いた。

「おいらも耳に虫が入っちまって、どうしても出て来なくて困ったことがあります」

やすは思わず笑った。

「ごめんなさい、頭なんか振ったから心配させちゃったね。大丈夫よ、耳に入ったのは虫じゃなくて……ううん、なんでもない。ああ、上手に選り分けられたわね。では良い小豆はこの袋に入れて、傷のある小豆は土鍋に移して水を張っておいてちょうだい」

「へい」

「それが終わったら大根を洗ってね。よく洗えば大根は皮も美味しく食べられるから」

「へい！」

　とめ吉は本当に素直で返事も元気がいい。あまりにも張り切っているので、無理をしているのではとかえって心配になってしまう。

　一刻ほど夢中で働いているうちに、平蔵さんが仕入れから戻って魚をさばき始めた。魚に包丁が入ると、とめ吉は風呂焚きの男衆のところに手伝いに行く。まだとめ吉がお勝手にいても役に立つことは少ないし、包丁や油鍋など、子供には危険なものがあるからだ。やすも紅屋に来た初めの一、二年は、お勝手が忙しくなると裏庭に出て部屋付き女中と一緒に洗濯をして過ごしていた。夕餉のしたくを始めたお勝手は、戦場のような厳しさがある。

　とめ吉の姿が目の前から消えると、やすはほんの少しほっとする。料理のことだけに集中していられるからだ。

もういちいち政さんに指図されなくても、あらかたの仕事はできるようになった。平蔵さんもやすのことを見習いとはみなしておらず、料理人同士のように味の相談をしたり、料理の手順を言い争ったりしてくれる。そうして一人前に扱ってもらえることが、やすにとっては何より嬉しいことだった。

「今夜も満室か」

平蔵さんが、並んだ膳に目をやって言った。

「年明け早々、随分と繁盛だな」

「普請でお休みしている間、お客さまが待っていてくだすったんですね」

「新しい建物になれば客が増えるのは当然だ。問題は、そうやって増えた客が二度、三度と泊まってくれるかどうかだよ。いや違うな」

平蔵さんは自分の言葉を自分で打ち消した。

「いくら東海道と言ったって、そうそう何度も旅をする客は多くない。紅屋にはご贔屓にしてくださるお客もいるが、数から言えば一度こっきりのお客の方が多い。大事なのは評判だ。一度こっきりのお客でも、旅を終えてから思い出して、ああ品川で泊まった紅屋はいい宿だったなあ、と、誰かにそのことを話してくれる、それが大事だな。おやすちゃんが描いているあの献立の絵、あれはいい思いつきだ。お客はあれを持ち帰るから、後になってどんなものを食べたか絵を見て思い出せるし、誰かに話す時にもあの絵を見せられる」

「へえ、でも絵は下手です。せっかく絵師の先生に教えていただいたのに、わたしには絵の才がありませんでした」

「別にうまくなくたっていいのさ。魚が魚に見えて、茄子が茄子に見えればそれでいいんだ。ああいうちょっとした工夫が評判を呼ぶ元になる」

平蔵さんは何か考えているような顔だったが、料理が忙しくなってその話はそれで終わった。

その夜も下げられて来た膳の上の皿はどれもからっぽだった。料理の評判は上々だったと、部屋付きの女中達から言われて、やすは平蔵さんと顔を見合わせて笑顔になった。新しい紅屋になってからは、料理でいちばん大切な出汁をひくのも平蔵さんの仕事になっている。政さんは最後に味見して、これでいい、とか、もうちょっと塩、などと短く言う。命の次に大事にしているのでは、と思うくらい大切にしている柳刃を平蔵さんに握らせることも多くなった。平蔵さんの張り切りようは大変なもので、顔を真っ赤にして穴があくほど真剣に刃先を見つめ、一ひき、一ひき、息を止めて刺身をひいている。やすも思わず顔を赤くしてそれに見入り、一緒に息を止めてしまうので、二人同時にふう、と息を吐き出す様に政さんが大笑いする。

「おめえたち、いちいち息止めて刺身ひいてたんじゃ、舟盛りの注文でも入った日にゃ、二人して息が詰まってあの世行きになっちまうぜ」

舟盛りは滅多に作らない豪華な刺身の盛り合わせで、小さな舟の形をした杉の器に何種類もの刺身を美しく盛り付ける。元々は越前の料理だったと聞いたことがあるが、この頃では料亭や料理自慢の宿などで出しているようだ。紅屋でも何度か、わざわざ江戸から遊びにいらしたお大尽のご一行が特別に注文したことがあった。紅屋は飯盛り女もおかず芸者も呼ばない平旅籠だが、お大尽にも遊郭で遊ぶよりも美味しいものを食べる方がいい、という方々がいらっしゃって、江戸一番の料亭の花板だった政さんの料理が食べられるからといらしてくださる。

いつかは舟盛りに盛り付ける刺身をひける料理人になりたい。やすは、柳刃を握ることをゆるされた平蔵さんが羨ましかった。

客の膳が下がり、手が空いた者から夕餉の賄いを食べにやって来る。その頃になると風呂の支度も整い、とめ吉もお勝手に戻って来る。

幼いとめ吉は空きっ腹を抱えているが、他の奉公人の食事が終わるまでは食べられない。意地悪でそうされているのではなく、紅屋という仕事の場での序列を身をもって知る為に我慢させられるのだ。けれど紅屋の人たちはみんな優しくて、幼いとめ吉が食べる番になった時にめぼしいおかずが何も残っていない、などということはなかった。それどころか、煮物でも魚でも、子供が好きそうなところを小皿に選り分けてとっておいてくれたりする。やすも勘平も、そうした優しさに育てられたのだ。

男衆や部屋付き女中の食事が終わり、やっと台所の者達の夕餉になる。最初に箸をつけるのは政さんだが、あとはうるさいことは言われず、おまえ達も早く食べな、と声がかかる。やすはとめ吉の飯茶碗にご飯を山盛りにしてやって、そのご飯の上におかずもたくさん載せて手渡す。夢中になってかきこむとめ吉を見ながら、その日の料理について、政さんがやすや平蔵と話し合いながらの夕餉である。

「野菜はだいぶいい物が入るようになって来たな。と言っても干し大根や芋なんかばっかりだが」

「品川も平らなとこはみんな潮に浸かっちまって、土の入れ替えをしないと野菜が作れないと農家がぼやいてましたが、何とかなったんですかね」

「いや、あれだけ潮に浸かっちまったら、元どおりのいい土に還すのは大変だろうな」

「そろそろ野草が顔を出します。ふきのとうはもう出ているみたいです」

「明日あたり、とめ吉を連れて行って来るかい、摘草に」

「まだ早いんじゃねえですか」

「土筆(つくし)やよもぎは出始めだろうが、ふきのとうならたくさん出てるだろう。味噌(みそ)とすって焼き魚にちょいと添えただけでも、春らしくていいだろう」

「よもぎが出てるのが楽しみですね。とめちゃんにも、紅屋のよもぎ餅を早く食べさせてあげたい。とめちゃん、よもぎ餅は好き？」

とめ吉は口にご飯をいっぱい詰め込んだまま、何度もうなずいた。

「だったら春本番を楽しみにしててね。紅屋のよもぎ餅は、そんじょそこらの餅屋さんのより美味しいと評判なのよ」

　とめ吉は嬉しそうな笑顔になった。

　とめ吉が食べ終わるのを見計らって、やすは湯を沸かした。盥(たらい)に熱い湯を入れて、そこに茶碗や皿を入れ、とめ吉と一緒に裏庭の井戸端まで運ぶ。井戸の水を湯に少し入れて手が入れられるくらいの熱さにしてから、湯に浸かった皿や茶碗を固く縛って小さな束にした藁(わら)でこする。洗いおえたものは別の桶(おけ)にくんだ水ですすいでお勝手に戻す。今夜も満室の客入りだったので、皿や茶碗の数が多く、三、四回は往復しないと洗い終わらない。二度目にお勝手に戻ったところで、茶をすすっていた政さんが言った。

「おやす、ちょっと。とめ吉だけでも洗い物は何とかなるだろう?」

「へえ」

やすは前掛けで手を拭きながら、政さんの近くの空き樽に座った。平蔵さんも近くに座っている。

「おしげが言ってたこと、おやすの耳にも入ったろう?」

「へ、へえ。……けど、気にしていません。深川のおいとさんからも、商売がうまくいくとやっかまれるものだと聞いてます。紅屋は新しくなって毎日たくさんのお客さんが泊まってくださるんで、妬まれて悪い噂を流されることもあると思います。でもうちの大旦那さまは立派なお人です。決して、誰かに後ろ指を指されるようなことはなさらないと思います」

「もちろんそうだ。ここで働いてるもんはみんなわかってるだろう。ただな、噂は今度のだけで収まらないかもしれない」

政さんは険しい顔をしていた。

「俺が江戸で働いていた時に実際に見聞きしたことなんだが、ある時ちょっと評判をとった料理屋があってな、そこの料理は確かに美味かったんだが、花板が遊び好きでな。どこかの岡場所で贔屓の女のことで誰かと揉めたんだ。まあそれ自体はどこにでも転がってる話で、別にどうでもいいんだが、そのことで揉めた相手に恨みをかっちまった。それからしばらくして、その料理屋の料理に中って腹をくだした客がいるって話が出始めた。最初は、その話を耳にしてもたいしたことだとは思わなかった。料理に中って腹をくだすなんてことはそうあることじゃない。大概は、客がもともと風邪っぴきだったか何かで腹の調子が悪かったとか、以前からそれを食べると中るとわかってたもんをうっかり食べちまったとか、そういうのが多い。ところが段々と、中ったって声が大きくなってって、しまいには瓦版に書かれちまったんだ。お上のお調べも入ったんだが、客の中に自分が中ったと名乗り出る者はいなかったし、いくら調べてもそうしたことがあったという証は立たなかった。つまり、誰も腹下しなんかしてなかったんだ。なのになぜか、噂だけはどんどん大きくなった。しまいにはその店の客足もさっぱりになっちまって、半年ほどで店が潰れちまったんだ。どういうことだったか、おやすにはわかるな？」

「へえ。……その花板さんを恨んだ誰かが、ありもしないことを噂として流したんですね」

「ああ、そうだ。それも一人でやったんじゃねえ、金を摑ませて人を雇って、いろんなところで喋（しゃべ）らせたんだな。噂ってのは、そういうおっかないもんなんだ。特に食べ物の商いをしていると、料理に中っただの、毒がへえっていただのって噂が流れただけでも店が潰れるほどのことになりかねない」

「けど、今流れてる噂ってのは大旦那様が普請奉行に賄賂をわたして、木材をまわしてもらったとかそういうのですよ」

　平蔵さんが言った。

「腹の立つ噂ではあるけど、食いもんのことじゃない」

「ああ、そうだ。紅屋は料理屋じゃなくて旅籠だからな、旅籠の客の入りを悪くしようとするなら、主人や女将（おかみ）が悪人だって噂を流すのがいいと思ったんだろう。だがそれでたいした効果がないとなったら、次は食い物に目をつけられるかもしれない」

「そんな……」

　やすは思わず、拳（こぶし）を握りしめた。

「うちの料理に中ったなんて噂が流れるかもしれないと……」

「そういうこともあるかもしれねえ、って話だ」

「でも紅屋は何も悪いことはしてません。大旦那さまは品川の旅籠の寄り合いにもちゃんと出ていらっしゃるし、そこでお役目もさずかって、他の旅籠の為にもなるように働いていらっしゃるじゃないですか！」

「大旦那のお人柄は品川の者ならみんな知っている。紅屋の商売が真っ当で正直なもんだってことも知らないもんはいないだろうよ。けどな、世間には、真っ当なものに腹を立てる人ってのがいるもんなんだ。あの颶風で壊れた旅籠のうち、建物を建て直して商売を始められた旅籠はまだ半分ほどしかない。どうにも金の工面がつかずに、旅籠を売り渡して品川を去った主人もいる。そんな中で、真新しい建物に連日満室になるほど客が詰めかけている紅屋を妬ましいと思う者がいても仕方ねえことだ。人の悪意ってもんは、得体が知れねえ。どんな時に人が心に悪いもんを抱え込むのかは、他人にはどうにもわからねえからな」

「だったらどうしたらいいんです？」

平蔵さんは怒っているような顔をしている。やすも怒りたい気持ちだった。真面目に働いて商売をして、それで繁盛したら妬まれて足をすくわれるなんて、どう考えても理不尽だ。

「まずは、隙を見せないことだ」

政さんは言った。

「どんな噂が流されても、それが本当のことじゃないとちゃんと申し開きできなけりや嘘に負けちまう。俺たちにできることは、うちの料理に使う材料を徹底して吟味して、いつどこからいくらで仕入れた、と帳面に細かくつけておくこと。今までもそうして来たが、これからはより一層注意深く仕入れないとならん。安いからと言って、素性のわからない野菜や魚には決して手を出さないようにしよう。そして、料理場に一人になることがないようにしてくれ。一人で料理をしていると、誰かが台所に入って来ても気づかないことがある。二人以上でいれば必ず気づくはずだ。とめ吉でもいいから一緒にいるように」

「へい」

「おしげとも相談したんだが、部屋付き女中たちにはお客の体の具合に気をつけさせる。あがってひと息ついた時に、茶菓子を出しがてらそれとなく訊いてもらうことにした。熱はねえか、咳は出てねえか、腹がしくしく痛んでねえか。ゆうべはよく寝られたか、道中怪我をしなかったか、それと宿に着く前にその日食べたものも聞き出してもらう。献立が重なって昼餉と同じものを出してしまったら申し訳ないから、とかなんとか言えば、教えてくれるだろう。翌朝の出立の際にも、腹具合なんかをそれとなく訊いて、夕餉の膳に不満がなかったかも聞き出してもらおう。それらをこちらで帳面につけておくんだ。万が一、うちの料理を食べて腹を壊したなんて噂が流れ出したら、その帳面を持って番屋に相談に行こう」

「それはいい考えだと思うんだが」

平蔵さんは首を傾げていた。

「けど、そこまでやる必要がほんとにあるんですかね？　まあ確かに、紅屋は今品川でいちばん注目されている旅籠だから、やっかみで変な噂を流す奴らはいると思いますがね、世間もそんなに馬鹿じゃねえですよ。紅屋の飯に中ったなんて噂が流れたって、本当にそんな客がいるなら何より先に紅屋に文句をつけて来るはずだ。適当な嘘なら世間にだって嘘だとわかると思うんだけどな。少なくともこれまでの紅屋を知ってる客なら、そんな噂に惑わされたりしねえでしょう。政さんの江戸で見聞きした話ってのは、その花板自体があまり世間から信用されてなかったんだ。岡場所通いした挙句、女郎の取り合いで喧嘩になるなんざ、ろくなもんじゃない。そういう奴なら、悪い噂が流れた時に、ああやっぱりな、と世間が納得しちまうのもわかる。だがうちは違う。真っ当な商売を真面目にやってる旅籠だってことは広く知られているはずだし、政さんの料理の腕だって、並のもんじゃない。客が腹痛を起こすようなもんを作って出すなんて、誰も信じやしませんよ」

「俺もそう思いたいんだが」

　政さんの表情はゆるまなかった。

「おちよのことがあった時、うちに押し込みが入ろうとしていたってのは、あんたも知ってるだろ」

「へえ、おちよが絡んでたってことは知ってます」

「押し込みの手先がおちよをたぶらかして、奥の家の図面を手に入れようとしていたんだったな」

「早めにそれに気づいたんで、押し込まれないで済んだ」

「あの時だって、不思議に思わなかったかい？　平旅籠のあがりなんざたかが知れてる、そんなはした金の為に、わざわざ図面を手に入れてまで押し込みなんぞやろうとするもんだろか、ってさ」

「そりゃまあ……でも大旦那様が金を貯め込んでると思い込んだ連中の仕業だったんじゃないですか」

「大旦那が金持ちだって話を、誰かが押し込みの連中に吹き込んだんじゃないか、俺はそれを心配してるんだ。まあ大旦那は俺たちよりは金持ちだが、押し込みが入って儲けが出るほど普段から千両箱に縁があるお人じゃない。もともと大旦那も御養子で、実家がかなりの土地持ちらしくて、そうした土地からのあがりが大旦那にも分けられていると聞いたことはあるが、千両箱を枕にして寝ているようなお大尽じゃないのは確かだ。なのに押し込みが家の図面まで手に入れて押し込もうとしてたってことは、千両箱がいくつか奥の家ん中に置かれている、なんて話がどこかで流れていたってことになる。その話を流した奴は、それで押し込みが入って紅屋が皆殺しにされちまっても平気だった、ってことだ。つまり、それだけ紅屋と大旦那一家に恨みがあるのかも知れねえんだ」

やすの背中に震えが走った。

「ま、俺が心配し過ぎてるだけかもしれないがな、人様の口に入るもんを扱ってる身としたら、用心するに越したことはねえからな」

「へい」

平蔵さんがうなずく。

「絶対に、出所の確かでないもんは仕入れません」

「うん、そうしてくれ。おやす、おまえさんも、そんなに怖い顔しなくていいから、ちょっと目配りしておいてくれ」

「へ、へえ」

「平さんとおやすは滅多なことはしねえとわかってるが、まあ念のためだ。特にとめ吉を使いに行かせる時には気をつけてくれ。いつもの店で、紅屋だと名乗って、いつも買ってるもんを買う、それ以外のことはしないように、な」

「わかりました。とめちゃんには、よく言い聞かせます」

「あの子はしっかりしてはいるが、なんたってまだ子供だ。子供ってえのは、飴玉でも握らされたら、しちゃならねえこともしちまうからな」

　そんな話が出てから、やすはとめ吉を気軽に使いに出せなくなってしまった。とめ吉は、勘平と比べたらはるかにしっかりしているし、言われたことをきちんとやり遂げることができる我慢強さもあり、体力もあって、下働きの小僧にはもったいないなと思うこともある。薪割りなどは男衆にひけを取らないほど早い。何事につけて覚えも早く、物心ついた頃から農家の子として働いて来ただけのことはある。

　けれど、素直で大人の言うことを丸ごと信じてしまう子供だった。勘平は大人に何を言われても、それが本当なのかそうでないのか、どうしてそんなことを言うのか、と、うるさいくらいに訊き返したり考えこんだりしていた。そうした態度は生意気にも怠け者にも見えて、奉公人たちからは使えない小僧だと思われていたのだが、勘平が実は利発なことは誰にでもわかった。言葉を交わしているうちに、そんなことまで考えているのか、と感心することもあったし、勘平に訊き返されて自分のあやまちに気づくことも結構あった。だがとめ吉にはそうしたところがまるでない。こちらの言いつけは、なんでも疑問を持たずに受け入れて守り、やっておいてねと頼んだことはちゃんとやってくれる。が、こちらが何か間違ったことを指示してしまったとして、それがあからさまな間違いであっても、とめ吉はこちらの指示通りにしてしまうのだ。

それを考えると、いつもの店でいつものものだけ買いなさい、と言っておけば滅多なことではおかしなものを買って来たりはしないと思う。思うけれど、もし、言葉巧みに大人がとめ吉を騙(だま)そうとしたら、どうだろうか。政さんに頼まれたからとか、番頭さんに頼まれたからなどと言われて、とめ吉はそれが嘘だと見破れるだろうか。かと言って、紅屋の人以外の言葉はすべて疑え、などと言えば、大人の言葉を丸ごと受け入れることで、役にたつ小僧、として毎日をおくっているとめ吉は、きっと混乱してしまうだろう。おそらくとめ吉の故郷での日々には、大人の悪意というものがほとんどなかったのだと思う。決して裕福ではないにしても、仲の良い大勢の家族の中で、働いて働いて、役にたつ子だと褒(ほ)められることが、とめ吉のすべてだったはずだ。そんなとめ吉の素直な心は、今だけの宝物なのだと思う。品川のような賑(にぎ)やかで華やかな町で暮らして大人になっていく途中で、とめ吉は、世間に悪意というものがあること、大人の言葉のすべてが本当のことではないということを、嫌でも知ることになるだろう。けれど、できれば一日でも長く、素直で健やかな子供の心を持ち続けて欲しい、とやすは思っていた。自分にはゆるされなかった、子供の心。

それでも、小僧を使いに出さない、のでは仕事にならない。一、二度連れて行った店には、三度目にはとめ吉一人で行っておいで、と送り出すしかない。

とめ吉が元気に勝手口を出て行くたびに、やすは心の中で祈るようになった。とめちゃんを、大人たちの悪意が傷つけませんように。

だが、やすの祈りは天に通じなかった。

政さんから、紅屋に対して向けられている悪意について聞いた日からしばらく経った、やけに春めいて暖かな日のことだった。

如月も終わりに近づいて、海からの潮風にも春の気配が感じられた。梅の花はとっくに盛りを過ぎ、もうあちらこちらに花桃の艶やかな花がほころんでいる。品川は江戸と比べても暖かいようで、春も一足早く訪れる。

あれ以来、特に変な噂は流れて来なかったので、やすも他の女中たちも胸を撫で下ろしていた。この半月で壊れた建物を直して商売を再開したお店もさらに増え、品川には活気が戻っていた。紅屋の満室状態は続いていたが、他の宿もみな繁盛しているようで、やっかみで大旦那さまの悪い噂を流していた誰かさんも、今は自分の仕事に追われてそれどころではないのかもしれない。

品川を通る旅人の数は、寒さが緩み始めると日に日に増えていた。一昨年の大地震、昨年の高潮と天災が続き、はりすが下田に上陸し、何やら世の中が先の見えないもやもやとした不安に覆われているようだった日々。年が明けて、今年こそは世の中が穏やかになり安心して商売に精が出せるのでは、との期待も高まっている。上さまには薩摩から御台さまがお輿入れされ、お世継ぎのことも丸く収まるのではないか、と噂も流れている。先のお二人の御台さまがいずれも早世され、今の上さまにはお世継ぎがいらっしゃらない。宿場に流れる噂がどれほど信じられるものなのか、やすには判断できないが、お世継ぎを一橋さまにされるのか、それとも紀州さまがお継ぎになるのかと、町人たちまでも興味半分に話している。いくらご病気がちとは言え、まだ上さまはご存命なのに、おそれおおいことだとやすは思う。新しい御台さまがお世継ぎさまをお産みになれば、そうした心無い噂話も聞かなくて済む。

何より、そうしたおめでたいことがあれば、きっと世の中は明るくなる。辛いことばかりが続いたけれど、今年こそはみんなが笑って暮らせる年になるに違いない。

そんな気持ちがいつの間にかやすの警戒心を緩めていた。その日は、味噌屋に使いに出すとめ吉に、ただ、いってらっしゃい、としか声をかけなかった。とめ吉はとても聞き分けが良い子で、言われたことは確実にやる。するなと言ったことは決してしない。寄り道しないでね、買ったものを忘れて来ないでね、落とさないでね、転ばないようにね……勘平が使いに出る時は、おまきさんもやすも、うるさいくらいにそうした言葉をかけたものだったが、とめ吉に対しては一、二度言えば大丈夫、という雰囲気があった。

とめ吉が勝手口を出たのは夕餉の支度を始める一刻ほど前。その日に使う味噌は充分にあったので、とめ吉が少々遅くなっても夕餉を作るのに困ることはない。だから、そろそろ戻ってくる頃なのに少し遅いな、と思った時も、店が混んでいて手間取っているのかしら、ぐらいに考えていた。その日も満室で、しかも献立は少々手のかかるものだったので、夕餉の支度が始まると他のことを考えている余裕がなくなった。平蔵さんも政さんも同様で、三人はいつものように一心不乱で働いていた。

膳の上に料理の皿が並び、部屋付き女中たちが現れて膳を抱えて運び始めた頃、やすは、はっとした。

慌てて裏庭に出てみたが、その刻には薪割りをしているはずのとめ吉の姿がない。やすはお勝手に引き返すと、下駄を鳴らして小走りに湯殿へと向かった。湯の支度はとうに終わっているらしく、男衆の一人が湯殿の暖簾を出したところだった。

「おい、おやす」

やすの顔を見るなり、男衆が尖った声で言った。

「小僧はどうしたんでえ。風邪でもひいたか」

「あ、あの、とめちゃんは」

「小僧は顔を見せなかったぜ。台所の小僧だってのは知ってるが、湯殿の掃除や風呂焚きの手伝いはさせていいって、番頭さんに言われてるんだ。休ませる時はあんたから一言、知らせてくれないと困るじゃないか。それに今日は薪割りもしてねえようだ。しばらくは薪に余裕があるから構わねえが、毎日割らねえと足りなくなった時どうするんだい」

「す、すみません」

やすは咄嗟に頭を下げたが、一気に噴き上がって来た不安で全身が震え出していた。だがやすが言い訳を考えている間に、男衆は二階へと消えてしまった。

やすはその場に座り込みそうになったが、なんとかお勝手へと戻った。政さんに、とめ吉が使いから戻っていないようだ、と告げる時にはもう、涙声になっていた。

「戻ってねえって、あいつが使いに出たのはいつ頃だ」

「へ、へえ、夕餉の仕度を始める一刻ほど前です。いつもの味噌が減っていたので、味噌屋さんに……」

「味噌屋って……何度か使いに出たことがあるんだろう?」

「へえ、私が二度一緒に行きました」

「味噌丸屋だったら大通りをまっすぐだ、道に迷うこともないな……」

「いつもお客で混んでいるお店で、味噌を計って包んでくれるのに少し手間がかかることもあるんで、ちょっと遅いなとは思ったんですけど……い、忙しくなってしまって……」

やすは泣き出した。

「わたしのせいです。わたしが、つい、とめちゃんが戻ってるかどうか確かめるのを忘れてしまった……」

「おやすちゃん、あんただけのせいじゃねえよ」

平蔵さんが言った。

「俺だってとめ吉がいねえなとは思っても、外で薪割りしてんだな、と勝手に思い込んでたんだ。毎日夕餉の支度が始まると湯殿に手伝いに行ってたし、そのあとは暗くなっても薪割りしてた。とめはあの歳にしちゃ、なんでもよくわきまえていて、仕事がなくても遊んでるなんてことがない。何か手伝ってるんだろう、と軽く考えちまった」

「わたしが悪いんです。わたしが、わたしが」

「おやす」

政さんが強い声で言った。

「今は誰が悪いとか誰のせいだとか言ってる場合じゃねえ。とにかくあいつを探さねえと。平さん、あんたすまないが、先に味噌丸屋まで走って、小僧がいつ頃店を出たか聞いて来ちゃくれねえか。それで味噌丸屋からここまで戻りながら探してくれ」

「へい、承知」

平蔵さんは言うなり外に駆け出した。

「おやす、お前はここにいろ」

「で、でも」

「客の夕餉はまだ全部済んでねえし、そのあとは賄いを出さなくちゃ。台所の仕事が残ってるうちは、ここを空っぽにすることはできねえんだ。俺はここから逆に味噌丸屋まで探して行く」

「わたしが行きます！　行かせてください」

「駄目だ。とめ吉がどんな状態になってるかわからねえんだ、非力な女より俺の方が、いざって時にいい。向こうから戻って来る平さんとぶつかるまでに見つからなければ、その足で番屋に出向くから、賄いを出し終えたら番頭さんに事情を話しておいてくれ。けど他の女中の耳には入れないようにな。なんでもない、ただのとめ公の寄り道だったりしたら、騒ぎになったら戻りにくくなって、ここをやめちまうかも知れねえからな。大丈夫だ、まだ大通りは人でごった返して、提灯がいらねえくらい明るい。転んで怪我して動けねえとかいうんなら、誰かが見つけて知らせてくれてるはずだ。かと言って、たかだか平旅籠の見習い小僧をかどわかしてもたいした銭にはならねえ、かどわかすんならもうちょっと金の引っ張れそうな子供を狙う。第一、品川の大通りを歩いててかどわかしなんかに遭ったら、必ず歩いてる人が見て慌てて番屋に知らせてるだろう。しっかりしてそうに見えても子供は子供、何か珍しいもんでもどこかの店先に並んでいたのに見とれちまって、うっかり暗くなっちまった、そんなところだ。これまでしくじったことのない子だから、戻ったらさぞかし叱られるだろうと戻れずに、どっかの軒先で膝抱えてる、そんなとこに違いねえんだ。いいから、そんなに心配しないで、とにかく料理人の仕事をきちっとやっといてくれ」

政さんの姿が見えなくなると、やすはまた少し泣いた。だがいつまでもめそめそしている暇はなかった。夕餉の終わりに湯漬けを食べたいが漬物をもう少し欲しい、というお客の要望でぬか漬けを出したり、早めにあがって賄いを食べに来た男衆におかずや飯を出す。下げられて来た膳から皿や茶碗を取って水に浸し、漆塗りの客膳は丁寧に拭いて積み上げた。

いつもの仕事なので手は動く。でも、やすの心はただひたすらに、とめ吉のことを考え続けていた。

とめちゃんに何かあったら。それを少しでも考えると指先まで震える。そんなことになったら、わたしも生きてはいられない。とめちゃんの親御さんになんと言って詫びたらいいのか、言葉もない。

「おやす、どうかしたのかい」

賄いを食べ終えたおしげさんが、皿に残った魚の骨や皮を桶に入れていたやすのそばにそっと寄って囁いた。

「あんた、なんか変だよ。体の具合でも悪いのかい？　それとさ、平蔵さんも政さんも、どこに出かけてるんだい」

やすは、なんでもないです、と言おうとしたが喉に言葉が詰まったようになって、不意に涙が溢れるのを止められなかった。

おしげさんは黙ってやすの隣に立ち、皿の食べ残しを片付けるのを手伝った。

「とめ吉がいないね」

おしげさんは、小さな声で言った。

「いつもは醤油の空き樽の上に座って、あたしらの夕餉が終わるのをじっと見てるのに」

おしげさんは、ふふ、と笑った。

「可愛い子だよね。あの歳で、腹が減ってるのに最後まで食べられないのは可哀想だ。それでも不満そうな顔はしない。我慢強い、いい子だよ。奉公人に向いてるね、あの子は」

「……へい」

やすはやっとそれだけ言ったが、また涙がこぼれた。

「なんかあったのかい、あの子に」

おしげさんはさらに声を低めた。

「まさか、勘平の時みたいに出奔しちまったなんてことは、あの子に限ってないだろうけど」

「おしげさん」

やすは消え入るような声で言った。

「わたしのせいなんです。わたしが悪いんです。わたしが……」

「他の女中には言うなって、政さんから言われてるんだろ。だったら言わなくていいよ。ただ、あたしが訊いたことが間違ってるなら、下駄を一回鳴らしておくれ。その通りだったら何もしなくていい。もしかしてとめ吉は、使いに出たまま戻らないんじゃないのかい？」

やすは思わずおしげさんの顔を見たが、おしげさんは下を向いて魚の骨をつまんでいた。

「……番頭さんには言ったのかい」

「賄いが終わってから言うようにと、政さんが」

「うん、そうだね。あの人たちに知られると、騒ぎになる」

お勝手横の小上がりには、夕餉を食べる部屋付き女中の姿がまだあった。

「いいよ、番頭さんは今帳場にいるから、あたしが言っといてあげる。そしたらすぐにここに来てくれるだろうし」

おしげさんは、ぱっぱっと手を洗って前掛けで拭くと、素早く勝手口から出て行った。番頭さんも賄いを食べるが、女中や男衆とは別に、自分の部屋で食べることが多い。帳場は番頭さんの仕事場で、その帳場の奥に小さな部屋があった。番頭さんの部屋に呼ばれもしないのに入れるのは、若旦那と政さん、それにおしげさんくらいだろう。

やすは、おしげさんに知られて少しほっとしていた。おしげさんなら、誰にとっても悪い方へいかないようにしてくれる。

女中たちの食事が終わっても、やすは何か食べたいという気持ちにならなかった。だが政さんと平蔵さんの分にと、握り飯を作った。平蔵さんはいつもは夕餉を賄いで食べずに、長屋に帰ってからおかみさんと食べる。賄いのおかずを二人分持ち帰ることを政さんがゆるしていた。今夜はもしかしたら、平蔵さんが帰るのがとても遅くなるかもしれない。長屋で待っている平蔵さんのおかみさんに、本当に申し訳ない。

ほどなくして番頭さんが勝手口から入って来て、やすの肩を叩(たた)いた。

「おやす、ちょっといいかい」

「へえ」

やすは番頭さんについて外に出た。

「とめ吉が使いに出たまま戻らないってのは、本当なのかい」

「へえ」

やすは頭を深く下げた。

「わたしのせいです。わたしが、もっとちゃんと気をつけていたら……」

「誰の落ち度だとか誰が悪いとかは、とめ吉が無事に戻ってからの話だよ。今はとにかく、事実だけ教えておくれ」

やすは、味噌屋に使いに出たとめ吉が帰って来ないということを、できるだけ正確に話した。

「なるほど」

番頭さんは空を見上げた。

「今夜は月が明るいね。こんな夜には、かどわかしなんざ企む奴はいないだろう。しかも旅籠の小僧なんかかどわかしても、下手したら一文の銭も取れやしない」

「政さんもそう言ってました」

「まあしかし、世の中には鬼のような連中もいるからね、体が丈夫そうな子供なら、人買いに売れば幾らかの銭にはなる。あの子は歳の割にはいい体をしている、背も高い。売れないことはないだろう」

「そんな……」

「まあまあ。けど味噌丸屋さんからうちまでの道は品川大通りだ、まさかあんな人通りの多いところで、子供のかどわかしなんかしませんよ、どれだけ悪い連中でも。かと言って、怪我をしたとか何だとかなら、誰かがうちに知らせてくれる。使いに出す時は、うちの前掛けをしめてたんだろう？」

「へい」

「あの赤い前掛けは、このあたりの人が見れば紅屋だってすぐわかる。それが未だに知らせがないってことは、少なくとも、通りに倒れたりはしてないってことだね」

　番頭さんは腕組みしてうなずいた。

「わかりました。闇雲に探しまわっても仕方ない、とにかく政さんと平さんが戻るのを待ちましょう。それで手がかりがないようなら、男衆に言いつけて探します。遊郭の大引けまでには見つけないと、通りが真っ暗になってしまうからね。政さんが番屋には届けてくれるんだね？」

「へえ、見つからなければ届けると言ってました。あの、番頭さん、わたしも探しに行きたいんです。皿を洗って台所を掃除したら、出かけてもいいでしょうか」

「それはやめておいた方がいいでしょう」

番頭さんは首を横に振った。

「若い娘が日が落ちてからうろうろするのはよくない。かどわかしの心配をするのなら、とめ吉よりもおやすの方が、かどわかされる心配があります。遊郭の大引けの後は、酔っ払いやたちの良くない男たちが増えます。とめ吉が心配なのはわかるが、一人で出歩くのはいけません」

「でも」

「今夜の内に見つからなければ、明日はどのみちみんなで探すことになる。その時にはお願いしますよ。まあそうは言っても心配で落ち着かないだろうが、万が一おやすまでいなくなったりしたら、もう商売どころではなくなります。とにかく今夜は、ここで待ちなさい。眠れないならずっと台所にいてもいいから」

「……へい」

やすは目に涙を浮かべたままうなずくしかなかった。

「わたしはいつでも出掛けられるように、帳面付けを終わらせてしまいます。政さんが戻ったらわたしのところに来るように伝えておくれ」

番頭さんが勝手口から表へと帰ってから、やすは不安に押しつぶされそうになりながら、とにかく働いた。動いていなければ頭がおかしくなってしまいそうだった。膳の片付け、賄いの片付けを終え、皿も茶碗も洗い終え、台所中を拭き掃除し、鍋を磨き、まな板を洗い……ふと気づくと、遠くから大引けの太鼓の音が聞こえて来た。遊郭が戸を閉め、客が外に出される。朝まで泊まる客もいるが、大引けの合図と共に遊郭を出た客たちは、それぞれが荷物を預けた旅籠へと戻って行く。江戸から遊びに来ている人々の中には、駕籠を仕立ててこれから江戸に戻る者もいる。大引けの合図と共に大通りの店はほとんど店じまいしてしまうので、その後は人通りもなくなり、灯りも消え、大通りはしんと静まりかえって闇に包まれる。

やすの心がまた一段と重くなった。こんな刻までとめ吉はどこにいるのだろう。なぜ見つからないのだろう。

考え始めたら、悪いほうへ悪いほうへと考えてしまう。

何かのはずみで海か川へ落ちたのではないか。この季節に水に落ちたら、すぐに助けて貰わなければ寒さで心の臓が止まってしまう。

荷車か馬にでも撥ねられたのではないか。撥ねた者が、落ち度を罰せられるのを恐れてとめ吉を連れ去り、どこか山の中にでも捨ててしまったのかもしれない。たとえまだ生きていたとしても、このまま一晩外に放置されたら凍え死んでしまうだろう。あるいは、やっぱり人買いにかどわかされたのかも。とめ吉は歳の割に大柄で背丈もあり、体も丈夫そうだ。金山や銀山では人足が不足していて、人の売り買いもあると噂で聞いたことがある。子供のいない農夫でも、身寄りのない子を働き手としてもらうことがあるらしい。女の子ほどではないにしても、丈夫な男の子なら買い手がつくのだろう。角兵衛獅子は越後から祭りなどにやって来て子供が踊りの芸を見せるが、あれも越後から来たと偽って、人買いから買った子を厳しく仕込んで商売をしていることがあると聞く。やすは見たことがないが、お江戸にある陰間茶屋では、とめ吉くらいの男の子が女の格好をして客をとるのだという噂も耳にした。歌舞伎役者を目指す者たちがそうしたところで働くらしいが、中には売られて来た男の子もいるという。とめ吉は体格が良すぎて、すでに女の着物を着てもそれらしくは見えないだろうが、まだ喉仏も出ていないし、声は幼いままだ。

やすは、番頭さんの言いつけを破って外に走り出しそうになるのを必死に堪えていた。とめちゃんがひどい目に遭っているかもしれないのに、ここでじっとしているなんて、そんなことできるわけがない！

だが闇雲に外に出たところで、とめ吉を見つけ出せるかどうかわからない。

やすは、自分がひどく役立たずであると思えて辛かった。自分のせいでとめ吉がひどい目に遭っているかもしれないのに、こんなに役に立たないなんて。

「おやすちゃん！」

勝手口の引き戸がガラッと開いた。平蔵さんだった。

「平蔵さん！　とめちゃんは、とめちゃんは見つかったんですか！」

「ああ、大丈夫だ。まだ風呂はしまいになってないよな」

「お、お風呂ですか。へ、へえ、まだ入れると思います」

「よかった。ちょっと待っててくれ」

平蔵さんがまた外に出て行った。と思うと、がやがやと人の話し声が近づいて来る。

やすはたまらずに外に飛び出した。

「と、とめちゃん！」

とめ吉がいた。政さんの後ろに隠れるようにして、顔だけ覗かせている。

「とめちゃん、大丈夫？　どこか怪我してない？」

やすは走り寄ってとめ吉を抱きしめようとしたが、政さんが手に提げている提灯の灯りが照らしているとめ吉の顔を見て、ぎょっとして足をとめた。とめ吉の頭から顔から、着物から前掛けまで、何か、黒っぽいものが塗りたくられている。……これは……これは、まさか！

抱きしめようと伸ばした手を思わずひきそうになった。どう見ても、とめ吉に塗りたくられているものは……

ははは、と政さんが笑った。

「安心しろ、おやす。そいつは糞じゃねえよ。味噌だ」

……みそ？

肥溜めにでも落ちたのかと思ったのだが……味噌？

やすは鼻をひくつかせた。

そうだ、確かに、これは味噌の匂いだ。もうすっかり乾いてかちかちになっているのか匂いは弱かったが、慣れ親しんだ豆味噌のふっくらとした香りが嗅ぎとれる。

「お味噌……とめちゃん、どうして……」

「何があったのかちゃんと聞き出すのは明日にしよう。とめ公は泣きっぱなしだったみてえで、もう涙も出ねえってとこだ。腹も減ってるだろうし、何よりそんだけ泣いたら眠くて仕方ないだろうよ。悪いがおやす、とめ吉を風呂に入れてやって、何か食わして寝かしつけてくれねえかな。俺と平さんも適当に湯漬けでも食って今夜はこれでしまいにする」

「へ、へえ。あの、握り飯があります。おかずも皿に取り分けてあります」

「ありがとうよ」

やすは、政さんの後ろから出ようとしないとめ吉の手をそっとひいた。

「政さん、番頭さんが部屋にいらしてくださいと」

「あいよ。おやす、おまえさんのことだから自分も飯食ってねえんだろ。とめ吉に食わせる時にちゃんと自分も食えよ」

「へ、へえ」

やすがその手をひくと、とめ吉は素直について来た。

着物や前掛けにまで味噌がこびりついていたので、とめ吉を階段下に待たせて二階へ着替えを取りに行き、そのあと湯殿へ向かった。幸い女中たちの入浴も済んでいるようで、奉公人用の湯殿に人の姿はなかった。

裸にしたとめ吉に湯をかけながら、味噌を指で溶かして落とした。頭には特にたくさんの味噌が付いていて、髪の毛に何度も湯をかけ、指ですいて落とす。とめ吉は黙ったまま唇を固く結んでいた。その目は赤く泣きはらしている。

味噌が落ちて綺麗になったとめ吉を湯に入れ、肩まで浸からせた。体が温まったところで出してやり、よく拭いて、寝間着を着せる。とめ吉が里から持って来た、おそらくはお下りの浴衣をとめ吉の体に合わせて縫い縮めたものだったが、一針一針にとめ吉の母の思いがこもっているのだと、やすは申し訳なさに涙ぐんだ。大切な大切なお子を預かったのに、仕事が忙しくなったからと暮れ六つを過ぎても気にしなかった。自分は、なんというひどいことをしたのだろう。もっと早くとめ吉が帰っていないことに気づいていたら、こんなに泣き尽くす前に見つけてあげられたかもしれないのに。

台所に戻ると、政さんと平蔵さんが食後の茶をすすっていた。やすは自分ととめ吉の分のご飯を茶碗に盛り、賄いの残り物の、鰯の煮付けを一尾ずつその上に載せた。手渡すと、とめ吉はいただきますも言わずにがつがつと食べた。その様子を見てようやく、やすは、とめ吉が無事だったのだ、と実感した。

「とめ吉」

政さんが話しかけた。

「今夜は何も考えなくていいから、それ食ったら寝ろ。明日、話がしたくなってから、何があったのか、どうしてあんなところにいたのか教えてくれ」

こくん、ととめ吉はうなずいた。

とめ吉は、布団に入るとすぐに寝息をたて始めた。少しの間それを見守ってから台所に戻ると、まだ平蔵さんも政さんも台所にいた。番頭さんまで、小上がりに座って煙草(たばこ)をのんでいる。

「寝ましたか？」

番頭さんに訊かれて、やすはうなずいた。

「泣き疲れてたのか、布団に入るなり寝てしまいました」

「ぐっすり寝かせてやりなさい」

「へい。明日の朝の水汲(みずく)みは、わたしがしておきます」

やすは新しく茶をいれて湯呑(ゆの)みを配った。

「とめちゃんは、どこにいたんですか」

「南品川からこっちに戻る途中の、草むらん中だ。ほら、少しの間、灯りが途絶えるあたりがあるだろう。昨年の大潮で流された家が何軒かあったあたりだよ」

政さんは言って、腕組みをほどいた。

「まあいるとしたらあのあたりだろうと見当はつけてたんだ。平さんが味噌丸屋から戻って来るのが見えたんで、二人で探した」

「灯りがないんで、手探りで探しました」

平蔵さんは笑って両手を前に出した。

「手ぬぐいでも巻いとけばよかったんだが。枯草にひっかかれて傷だらけになっちまいました」

「大変、お手当てを」

「いやいや、そんな大した傷じゃないんで。今夜寝たら、明日には筋しか残ってないから大丈夫」

「焼酎（しょうちゅう）をかけときな」

政さんが言った。

「傷には焼酎をかけとくといいんだって、死んだ婆（ばあ）さんに教わった。だけどしみるぞ」

「そんな枯草の中で、あの子は夕刻からじっとしてたのかね」

番頭さんが言った。

「寒かったろうに。ずっと泣いてたんだろうか」

「俺が見つけた時は、眠り込んじまってたんですよ。それで声がしないからなかなか見つけられなかった。今夜もかなり冷え込んでるんで、あのまま朝まで見つけられなかったら、眠ったまんま死んじまったかも知れねえ」

「どうして戻って来なかったんだろうね」

「買った味噌を台無しにしちまったんで、どうしていいかわかんなくなったんでしょうね。とめ吉はとにかく生真面目で、言いつけたことはちゃんとやるんだが、ちょっと融通が利かないところがあって。なあ、おやす」

「へえ、とめちゃんに何かやらせる時には、加減とか度合いをこっちで見計らってやらないといけないことはあります」

「まあ、子供だから融通なんざ利かないでいいんだが、そういう子は一つしくじった時に、どうしていいかわからなくて隠れたり逃げたりしちまうことがある。今度もとめ吉にとっては、せっかく買った味噌を台無しにしたばっかりか、あんな風になっちまって、どうやって謝ったらいいのかわからずに草むらに隠れちまったんでしょう」

「しかしあれは、あの子がしたことではないでしょう？　まさか自分で味噌を頭や背中にまで塗りたくるなんて」

「そこが問題さね」

　政さんは再び腕組みして、険しい顔になった。

「真っ赤な前掛けをしめていれば、紅屋の小僧だってのは品川のもんならすぐわかる。それとわかっていて、誰かがあの子を捕まえて味噌を取り上げ、あろうことかその味噌を子供の体に塗りたくったんだ。これは相当に悪どい嫌がらせです。まあ幸い、殴ったり蹴ったりはしなかったようで、怪我はしてねえが」

「殴ったり蹴ったりしなくたって、とめちゃんの気持ちが大怪我をしちまいましたよ！」

やすは思わず声を大きくした。

「あんなひどいこと……子供にあんなことができるなんて、性悪すぎです！」

「ああ、確かに性悪だ」

番頭さんも苦々しく言った。

「これは捨て置くことはできません。明日、若旦那とも相談の上、四文の親分さんのところに行かないと」

「番屋に届けても、子供が味噌を塗られたくらいではらちがあかねえだろうしね」

政さんの言葉に、番頭さんは大きくうなずいた。

「もっと早く、きちんと相談に行くべきでした。紅屋に対する嫌がらせはどんどんたちが悪くなる。あの押し込みのことだって、四文の親分さんにお願いして、二度と紅屋を狙わないように睨みを利かせていただいたからあれで終わったけれど、もともとは誰かが紅屋の奥に大金が置かれているなんて大嘘を裏稼業の連中に流したのが始まりです。あの時、本当は噂を流した者を突き止めておくべきでした」

番頭さんは、言葉を切ってからやすを見て、あっ、という顔になった。やすは目をそらした。今聞いたことは、自分が知るべきことではなかったのだ。番頭さんの口が滑ったのだ。

四文の親分さん。

名前だけは聞いたことがある。江戸の侠客で、江戸だけでなく品川から神奈川のあたりまでも治めていると。だがやすはそもそも、侠客とはどんな人なのか、何を生業にしている人なのかよく知らない。品川のような花街に侠客は欠かせないということはなんとなくわかっているが、どう欠かせないのか、そこまではわからない。政さんも教えてくれないし、こうしてやすの前では、できるだけ話さないようにしているらしい。ならば、やすもそれ以上のことは知りたくなかった。

やすは何も言わず、聞こえなかった顔で皆の湯呑みを盆に集めた。

「じゃ、俺たちは帰るから、あとは頼んだぜ」

政さんが立ち上がる。番頭さんがやすの肩をそっと叩いた。

「とめ吉がこんなことになったのは、おやすのせいじゃないからね。もう気にするのはおよし。おやすが気にしてしょげていては、明日からとめ吉の身の置きどころがなくなります。あの子には、あの子のせいじゃない、とわからせてやって、自信を取り戻させることが大切です。しかししばらくの間は、あの子も一人で使いに出るのは怖いだろう。お勝手に入れる女中のこと、できるだけ急ぐから、少しの間余計な仕事が増えるだろうが、とめ吉に無理をさせないようにしてやっておくれ」

「へい。決して無理なんかさせません」

番頭さんは優しく微笑(ほほえ)んだ。

「うん、しかし、だからと言っておやすが無理をするのもいけませんよ。おやすが倒れたりしたら、それこそ紅屋にとっては大変なことになってしまう。ま、難しいことは我々でなんとかうまく収めるから、おやすはとめ吉と料理のことだけ考えて、自分のできる範囲で気張ってくれたらいいから」

「へい」

三人が台所から消えて一人になると、やすは小上がりに座り込んだ。

とめ吉が無事でいてくれたことは本当に良かった。けれど、あんな目に遭ったらとめ吉の心は、決して無事ではないだろう。使いに出るのが怖いくらいのことだったら、この先ずっと自分で使いに出ればいいだけのこと。近いうちにはお勝手女中が一人増えるのだし、わざわざとめ吉に嫌な仕事をさせることはない。

でも、とめ吉は使いに出ることを嫌がる程度で済むのだろうか。品川で働くこと自体が嫌になってしまわないだろうか。

せっかく紅屋での日々にも慣れて来て、楽しんで働いているように見えていたのに。あまりにもひどい。

やすの胸に、怒りがぐんと湧き起こった。

いくら体格が良いと言っても、身なりからして小僧なのはわかること。まだ子供なのだ。紅屋にどんな恨みがあったとしても、小僧にまでそれをぶつけるなんて、まともじゃない。

殴ったり蹴ったりしていなくても、あんな風に味噌を頭から塗りたくられたりして、どんなにか怖かっただろう。悔しかっただろう。

番頭さんは、押し込みのこともやはり裏があったのだと言っていた。あの時は大旦那さまも詳しいことを話してくれずに、ただ、もう心配いらないと言っただけだった。けれどあれも嫌がらせで流された噂が元になっていたらしい。

今度の普請を妬まれたから大旦那さまの悪口が噂で流れたのかと思ったけれど、押し込みのことがあった時にはもう、紅屋に嫌がらせをする人たちがいたということになる。ただいち早く建物を新しくしたことで客の入りがいいから妬まれた、ということではないらしい。

やすは戸締りをして灯りを消し、静かに二階へ上がった。寝息を立てているとめ吉の横に敷いた布団に潜り込む。

紅屋はどうしてそんなに恨まれているのだろう。

いったい誰が、紅屋に対してそこまでの恨みを抱いているのか。胸の中をもやもやとしたものが満たして、寝苦しい夜になった。

四　赤い前掛け

とめ吉は翌朝も、水汲みの刻には起きて来た。やすが、まだ寝ていなさいと言っても、黙って首を横に振り、健気に水桶を担ぐ。それがなんだか痛ましくて、やすは思わずとめ吉を抱きしめていた。

「無理はしないでね。番頭さんも政さんも、今日は寝たいだけ寝かせてやれって言ってくだすったんだから。水汲みもお皿洗いも、心配しなくたってやすがやります」

「これは、おいらの仕事です」

「ええ、わかってますよ。水汲みはとめちゃんの仕事。でもね、人は一生涯、一日も具合の悪い日がないってわけにはいかないの。誰だって、どこかが痛いとか、風邪をひいたとかって、仕事のできない日はあるものです。そんな時にまで無理に働かせるのは、悪いお店。なぜってそんな時に無理をさせても、いつもと同じような仕事はできないし、間違いも多くなる。そして無理して働いた分、元気になるのに日にちがかかってしまう。だからそういう時は休ませて、代わりに誰かがその仕事をするの。その方がいいのよ。紅屋はそういうところなの。だからね、今日は二階にあがって、横になっていなさい」

「おいら……どこも痛くないです。熱もないし、眠くもないです」

「とめちゃん……」

「おいら、働きたいです。昨日、無駄にした味噌の分、働きます」

「お味噌のことなんか、もういいの。忘れなさい」

「あれはいい味噌です。高い味噌です」

「わかってます。政さんが選んだ、紅屋の料理に使えるいいお味噌。でもいいの。また買いに行けばいいんだから。わたしが後で買って来ます」

「お金は返して貰えないですよ。だっておいら、味噌丸屋を出て帰る途中で……」

やすはとめ吉の頭を撫でた。

「わかった、わかった。その時のことは、後で番頭さんたちに話しましょう。お味噌のお代の分は、元気になったら一所懸命働けばそれでいいのよ。そんなこと小僧さんが気にすることじゃありません。小僧さんのうちはお給金だってないんだから、何かあったら親御さんから預かっているお店が面倒をみるのが当たり前。とめちゃんはとっても仕事のできる小僧さんだから、元気に働けばお味噌の分くらい、すぐに取り戻せます」

とめ吉は下を向いていたが、決心したように顔を上げた。

「それでもおいら、今日も働きたいです。だって……おいら……悔しかったから」

とめ吉の目が潤んでいた。

「おいら、味噌を守れなかったから。おいら男なのに、あんなに泣いちまったから。おとうが知ったら、男のくせにだらしねえ、って言われる」

「どれだけ泣いたのかなんて、誰にもわからないじゃないの。政さんがとめちゃんを見つけた時、とめちゃんは草むらの中で寝ていたそうよ」

やすは笑ってもう一度、とめ吉の頭を撫でた。

「とめちゃんのお父さんには、とめちゃんがお味噌を守ろうと頑張ったんだ、ってことだけ伝えればいいわ。だってとめちゃんが泣いてるとこは、誰も見てないんだもの」

そう言われて、とめ吉はようやく笑顔になった。

「……だったらおやすちゃん、今言ったこと内緒にしといてくれる？」

「もちろん。誰にも言わない。ううん、やすは何も聞いてませんよ」

とめ吉はこくりとうなずいた。

「でもおやすちゃん、おいら今日も働きます。働かせてください」

「大丈夫？」

「平気です」

とめ吉は水桶をまた担いだ。

「おいら、おやすちゃんよりは力持ちだと思うな。里でもおいら、姉ちゃんたちよりは重い物が持てたんだ。おとうにも、とめは力だけは一人前にあるなって言われたんだ」

朝餉が済み、早立ちのお客から順繰りに出立を見送ると、部屋付き女中たちは掃除にかかる。台所では朝餉の後片付けと、手が空いた奉公人が食べに来る賄いのあれこれに追われ、それが一段落してようやく自分たちの朝餉が食べられる。とめ吉は食欲があるようで、山盛りにした飯にめざしと漬物をまたたく間に平らげた。やすはほっとした。子供はとにかく食べることだ。食べられるのなら、大丈夫だ。

とめ吉が番頭さんに呼ばれ、政さんも一緒に付いて行った。昨日のことをあれこれ訊かれるのはとめ吉にとって辛いことだろう。付き添わなかった平蔵さんは、蕎麦打ちを始めた。最近、政さんに蕎麦打ちを習っていて、そろそろ客に出せるものが打てるようになったかどうか、お八つに蕎麦を振る舞うつもりらしい。

やすも蕎麦を打ってみたかったが、他に覚えること、身につけなくてはいけないことがたくさんあるので、我慢している。あれもこれもと欲張りたくなるのは、自分の悪い癖かもしれない。

「あら、お蕎麦！」

おしげさんの声がした。

「平蔵さん、蕎麦が打てるのかい！」

「いや、教わってるとこです。ひと通り打てるようになったんで、今日のお八つは蕎麦をどうかと」

「いいねえ、お蕎麦。お八つには甘いものが欲しいとこだけど、小腹が空いた時のお蕎麦はまたいいもんだよ」

「揚げ餅にざらめまぶしたもんも作りますよ」

「あら嬉しい。お八つが楽しみだ。あたしの里じゃ、蕎麦は女なら誰でも打てるんだよ。蕎麦しかまともに食べられるもんがないからね、何しろ」

「ああ、信濃の蕎麦は聞いたことがありますよ。ご献上品にするほどだとか」

「そうだよ、千代田の上様だって信濃の蕎麦を召し上がるんだよ。ご献上の蕎麦はね、蕎麦の実の中の方だけ粉にして打つ、それは品のいい蕎麦なのさ。だけど、あたしの里で食べてた蕎麦はそんな上等なもんじゃない、殻まで一緒にひいちまったような、真っ黒なやつさ。ぼそぼそしてて細く切れないから、うどんも顔負けなくらいに太く切ったりしてね、それを山菜なんかと一緒にぐつぐつ煮るんだよ。お江戸の粋な蕎麦みたいに、つゆをちょっと付けて一気にすすれるようなもんじゃないんだ。煮溶けた蕎麦で汁ももったり、だから腹持ちがいいんだよ。見た目は悪いけど、香りが良くってねえ。蕎麦の香りがして来ると、遊んでた子供らがわいわいと家に戻って来る」

「うまそうだなあ、その蕎麦」

「今度作り方、政さんに教えとくよ。まあお客に出せるような料理じゃないけど、体があったまるし、蕎麦で少しでもお腹が膨れるのがいいんだよ。あたしの里じゃ、蕎麦の実一粒でも大切だったからね。何しろ冬は雪に埋もれて、食べるもんがなんにもない。蕎麦の実だけが命の綱なのさ。それに夏に採れた野菜を漬物にしといて、蕎麦と漬物で春まで生き延びる。蕎麦の実が少なくなると打たずに粥にして食べたりね。

春が来て雪が溶け始めるとみんなほっとしたもんだよ。ああなんとか、今度の冬も生き延びられた、って」

「春の喜びもひとしおだね」

「そうさ、雪国で生まれて育つと、春がどんなにありがたいものなのかが胸にしっかり刻みこまれる。だからあたしは、これからの季節がいちばん好きなんだよ」

おしげさんは、台所を見回した。

「とめ吉は、番頭さんのとこかい」

「へえ」

やすは答えた。

「政さんもつきそってます」

「あの子、どんな具合だった?」

「今朝はすっきりした顔でした。今日は休んでいいと言っても、働きたいといつもの通りに働いてます」

「ひどいことする奴もいたもんだ」

おしげさんはため息をついて、小上がりに座った。

「まだ子供なのにさ。怪我はなかったのかい」

「殴られたり蹴られたりはしていないようでした」

「それにしてもたちが悪い。子供に味噌を塗りたくるなんて」

「お使いで買った味噌を台無しにしたことが、とめちゃんにとっては一番辛いことだったようです。その分働いて返すと言い張ってました」

「紅屋の小僧だと知った上でやったことだろうね」

「……そう思います。赤い前掛けをしめてましたから」

「あたしゃ久しぶりに、こめかみが痛くなるほど腹が立ったよ。今朝は梅干し貼り付けてたくらいだよ」

「俺たちも決して赦さねえですよ。あんなことした野郎を見つけたら、どうしてくれようかと。とめ吉と同じ目に遭わせてやりてえ」

「よしとくんだね、それは」

おしげさんは笑った。

「味噌を作るには豆や麦を育てるとこから大変な手間がかかる。そんな性根の腐った奴の為に、味噌を無駄にするなんざ罰当たりだよ。味噌の代わりに、肥溜めにでも蹴落としてやったらいいんだ」

平蔵さんは笑ったが、その目は険しかった。本当に、とめ吉にあんなひどいことをした者を捕まえたら、きっと平蔵さんはやるだろう、と思う。そして自分が男なら平蔵さんに加勢するだろう。そのくらい、とめ吉にひどいことをした者が憎かった。

やすは、とめ吉が使いに出る時に腰にしめる赤い前掛けを手に取った。腰に回してみれば、しめることができる。とめ吉は子供だが、体格がいいので腰のあたりはやすとそう変わらない。

「ちょっとおやす、あんた何してるんだい。それは小僧が使うもんじゃないか。勘平の頃は紺色だったけど、新しい紅屋には新しい前掛けがいいだろうって、作ったもんだろう？」

「へえ。これから味噌を買いに行くので、これをしめて行こうかと」

「おいおい、おやすちゃん」

平蔵さんが慌てて言った。

「それは目立ち過ぎる。紅屋でございい、って幟を立ててるみたいなもんだ」

「へえ、その為に赤い前掛けにしたんですから」

「けど、とめ吉はそれをしめてたから紅屋の小僧だとわかってあんなことに」

「もともとは目立つようにと作った前掛けなのに、嫌がらせをされるのが怖いからと使わないでいたら、紅屋を陥れようとしている人の思う壺です。とめちゃんにはもうこれを使わせたくはないけど、わたしなら大丈夫です。真昼間の大通りで、大人の女を捕まえて味噌を塗りたくることなんかできやしません」

「それは違うよ」

おしげさんが強く言った。

「子供が相手だから味噌で済んだんだ。若い女なら、もっとひどい目に遭わされる。かどわかされてごめにでもされたらどうするんだい！」

「これをしめていれば目立ちます。目立って通りを歩く人がみんな見ていれば、かどわかすことなんかできません。なんなら歌を歌いながら歩きます」

「おやす！　あんた何を聞き分けのないこと言ってるんだい！　買い物なら平さんに頼めばいいじゃないか」

「ああ、俺が行く。おやすちゃん、今、そんなもんつけて出かけるなんて無茶だ」

「そうでもしないと、負けたことになります」

やすは言った。

「紅屋にどれだけの恨みがあるのかしれないけど、とめちゃんにひどいことした人は、紅屋が怖がって縮こまって、赤い前掛けすら使えないようになったら大笑いするはずです。味噌を買うにも平蔵さんが行っていたのでは、その人の狙（ねら）い通りになってしまいます」

「だからってね、おやす」

「負けたくありません」

　やすは、そう言って前掛けの紐をきつく結んだ。

「負けたらだめです。紅屋は嫌がらせなんかに負けません。だって、紅屋は誰にも恥じることのない真っ当な商売をしているんです。部屋の掃除だって手抜きしないし、ご飯は夕餉にもちゃんと炊いて、料理は目一杯頑張って、美味しいものを出しています。そんな紅屋が、なんで嫌がらせに負けて縮こまらないとならないんでしょうか。昨日の今日です、きっととめちゃんにひどいことした人は、紅屋の様子をどこかでうかがっているはずです。さぞかしおびえているだろうと笑いながら見ているはずです。だからこそ、おびえてなんかいないとこれをしめて出て、その人に分からせないと」

「おやすちゃん」

　平蔵さんが言った。

「気持ちはわかるが、悪党ってのは挑発するもんじゃない。こっちがしばらくおとなしくしてりゃ次の手は打って来ないだろうが、逆らって見せたら必ず、前よりもっとひどいことを仕掛けて来る」

「だって、だって」

やすは半泣きになった。

「悔しいじゃありませんか。このまま嫌がらせに負けてしまうなんて……」

「負けやしねえよ」

勝手口から声がして振り向くと、政さんが立っていた。

「紅屋は嫌がらせなんかに負けやしねえ。だが平さんの言うことが正しい。おやすが赤い前掛けなんかしめて外に出たら、今度はおやすを狙って何か仕掛けて来るだろうよ。かどわかしててごめにすることができなくても、嫌がらせなら他にいくらでもできるだろう。おやすの気持ちはわかるし、むしろ俺がそれをしめて外に出てえくらいなもんだが、ここはもう一つ賢くならねえといけねえよ」

「政さん……」

「とめ吉の仇は必ずとってやる。うちの可愛い小僧にあんな真似しといてただで済ませると思ったら大間違いだ。だからおやす、ここはぐっと我慢して、なんでもない顔でいなくちゃいけねえよ。味噌を買いに行くならいつもの格好で、何もありませんでした、って風に行って来るんだ。おまえさんが言った通り、とめ吉にあんなことしやがった奴は紅屋の動きをどこかでじっと見てるに違えねえ。紅屋のお勝手女中が、いつもと同じに買い物してるのを見たら、自分がやったことがどんな風に紅屋に受け止められてるのか知りたくなるだろう。そこがつけめだ。そいつは必ず、紅屋を探りに来る。大丈夫、逃しやしねえ」

政さんは腕組みしたまま、唇の端だけ上にあげた。笑っているようにも見えるが、目は怖いほど真剣だった。

やすは頭を下げた。

「すんませんでした。腹が立って腹が立って、頭に血がのぼりました」

「わかってる。俺たちだっていい加減、はらわたが煮えくりけえってるんだ。だがこういう時は、相手と同じ土俵に乗っかっちまったらだめなんだよ。番頭さんはこれからとめ吉を連れて番屋に行って、昨日のことを訴えて来る。もちろん番屋のお調べなんかに期待はしてねえけどな、紅屋が番屋に届け出た、ってことが大事なんだ。その上で、俺たちで味噌塗り野郎を見つけ出す。見つけ出してどうするかはその時次第、味噌塗り野郎がどんな言い訳をするか次第だが、いずれにしたってとめ吉の前に土下座させて謝らせてやるから、まあ楽しみにしてなって」

「へい。とめちゃんは、昨日のこと番頭さんに話しましたか」

「ああ、思い出せる限りは話してくれた。けどあんまり役には立たねえな。味噌丸屋を出て大通りを歩いている時に、後ろから声をかけられたらしい」

「後ろから……」

「声に聞き覚えはなかったようだが、紅屋の小僧さんですね、と、丁寧に話しかけられて、へえ、と答えたんだな。振り返ると、長い白い髭の老人が立ってたんだとさ」

「ご老人が！」

「ま、おそらく芝居用のつけ髭をつけて背中を丸めて、年寄りのふりをしてたんだろう。けどとめ吉は本物の年寄りだと思っちまった。自分の父親よりずっと年上に見える男に話しかけられたんで、とめ吉は下を向いちまった。だからその男の顔をじっくり見なかったと言ってる。まあそれは無理もねえな、わずか十やそこらでもあいつは奉公人になる為にいろいろ教え込まれている最中の身だ、年がいった大人と話す時には下向いてた方が礼儀にかなう、くらいのことはわかってる。で、その年寄りが、紅屋の大旦那様の知り合いなんだが、品川に来るのが初めてで紅屋がどこにあるのかわからないから、案内してほしいと言ったんだとさ」

「それでとめちゃんは、その人と一緒に」

「うん、一緒に歩いて、それであの空き地のあたりまで来た時に、年寄りが何かを落とした。それがころころ転がって草むらの中に入るのが見えた。年寄りが、大事なものを落としたので一緒に探しておくれととめ吉に頼んだ。とめ吉はもちろん、へい、と答えて草むらに入った。あ、っと気づいた時にはもう、後ろから羽交い締めにされて猿轡かまされて、手足も摑まれて、猪でも縛るようにまとめて縛られちまったらしい。とめ吉はびっくりして、何が起こってるのかよくわからなかったと言ってる。随分と手際がいいとこからして、女や子供を縛るのに慣れてる奴の仕業だな」

「つまり、本当に人さらいだったのかい」

おしげさんの問いに、政さんは曖昧に首を振った。

「わからねえが、素人じゃいくら相手が子供でも、そんなに簡単に縛れねえだろう。とめ吉は驚いたのと怖いのとで目をつぶっちまってた。そしたら味噌の匂いがして来たんで目を開けようとしたら、瞼に味噌が塗りたくられてて目に染みてひどく痛かった。そのうちに、頭やら腹やらに何かをなすりつけるような掌を感じたんで、味噌を塗られてるんだとわかったようだ」

ここで、政さんは、はははは、と笑った。

「いや思い出しちまった。とめ公の奴、味噌を体に塗られてるとわかった時にな、ああおいらは鬼婆に捕まったんだ、これから食われちまうんだ、と思ったんだとさ。味噌塗ってから焼かれるんだと」

　これには思わず、みんな笑った。

「握り飯か五平餅（ごへいもち）じゃあるまいし」

　おしげさんは笑いながら言った。

「やれやれ、これからしばらく、あの子には味噌田楽（でんがく）も食べさせてやれないねえ」

「だけど怖かっただろうなあ、とめ吉。安達（あだち）ヶ原（はら）の鬼婆に食われる夢は俺も見たことがあるけど、しばらくの間、寝る前は水を飲まないようにしてたもんだ。夜中にしょんべんしたくなっても、外に出るのがおっかなくってさ」

　平蔵さんが言った。笑いながらも、やすはその時のとめ吉のことを思うとたまらなかった。いきなり目隠しされて縛られて、味噌を塗りたくられたのだ。焼いて食われると思っても無理はない。

「ま、怪我がなくて本当に良かったな。とめ吉がひどく暴れていたら、きっとそいつは子供でも容赦なく殴りつけただろうよ」

「でもさ、縛られてたのに、よく縄から抜けられたね。あの子を見つけた時は縛られてなかったんだろ？」

「手足が緩んでる感じがしたんで、思い切り力を入れたらほどけたとか言ってたな。おそらく味噌塗り野郎は、とめ吉が自分で縄をほどけるように、いくらか緩めて逃げたんだ」

「少しは情があったのかね」

「と言うより、間違って殺しちまったらいけねえと思ったんだろうよ。ゆうべも夜中は相当冷え込んだから、もし縛られたままだったら、とめ吉は凍え死んじまってたかもしれない」

「あくまで嫌がらせ、ってことかね」

「だろうな。殺しとなれば大ごとだ、お上だって黙っちゃいねえ。そこまでやるつもりはねえってこった。今日これから十手持ちがお調べに行くようだから、とめ吉を縛ってた縄だとか猿轡の布だか手ぬぐいだかも見つかるだろう」

「そこから下手人が割れるかね」

「どうだろう。そうたやすく身元が割れるようなもんを残しちゃくれねえだろう。これは俺の勘だが、味噌塗り野郎は誰かに頼まれてこんなことをしたんだと思う。金を貰えばかどわかしでもなんでもする、悪党の玄人（くろうと）の仕業だろう」

「紅屋に恨みを持ってる誰かが、悪党の玄人を金で雇ってやったこと、だと？」

「そういうことだ」

おしげさんは大きく一つため息をついた。

「なんてこったい。だとしたらその誰かは、相当紅屋を恨んでるってことになるよ。悪党を金で雇うなんて。まさか二分銀一枚で危ない橋を渡ってくれる悪党なんていないだろうからね、そりゃ小判の何枚かは渡してるに決まってる」

「しかし解せねえなあ」

平蔵さんが言った。

「大旦那様が役人に賄賂を渡して普請に使う材木を手に入れた、って噂が流れた時は、ああまた紅屋のことをやっかんでる奴らが流した噂だな、と思った。押し込みに入られそうになったのだって、紅屋の奥には千両箱が置いてあるなんて噂が流れたせいだ。噂なんてのは誰が最初に口にしたのか突き止めるのは大変だし、聞いた奴が尾ひれつけてまたばらまくから、最初は小さなことでも大ごとになっちまうことがよくある。そこまでの悪意がなくたって、紅屋ばっか人気になりやがって、と、ちょっと妬んだ奴が思いつきでいい加減なことを言った、そうしたことなんだろうと俺は思ってたんだ。だが金まで払って嫌がらせをしたとなると、そんな話じゃねえってことになる」

「だから言ってるじゃないか。相当に紅屋を恨んでるんだよ、相手は」

「でもおしげさん、紅屋がそこまで恨まれるなんて、あるんですかね、そんなこと。この品川の旅籠の中でも、紅屋は正直で真っ当な商いをするので知られてるんじゃねえですか」

「もちろんさ。一度だって客と大きな揉め事を起こしたことはないんだからね」

「だとしたら、紅屋自体に恨みを持つなんてこと、どうもありそうにないんだが」

「だったら何かい、大旦那様に恨みを持ってるってことかい」

「他に考えられねえでしょう」

「馬鹿なことを言うんじゃないよ。うちの大旦那様は、お人柄の良さで知られてる人だよ、旅籠仲間での信も厚い。あたしの知る限り、よほどの怠け者でも辞めさせたりしたことはないし、昔の話だけど盗み癖のある女中がいてさ、お客の財布に手をつけちまったことがあったけど、その時だって無下に放り出したりしないで、なんとか里に戻っても身が立つようにと、あれこれ手を回してやったって話だよ。そんな大旦那様に恨みを持つ奴なんかいてたまるかい」

政さんは怖い顔のまま黙っていた。やすにはなんとなく、政さんが考えていることがわかるような気がした。

大旦那さまは素晴らしいお方だ。けれど、人が人を何もかも知り尽くし、すべてをわかることなんて、多分できない。還暦を過ぎるまで生きていれば、誰にだってそれなりに、様々な「嫌なこと」はあっただろう。そうした「嫌なこと」を乗り越えるには、別の誰かに嫌な思いをさせてしまうことも、必要だったかもしれない。お金を払って人を雇ってまで嫌がらせをする。おしげさんが言う通り、そこにあるのは相当な恨みだろう。けれどただ、憎いだけの恨みではないように思える。本当に大旦那さまが憎ければ、それこそ人を雇って直接大旦那さまに怪我をさせるとかするだろうし、紅屋が憎ければ付け火でもするだろう。憎いけれど、その思いを一気にぶつけてしまうのではなく、噂を流したり小僧をいじめたりと、なんとなく遠回しに、じわりじわりと恨みを伝えて来る。その薄気味の悪さには、どこか、憎いという以上の感情があるように思えるのだ。

「おっと」

政さんが不意に言った。

「そろそろ夕餉の献立を決めねえとな。平さん、今日の魚はどうする？」

「鯉(こい)はどうですか。一昨日(おととい)買い付けた鯉が、そろそろ泥も吐ききっていい具合です」

「鯉か。まだ寒いので鯉こくにしようか。となるとやっぱり味噌が足りねえな。おやす、味噌丸屋まで行くんだったら、ついでにちょっと足を延ばしておくまの店まで行っちゃくれねえか」

「へえ、おくまさんのお店でお団子でも買って来ますか？」

「いや、おくまにちょいと縫い物を頼んでたんで、引き取って来てくれないか」

「へえ」

「こいつを縫い賃にと置いて来てくれ」

政さんは、半紙でくるんだものを懐（ふところ）から出してやすに手渡した。重さと手触りで、小判だとわかった。

小判に触れるのは初めてだった。落としたらどうしよう、そう思ったら胸がどくんどくんと音を立てた。

それにしても……縫い物の手間賃に、小判？

おくまさんの団子屋は、高輪（たかなわ）の少し手前にある。お団子や桜餅がとても美味しいと評判の団子屋で以前は繁盛していたのだが、地震には耐えたのに高潮にやられて跡形もなく消えてしまった。けれどなんとか命が助かったおくまさんは、団子屋のあった場所に縁台だけ置いて、ほんの数日後にはもう商いを始めていた。政さんの親戚（しんせき）筋の人で、とにかく陽気で親切で、何があってもめげない人だ。やすが江戸で煮売屋修業をした店も、おくまさんの紹介だった。

味噌丸屋には帰りに寄ることにして、やすは高輪を目指した。大通りを歩く時、ほんの少し怖かった。とめ吉にひどいことをした「玄人の悪党」が後をつけて来るんじゃないかと、つい後ろを振り返ってしまう。

品川を出ると人通りが減り、今度はいきなり殴りかかられたりしないかと、人とすれ違うたびに体が硬くなった。勇ましく赤い前掛けで外に出ようなどと騒いでいたのに、自分で自分が情けない。

おくまさんの団子屋の幟が見えて来て、やすはようやくほっとして笑顔になった。おくまさんと話すのはとても楽しい。

「あら、おやすちゃん」

店の外で縁台に腰掛けたお客と話していたおくまさんは、やすの姿を見るなりひらひらと手を振った。

「正月四日以来だね。元気だったかい」

深川から品川へと戻る途中でおくまさんに初春のご挨拶をしたのは、もう一月半以上前のことだ。正月の東海道は、江戸から川崎のお大師様にお参りに行く者、逆に江戸の八幡様にお参りに行く者とでとても混んでいて、おくまさんの団子屋も元日から商いをしていた。

「へえ、風邪もひかずに元気でおります。あの、政さんが」

「ああ、はいはい。出来てるよ。持って帰ってくれるかい」

おくまさんは、真新しい店の奥へと引っ込んでまたすぐに戻って来た。風呂敷に包んだ着物が、重さからして三枚ほどだろうか。これで縫い賃が小判というのは、やはり払い過ぎだ。きっと何か他のことでおくまさんが立て替えたお金か何かだろう。

「お店、綺麗になりましたね」

「そりゃ全部新しくしたんだから」

おくまさんが笑った。

「高潮が綺麗さっぱり、みんな海に持ってっちゃったからねえ。まあもともと家財道具もたいして持ってやしなかったし、あの夜の騒ぎじゃ、命があっただけ儲けもんだよね。おやすちゃんも紅屋の皆さんも、命があって本当に良かった。ところでね、おいとさんがおやすちゃんを恋しがって、江戸で暮らすつもりはないのかねえとぼやいてるみたいだよ。深川に住んでる甥から文が来て、品川揚げってのが大層な人気なんだってさ。豆腐に海苔を巻いて揚げてあるんだとか。そんなに人気があるってのに、本家の品川には売ってないのが残念だねえ。それと日替わりで入ってるもんが変わるさつま揚げが、深川揚げって名前になってこれも人気とか。以前はおいと揚げって呼ばれてたらしいじゃないの。おいとさんが考えたのかね？」

やすは黙って笑顔になった。おくまさんは、それを見て、ふふ、と笑った。

「ああ、やっぱりだ。品川揚げもおいと揚げも、おやすちゃんだろ、考えたのは。政さんがいつも言ってるよ、おやすちゃんのすごいとこは鼻だけじゃない、って。料理を考える頭の方も、鼻に負けないくらいいいんだって」

「……あの、おくまさん。政さんが、縫い賃にこれをと」

やすは懐から小判らしきものを取り出せてほっとした。それをおくまさんの掌に載せると、ようやく肩の荷が下りた気持ちになった。

おくまさんは、少しの間掌の上の包みを見つめていたが、一つうなずくと黙ってそれを袂（たもと）に入れた。

着物の縫い賃にしては高過ぎるお金。だがおくまさんはそれも承知で受け取った。それは何のお金なんですか、と訊きたくなる気持ちを、やすはぐっと抑えた。

「ちょっとお団子でも食べてお行きよ」

「あ、でももう帰らないと、夕餉の支度がありますから」

「まだ八つ時にもならないじゃないか。まあいいから、そこに座ってちょうだい。もうそろそろ、ちょっと面白い人が来るんだよ」

「面白い人？」

「おやすちゃんも知ってるはずだよ。本人が、おいとさんのところであんたに会ったと言ってるから」

誰のことなのかわからない。あ、もしかして、おそめさんとおゆきちゃん？

そうだったら嬉しいんだけど。二人がどう暮らしているのかは、時々思い出すと気になっている。きっと煮売屋は繁盛して、おゆきちゃんも元気に手習い所に通っているのだろうけれど。

「ああ、来た来た」

高輪の方から歩いて来たのは、男の人だった。

あれは……一郎（いちろう）さん！

「おやすさん！」

やすを見つけると、山路（やまじ）一郎は駆け出した。

「おやすさーん！」

やすは恥ずかしくて下を向いた。男の人に大声で名前を呼ばれるなんて。

「やっと会えましたね。おいとさんに、おやすさんは、高輪の先の団子屋の、おくまさんから紹介されて働いていたんだと教えていただいたので、ここに来たら会えるかなど、毎日来ることにしていたんです！」

「ま、毎日……」

一郎は屈託なく笑った。

「はい、毎日来てました」

「あ、あの……紅屋のことは」

「知ってますよ、おやすさんが働いている品川の旅籠ですよね」

「でしたら、ここに来なくても紅屋に来ていただければ」

「品川には足を踏み入れてはいけないと、父に言われているのです」

一郎は申し訳なさそうな顔になった。

「父はわたしが遊郭に近寄ることを堅く禁じています。特に品川は今、諸国の若い武士たちが集まっているから、余計なことを耳にするので行ってはいけないと」

「あの……紅屋は平旅籠（ひらはたご）ですけれど」

「父の命じたことは守らなくてはならないのです」

一郎は少し、怒っているような口調で言った。

「紅屋さんが平旅籠であっても、品川には遊郭があります。父にはそれだけで、わたしが足を踏み入れるのを禁じる理由になるのです。父の言うことは時折おかしい。父が勤める天文方（てんもんかた）の天文台のある浅草（あさくさ）はあの吉原（よしわら）のすぐ近くですよ。浅草で日々を暮らしていながら、品川へは行ってはだめだなどとは、理屈が通りません。ですが、父の言葉は我が家では絶対なのです」

武士の家というのは、おそらくそうしたものなのだろう。頬（ほお）を少し膨らますようにして不平を口にする一郎は、なんだかやす自身よりもずっと幼く見えた。

「それで、あの、わたしにどんな御用なのでしょう」

「え？」

「何か御用があるから、毎日ここにいらしてくだすったんじゃありませんか？」

一郎がきょとんとした顔になった。それから、花がぱっと開いたような笑顔に変わった。

「御用なんてありません。ただあなたにもう一度お会いしたかった、それだけです。もう一度お会いして、できればまた一緒に雲を眺めたいと思いました。それで毎日、ここに来ていただけですよ」

今度はやすが、きょとんとなる番だった。

五　一郎さんと髭の男

「あの」

　やすは、何度もまばたきしてからやっと口を開いた。

「わ、わたしに……何のご用なのでしょうか」

　あはは、と山路一郎は笑った。

「だから言っているでしょう、別に用事はないんですよ。本当に、ただあなたのお顔を見たいな、と思ったんです」

「わたしの顔が……どうかしたのでしょうか」

　今度は、一郎は腹を抱えるようにして笑った。

「ど、どうかしたかって。おやすさん、あなたは本当に面白い人ですね」

「お、面白い……わたしの顔はそんなに面白いのですか。お正月の福笑いのようだとおっしゃりたいのですか」

「まさか。いや、ある意味あなたのお顔は福笑いです。わたしにとっての福笑い。だってあなたのお顔を見ていると、わたしは嬉しくて楽しくて笑顔になってしまいますから。でもおやすさん、それは面白いからではないんですよ。あはは、どう言えばわかっていただけるのかな。誰かにもう一度会いたいな、と思う気持ちは、あなただって感じることがあるでしょう？　わたしはあなたと屋根の上から雲を見て、とても楽しかった。あなたが品川に帰ってしまったとおいとさんから知らされて、がっかりしたんです。それで品川にすぐにでも行ってみたかったのに、正直に父に言ったら怒られてしまいました。品川には遊郭があって、飯盛女や湯女もたくさんいる。若い男には誘惑が多すぎる。それに最近では、尊王攘夷を唱える薩摩や水戸の者たちがたむろしている店もあると聞いている。おまえのような未熟者が、そうした者たちと接触すれば必ず悪い影響を受けるだろう。だから品川には決して行ってはならぬ、と。前にも話しましたが、山路の家は代々の天文方で、天文方というのは徳川幕府の中でも重要な存在なのです。幕府に反する主張を唱える者たちとの接触は堅く禁じられています。父の心配もわからなくはない。もっとも、遊郭が云々というのはどうにも納得はできませんが。遊郭があっても中に入らなければいいだけのこと。そう反論したかったのですが、父の気持ちもわかるので、父の言いつけは守ることにいたしました。それで、おくまさんの店は品川より江戸に近いところにあるので、ここまでならいいだろうと思ったんです。ここに毎日通っていれば、いつかあなたと会えるだろう、そう信じていました」

「それにしたって、本当に毎日毎日ここにいらっしゃるんだから驚いちまう」

おくまさんが、自慢の団子とお茶を盆に載せて運んで来た。

「きちんとお団子のお代はいただけるんで、うちに損はありませんけどね。だけど山路の旦那、おやすちゃんに会いたいのならばなぜ、文を出さなかったんですか」

「旦那、というのはやめてくださいよ」

「あらだって、一応はお武家様なんだし」

「わたしはまだ武士と呼ばれるようなものではありません。武家の家に生まれはしましたが、父からもおまえはまだ武士ではない、といつも言われています。心構えができていないのだそうです」

「でも、やっとうは習ってらっしゃるんでしょう？」

「剣術のことでしたら、はい、習ってはおります」

「天文方でも剣術は必要なのですか」

やすは思わずそう訊いてしまって、出すぎたことを口にした、と後悔して赤くなり下を向いた。

「いえいえ、とてもいい質問だと思います」

一郎は、ゆっくりと茶をすすった。

「そう、天文方はみな武士ですが、剣術を仕事に使うことはありません。空にあるもの、星や月や日、雲を眺めて記録をとり、風をはかり、複雑な算術を繰り返します。それが仕事です」

「算術、ですか」

「はい。星の動きをつぶさに記録して、できる限り正しい暦を作ること、それがもっとも大切な仕事なんです。そうした仕事に剣術は不要です。ですが、武士である以上は剣術の修行をせねばなりません。なぜなら、刀を持ちそれで戦うことが、武士の武士たる証（あかし）であるとされているからです。ではなぜ、天文方が武士でなければならないのか。実は、わたしにもそれがなぜなのかわからないのです」

やすは顔を上げて一郎を見た。一郎は真面目（まじめ）な顔をしていた。

「算術や天文の観察が得意な者は、きっと町人の中にもたくさんいることでしょう。関孝和（せきたかかず）先生の和算術は町人や百姓にも受け継がれ、算額奉納は地方の小さな村の神社でも行われています」

「算額奉納？」

「和算術の難問やその答えを記した額を奉納することです。算術は寛永（かんえい）の頃（ころ）より、この国では広く親しまれていたのです。そうした中から、数学者として名をなす者もありました。ですが、幕府の仕事をするのであれば、町人や百姓のままではいけない、どこぞの武家の養子となって、武士になる必要があるのです。どれほどの才能があったとしても、形だけでも武士にならなくては、幕府の仕事をすることはできません。なぜなのでしょうか。父にもこの問いをぶつけたことがあるのですが、納得のいく返答は得られませんでした。天文方を含めてどのような仕事であっても、武士でなければ幕府の為（ため）に働くことはゆるされない。武士でなければ、政（まつりごと）にかかわることはゆるされないのです」

「まつりごと……それは、でも、お武家さまのお仕事でしょう。政はお武家さまがやってくださる、だからわたしたちは、政のことなど考えずに暮らしていられるのではないのですか」

「それですべてがうまくいき、誰もが飢えることもなく、雨露をしのげて、温かい布団で寝られるのであれば、それでいいのかもしれません」

「地震や高潮、火事があれば、家を失い食べるものもない人も出てしまうと思います。でもそれは政のせいでは……お武家さまはちゃんとやってくださっていると思います。お救い小屋もすぐに建てられ、食べ物も配られます」

一郎は、困ったような顔で笑った。

「おやすさん、あなたは真面目な方ですね。そんなところもわたしには好ましい。わたしはよく父に怒られるのです。おまえはろくに知りもしないくせに、幕府の悪口を言いすぎると。幕府の悪口を言っているつもりはないのです。ただ、疑問に思うことを訊いているだけなのですが。算術でも武士以外に得意な者はたくさんいるのですから、政だって武士でなくても上手にやれる者はいるのではないか、そう思うだけなのですよ。なぜ、刀を手に戦うことが本来の仕事のはずの武士だけが、政にかかわれるのか、不思議なだけなのです」

「それは戦がないからではないでしょうか。そして、戦がない、というのはとても良いことだとわたしは思います。権現(ごんげん)さまが幕府をお開きになる前は、日の本中で戦ばかりが起こっていたと番頭さんに教わりました。戦によって町も村も焼かれ、お百姓だろうと商人だろうと戦にかり出され、食べ物も戦の為にみんな差し出さねばならなかったと。そんな頃に生まれていたら、わたしはこんなに楽しく毎日を過ごすことはできませんでした。今の幕府とお武家さまが、戦が起きないようにしてくださっているからこそ、わたしはお勝手で料理のことばかり考えていられるのだと思います。それが政というものなのだとも教わりました」

一郎はうなずいて、団子を食べた。一串食べ終えてから、もう一度うなずく。年の頃はまだ十六、七だろうか、自分と変わらないはずなのに、そうした仕草がなぜかとても大人びて見える。

「おやすさんのおっしゃる通りです。二百年以上もの間、大きな戦が起こっていない、それは徳川様の手柄です。戦がないので武士は刀を使う必要がない。その分、政に精を出す。それでいいのだと言われれば、確かにそれでいい。ですが、黒船が来てしまいました。世の中はとても速く変わっています。戦のない世がこのまま続くのかどうか。幕府に、戦のない世を続けていけるだけの力があるのかどうか。父は徳川様の力を丸ごと信じています。天文方は余計なことを考えずに、暦を作ることだけ考えていれば良い、と」

「あなたさまは、そうお考えにはなっていない、のでしょうか」

「わからないのです」

一郎は言って、また茶をすすった。

「わたしにはわかりません。ただ、怖いのです。あまりにも長く続いた戦のない世。それが本当にこれから先も続くのかどうか。ほら、品川にはお台場ができましたよね。高潮で壊れたようですが、あれこそがわたしの怖れの形そのものです。お台場の大筒は、どこを向いているでしょうか。沖にいる異国の船に向けられています。ということは、異国との戦があるかもしれない、という怖れが、そこにあるということです」

「まあ嫌だ」

おくまさんが、竹箒で店の前を掃除しながら言った。

「一郎さん、本当に異国と戦なんかになるんですか。そういう噂はあたしの耳にも届いちゃいるけど、でもお台場の大筒だって火を吹いたことはないんだし、これまでは南蛮の人たちと仲良くやって来たじゃないですか」

「我が国が受け入れていた異国は、実際には和蘭と清国だけです。キリシタンが追放されるまでは他の国とも交易がありましたが、日の本に耶蘇教を布教しないと約束した和蘭以外は、この二百年以上、表立って交易はして来なかった。それがめりけんやえげれす、仏蘭西などが一気に押し寄せて来ました。どの国も、もちろん友好的に我が国と交易したいと言ってはいますが、その機会さえあれば、戦に持ち込んで国を乗っ取ってしまいたいと思っているかもしれない」

「そんな怖いこと！　あたしらどうしたらいいんですよ。異人の船はとてつもなく大きくて、その船に積んである大筒の弾は江戸の海から千代田のお城まで届くって噂があるじゃありませんか！」

「もし本当にえげれすやめりけんと戦になったら、逃げて隠れる以外どうしようもありませんよ。だからこそ、戦にならないように幕府がしっかりと政をするしかないんです。わたしは、そんな時に武士であることにこだわる必要はないように思います。しかし父上は、そんな時だからこそ武士でなければいけないのだ、と言うのです」

一郎さんは、茶碗(ちゃわん)を縁台に置いて腕組みし、首を傾(かし)げて言った。

「わたしにはわかりません。武士とは何なのでしょう。どうして武士でなければならないのでしょうか」

「そんなこと、お武家の一郎さんがわからないのに、団子屋のあたしやお勝手女中のおやすちゃんがわかるわけ、ありませんよ」

おくまさんはやっと笑った。

「まったくあなた様と来たら、誰かれ構わず難しい話をなさる。昨日だって、団子を食べてた行商人に同じようなことを話してらした。まったく変わってますよ、あなた様は」

「すみません、疑問に思うことがあると、誰にでも訊いてみたくなるんです」

その答えに、やすは思わず、ふふっ、と笑ってしまった。

「おかしいですか」

「あ、い、いいえ。ちょっと、あなたさまと似たような人のことを思い出したものですから」

やすは勘平のことを考えていた。一郎は勘平とよく似ていると思った。不思議だと思ったりおかしいと思えることを、黙っていることができない。誰かれかまわず、なぜ、と訊いてしまう。怒られるとわかっていても、自分の疑問をぶつけることをやめられない。そして、自分が興味のあることには夢中になり、時も場所も忘れてしまう。明け方まで屋根の上で星を見ていたり、突然雲が見たいからと女子の部屋にも入ってしまう。それでいて、妙なところが律儀なのだ。黙っていれば知られることはないだろうに、品川に行きたいと父に正直に言って、叱られたら品川に足を踏み入れずにいる。

「それだけじゃないですよ。だいたい、おやすちゃんに会いたいからって毎日ここに来るなんて、どうかしてます。まあうちはお団子食べて貰えるから有難いですけどね」

「ここのお団子は本当に美味しいですよ。江戸でもこんなに美味しいお団子はなかなか食べられません。あ、そうだ、土産に少し包んでもらえますか」

「土産って、一郎さん、こんな茶店のお団子をお武家様の手土産なんかにはできませんよ。ちゃんとした菓子屋でお買いください」

「茶店の団子だろうと菓子屋のそれだろうと、大事なのは美味しいか不味いかです。おくまさんのお団子は本当に美味しい。きっと父も喜びます」

おくまさんは、呆れたという顔をしながらも、嬉しそうに団子を包み始めた。

「さて、そろそろ帰らないと、また叱られてしまいます。おやすさん、お会いできて本当に良かった。楽しかったです。次はいつここにいらっしゃいますか」

「あ、あの、それはわかりません。今日はうちの料理人頭の政さんのお使いで来たんです。時々、細かな用事でここまで来ることはありますけど、いつその用事ができるかはわからないのです」

「お仕事がお休みの日はないのですか」

「奉公人の休みは、藪入りだけですから」

「そうですか。ではまた、明日からも毎日ここに通うしかありませんね」

「そんな、おやめくださいまし」

やすは慌てて言った。

「わたしなんぞのために、毎日浅草からここまでいらっしゃるなんて」

「少し長い散歩ですが、悪くはないのですよ。剣術の稽古を終えて昼餉を食べてから歩き始めれば、八つ時にはここに着きます。お団子をいただいてお八つを済ませ、帰りは少し急げば夕餉に間に合います」

「それではご学問をなさる暇が無くなってしまうではありませんか」

「歩きながら算術の問題を考え、ここでお団子を食べながら本を読みます」

「で、ですから」

やすは少しきつい口調で言った。

「わたしなんぞのために、一郎さんの大切な時を無駄にしてはいけません、と言っているのです。どうかお聞きわけくださいませ」

「でもそれでは、あなたにまた会えるという楽しみが無くなってしまいます」

一郎は不満げに言う。その拗ねたような口調まで、勘平を思い出させた。

「おやすさんと雲を眺めてとても楽しかった。わたしはまた、あなたと雲を、星を眺めたいです」

「おやすちゃん、日本橋へは時々行くんだろう？　今度日本橋に行く時に、江戸で一郎さんとお会いしたらどう？」

「おやすさん、日本橋まで来られるのですか！」

「ええ……はい。でも用事があって行くのです。ご一緒に雲を眺めるような時間はないと思います」

「それでもいいです。今のように、少し話ができたらそれで。そうだ、日本橋に行く日が決まったらわたしに文をいただけませんか」

「あ、でも……字を書くのがあまり上手ではありませんし……わたしのような女中が、お武家の若さまに文など出しては」

「おいとさんのところに出してください。あの煮売屋にはしょっちゅう顔を出していますから。日本橋なら深川（ふかがわ）にはすぐですよね。おいとさんのところに寄る暇くらいは、ありませんか」

「それは……おいとさんにご挨拶（あいさつ）はしたいと思っています」

「でしたらその時に、わたしも参ります。半刻（はんとき）でもいい、また屋根に上がって雲を見ましょう」

一郎は嬉しそうに言って立ち上がった。

「それではおやすさん、おくまさん、わたしはこれで失礼いたします。文、楽しみに待っております」

一郎は躍るような足取りで街道を江戸に向かって去って行った。

「まったく、おかしな方だよねえ、一郎さん。初めてここに来た時には、あまり気さくなご様子なんでお武家様だと思わずに、そのへんの男衆に話しかけるみたいに声をかけちゃって、二本差しだとわかってびっくり仰天しちまいましたよ」

おくまさんが、やれやれ、と言うように頭を振った。

「その上、本当に毎日やって来なさって。おやすちゃんがここに来るのは、せいぜいふた月に一度ほどですよ、と何度も言ったんだけど。まあなんというか、一途というか健気というか、とにかくおやすちゃんに夢中みたいで」

「……何か勘違いされておられるのだと思います。わたしなんぞのことになぜそれほどこだわるのか、よくわかりません」

「別に勘違いってことはないと思うけど」

おくまさんは、くすくす笑った。

「まあ年が若いから当たり前だけど、遊び慣れてないのは確かだねえ。女人に懸想したのは生まれて初めてなんじゃないかしら」

「け、懸想だなんて！」

やすは何度も首を振った。

「そういうのではありません。たぶん……」

「たぶん？」

「お、お寂しいのではないかと」

「寂しい？　だってあの人は浅草の天文方の跡取りなんでしょう？　家族だっているだろうし、気さくなたちのようだから、友達だっているだろうし」

「へえ、そうですね……」

でも、と、やすは思った。

人に囲まれていても家族がいても、心をゆるして話せる相手がいなければ、寂しいと思うことはあるのではないか。

山路一郎のあの人なつこさは、誰かと繋がりたいという心の表れのように思える。

「だけど、本当に純な人だよ」

おくまさんは言った。

「今時、あんなに純なお人は珍しいかもしれない。あの年頃の男子なら女の子に夢中になるのは普通だけど、自分はお侍で相手は町人の娘なら、もっと強気に出てもたいがいの無理は通ります。それを父親に禁じられたからって品川に足を踏み入れずに、いつ会えるともわからないのを毎日毎日、ここまで通って来てたんだから。おやすちゃん、あんたはちょっとつれない感じだったけど、あのお人にはまったく気はないのかい？」

「つ、つれないなんてそんなつもりは……」

やすは、どう考えていいのかわからないまま言葉を濁した。

「ま、昔と違うとは言ったって、身分違いの恋は厄介だからねえ。この頃はお侍が町人の娘を嫁にするのもそう珍しいことじゃないけれど、大抵は娘の実家が金持ちで持参金をたっぷり、その上お武家に養女に出てから嫁ぐみたいだし。おやすちゃんに気がないならきっぱりとお断りした方がいいかもしれないよ」

「お断りするも何も、山路さまはそんなお気持ちではないと思います」

やすは、自分が少しぶっきらぼうな口調になっているのを意識した。あまり深く考えたくはなかった。

おくまさんに挨拶して帰路を急ぐ間も、やすはなんとなく落ち着かない気分で、思わず道の小石を蹴飛ばしたりしながら歩いていた。

山路一郎という人のことがよくわからない。確かに純粋な心の持ち主なのだろうと思う。けれど天文方ということは、由緒正しいお家の方だということだった。そんなお武家様にしては気さくすぎるというか、無防備すぎる。深川のおいとさんのところでも、まったく武士らしいご様子が見えなかった。ましてや、旅籠のお勝手女中に会うために毎日歩いていらっしゃるなんて。それも、父上様の言いつけだからと、品川に足を踏み入れずにいるなんて。純粋というより……融通が利かなすぎる。

けれど、悪い気はしなかった。山路一郎という人は、どことなく勘平を思い出させるのだ。勘平も融通が利かず、素っ頓狂なことばかりしていた。けれど、やすを慕ってくれる気持ちは真っ直ぐで、裏表や、誰かを騙してやろうという悪賢さが微塵もなかった。底の浅い、すぐばれてしまうようなかわいらしい嘘はつけても、誰かを裏切ったり陥れたりするような嘘はぜったいにつけない、そんな子だった。山路一郎は、まるで勘平が大人になったような人だと感じる。

あら。

やすは笑いを漏らした。

いけない、いけない。勘ちゃんだっていつまでも子供のままじゃない。もう数えで十五？　武家の子息ならば刀を差して歩く年頃だ。一郎さんとそう違わない。

勘ちゃんは、どうしているんだろう。やすの心は一郎から離れて、いつの間にか勘平のことを考えていた。

颶風の時の芝の大火では、人の命を助ける活躍をしたらしい。その時、怪我をしなかったのかしら。今はどこで暮らしているのだろう。お武家に養子にいくという話は、もうまとまったのだろうか。

考え事をしながら歩いていたので、いつの間にか境橋を渡っていた。ふと横を見ると、とめ吉がそこへ使いに行った帰りにひどい目に遭わされた味噌屋の前だった。

やすは店に入ろうとした。と、誰かに腕を摑まれた。

「おい。てめえは紅屋の女中か」

髭で顔が覆われた、大きな男だった。町人髷を結っているが、着物が着崩れてやくざもののように見えた。

「は、はい」

やすは答えたが、声が震えた。どうして紅屋の者だと判ったのだろう。赤い前掛けはつけていないのに。

「そうか。やっと見つけた」

髭の男はそう言って、やすの腕をグッと引っ張った。

「ちょっと来い」

「あ、あの、困ります。買い物をして店に戻りませんと」

「すぐ済む。手荒なことをしようってんじゃねえんだ。長いことここで待って、女中風情の女に片っ端から訊いてたんだ。紅屋の女中が、味噌を買いに来るだろうってな」

男の力は強い。やすは抗うことを諦めて、男と歩調を合わせた。男は境橋まで戻ると、橋のたもとから石段を降りて川の縁に立った。

「そこに座ってくれ」

川の縁には平らで大きな石がいくつか置かれている。夏場などはここに西瓜売りが店を出す。客は川で冷やした西瓜を買って、この石の上に座って食べるのだ。

「立って話してると目立つからな」

やすは石に腰をおろした。男も隣に座った。

「おまえんとこの小僧が昨日、えらい目に遭っただろう」

「へ、へい」

やすはうなずいた。

「小僧は大丈夫か」

「……怪我はありませんでした。でも子供ですから……おびえております」

「だろうな」

「あ、あなたさまがなさったことですか？」

「馬鹿を言うな。俺は子供を痛めつけるなんてことはしねえよ。ただ今朝その話を耳にしてな。ちょっと訳ありで、事情が聞きてえんだ。小僧は紅屋の者だとはっきりわかる、目印みてえなもんをつけてたのかい」

「赤い前掛けをしておりました。最近紅屋で使うようになったものです」

「なるほどな。その小僧は前から紅屋にいるのかい」

「いいえ、年が明けてから参りました」

「怪我はしてなかったんだな？」

やすはうなずいた。

「縄で縛られていたところが、赤く腫れておりましたが」

「味噌が塗りたくられてたってのは本当かい」

「へえ」

「そんなら、やっぱり嫌がらせか」

「……そう思います」

「紅屋には嫌がらせされる心当たりがあるのか」

やすは首を横に振った。

「紅屋は真面目に旅籠を営んでおります。法外な宿代をとることはありませんし、布団も毎日干して、食事も満足していただけるよう、心を込めてこしらえております。何度もお泊まりくださるお客さまも多いですし、ご出立の時にお褒めいただくこともございます」

「客に評判がいいからって、どこにも恨みを買ってねえとは言い切れねえだろ」

やすは、耳にしている話をこの男にしてもいいものかどうか迷ったが、黙っていることにした。この男が誰で、どんな目的で訊いているのかわからない以上、余計なことは話さない方がいい。

「わたしは存じません。でも紅屋は本当に真面目に商いをしております。奉公人にも手厚く、みんな感謝して働いております」

ふん、と男は笑った。

「みんなが感謝してるなんて、あんた、そんな簡単に言っていいのか。他人の心の中なんざ、わかりゃしねえだろうよ」

「……わたしは感謝しております」

やすは頑固に言った。

「生涯、紅屋で奉公したいと思っています」

「そうか」

男は言った。

「あんたの気持ちはわかった。まああんたは適当な嘘のつける女じゃなさそうだ、あんたがそんだけ思って奉公してるってんなら、紅屋はいい旅籠なんだろうよ。だがそんないい旅籠に、たちの悪い嫌がらせを仕掛けた奴がいたことは間違いのねえ事実だ。味噌を塗りたくられたくらいで済んだから良かったが、猿轡をかましただけだって下手したら人は死ぬ。年端のいかねえ子供にそこまでやったんだからな、相当な恨みがあると考えた方がいい。脅すつもりはねえが、子供の次に狙われるとしたら、あんたら女子だぞ。日が落ちたら出歩かねえくらいの用心は、したほうがいい」

男は立ち上がった。

「俺に会ったことは黙ってた方がいいぜ。喋ったところでどうせ、俺が誰だかわからねえんだからどうしようもねえけどな」

男は笑いながら石段を上がって行った。男の姿が見えなくなると、やすの背中に震えが走った。

あの男は誰なんだろう。どうしてあんなことを訊いたんだろう。

自分に会ったことは黙っていた方がいい。それは、黙っていなければひどい目に遭わせるぞ、ということなんだろうか。

足も震え、なかなか立ち上がれなかった。しばらく気を落ち着けている間に、川面を渡る風のせいで体が冷えてしまった。

無理やり立ち上がっておそるおそる石段を登ったが、もちろん男の姿はもうどこにもない。

やすは泣き出しそうになるのを堪えて味噌屋に戻り、買い物を済ませた。味噌を抱えて、走るようにして紅屋に戻る。鍋の前にいた平蔵さんと目が合った途端、ぽろっと涙が溢れてしまった。

「おい、どうしたんだい、おやすちゃん」

平蔵さんに言われて、やすは慌てて目をこすった。

「風が」

やすは咄嗟に言った。

「砂粒か何か、目に入ってしまいました」

「そんならこすっちゃだめだ。洗わないと」

「へ、へい。洗って来ます」

味噌を置いて井戸へと走り、顔を洗った。髭の男の声が耳に蘇る。俺に会ったことは黙ってた方がいいぜ。

やすはじゃぶじゃぶと顔に水をかけ、泣かずにいないと、と心の中で言った。怖い。怖い。でも黙っていないと、あの男に何かされるかもしれない。

六　春を探しに

髭の男のことは誰にも言わないままで、数日が過ぎた。

やすはとめ吉の様子に気を配っていたが、もともと口数の少ない子なので、元気なのかそうでないのか、やすにも摑みきれない。言いつけたことはちゃんとやったし、返事もする。男衆の手伝いも普通にこなしているようだった。けれど、あんなことがあって心が傷つかないはずがない。

八つ時に、やすはきんつばを作った。勘平の好物だったきんつば。ふっくらと煮た甘い小豆と、香ばしい麦粉。これならとめ吉も喜んでくれるだろう。そう思いながら丁寧に焼いた。

とめ吉は嬉しそうに食べたが、二つ目に手を出そうとしなかった。たくさんあるのよ、もう一つ食べなさいよ、と誘ってみたが、一つでいいです、と言う。遠慮をしているのか、それとも食欲がないのか。やすの心がしくしくと痛んだ。

一日の仕事がおおよそ終わる頃になって、十手持ちの親分が勝手口から入って来た。番頭さんが呼ばれ、とめ吉と政さんは、親分さんと一緒に番頭さんの部屋に向かった。やすは、自分も同席したいと言いたいのを堪えて、後片付けをして待った。親分さんがやっと帰ったのは、いつもならとめ吉が寝る時分だった。

その夜、寝床に入ってから、とめ吉がすすり泣く声をやすは聞いた。胸が潰れそうになった。

岡っ引きの親分はそんなに怖い人ではない。仕事柄いつもしかめ面をしているが、政さんや番頭さんとは割合に仲がいいようで、時々勝手口に現れて、政さんとお茶を一杯飲みながら話をして帰って行くこともある。けれど、時には、番頭さんが親分さんの袂に何か小さな包みを入れることもあって、あれは小判だろうな、と思うこともあった。心付けを手渡すということは、それだけの見返りがあるということだ。花街を抱えていざこざの多い品川では、そうしたことも持ちつ持たれつ、商いをしていく上で必要なことなのだろう。そしてその心付けに見合うことをするのが親分さんなのだ。そう考えると、裏の世界や悪人の事情にも通じているのだろうな、と見当がつく。悪人と渡りあうくらいなのだから、いざとなれば怖い本性が出て来る人なのだろう。

とめ吉は子供だが、子供は人の本性に敏感だ。いくら優しい声を出して話していても、本性の怖さを感じるかもしれない。何を訊かれたのかは、とめ吉が話してくれないのでわからないが、きっと怖い本性を眼の前にして、さぞかし恐ろしく思ったことだろう。

可哀想に。とめ吉は何も悪いことをしていないのに。

やすはまんじりともせずに、とめ吉の背中を見つめながら夜を過ごした。

翌朝、やすはとめ吉が起きないうちに床を出た。

水汲みもやってしまおうかと思ったが、とめ吉の仕事を奪ったのでは、かえってとめ吉に身の置き所のない心細さを与えてしまう気がしてやめておいた。

代わりに竈の灰をかき出し、塩漬けの若布の塩抜きをする。新しいお勝手になってから、朝餉の献立はやすに任されていた。今朝は若布の味噌汁、えぼ鯛の干物を焼いて、ぬか漬けの大根と玉子焼きにしよう。

えぼ鯛も大きなものになると値が張ることがあるが、底引きの網にかかった小さなものは人気がないので安い。ぬるぬるとしているのが好かれない理由かもしれない。開いて塩をして日にほすと、鯵とはまた違った風味で良い干物になる。冬の品川は雨が少なく乾いているので、干物を作るのに向いている。平蔵さんが捨て値で仕入れて来たえば鯛だが、干物にしてみたら肉厚でなかなか良いものが出来た。大きさもちょうどいい。大きすぎると一人前で半身を出すことになるが、朝っぱらから半身の魚は、なんとなく景気が悪い。

そうこうするうちにとめ吉が起きて来た。やすが先に台所にいるのを見て慌てた様子で水桶(みずおけ)を担ぐ。

「慌てないでいいからね。今朝は早く目が覚めてしまったの」

やすはとめ吉にそう声をかけた。だが本当は、ほとんど眠っていない。うつらうつらはしていたが、夢の中にまでとめ吉のすすり泣く声が響いて目が覚めた。

以前に、料理に夢中になって朝まで作り続け、寝ずに仕事をしようとしたことがあった。あの時政さんは、厳しくやすを叱(しか)った。

今日は決して失敗してはならない。やすは自分に言い聞かせた。

とめ吉が汲んで来た水で米を研ぎ、その間に七輪で炭をおこすようとめ吉に言いつけた。

とめ吉は呑(の)み込みが早く、炭をおこすのもすっかり上手になっている。

おさきさんが来る頃には、朝餉の支度はあらかた済んでいた。おさきさんは通いの女中で、長屋暮らしだ。運良く高潮には流されなかった長屋だったが、颶風(ぐふう)で屋根が壊れ、戸板も剝がれてどこかに飛んで行ってしまったそうだ。最近ようやく新しい戸板が手に入ったと嬉しそうだ。戸板がない間は、筵を下げて暮らしていたと言う。

おまきさんがいた頃は、野菜のことはおまきさんに任せ、おさきさんは米を選り分けたり煮物の番をしたりが仕事だったが、今は野菜のことも、やすと共におさきさんの仕事になった。八百屋が顔を出すのは朝餉が出されたあとなので、おさきさんが忙しくなるのは、料理人がひと息つく頃になる。

おさきさんに若布を任せ、やすはえぼ鯛を焼き始めた。魚は焼きたてを出したいのだが、今朝も泊まり客は二十人を超え、賄いの分も考えると三十枚以上の干物を焼かないとならない。一度にそれだけ焼くのは無理なので、あらかじめおおよそ焼いておいてから、客に出す時にもう一度炙ることにした。その二度目の炙りの時に、味醂を少し入れた醬油をさっと刷毛で塗りつける。香ばしい香りが立って、味もぐんと良くなる。

とめ吉はいつものように、黙って言いつけられた仕事をしていた。やすはこの朝はずっと、とめ吉に細かい用事を与えて働かせておいた。

客が起き出して来る頃に平蔵さんと政さんがやって来る。その頃までには他の女中や男衆も揃い、紅屋全体がてきぱきと動き出す。出汁の味を決め、若布を鍋に入れてから味噌を溶く。とめ吉が味噌を見て嫌なことを思い出すのでは、と少し不安だったが、いずれにしろ乗り越えてもらわないといけないことだった。

政さんが味見をして、これでいい、と言って貰えた。平蔵さんが干物の二度炙りを始め、やすは手早く玉子焼きを焼く。やがて膳が出来上がり、運ばれて行った。

一段落すると賄いの支度だ。えぼ鯛の干物は、客に出せない小さなものばかり。それを焼いてさっとさいて、皮や骨を除き、飯の上に散らす。大根を目の粗い鬼おろしでおろし、汁ごとその上にかけ、醬油をかけまわした。

本当はお客にもこれを出したいくらいで、奉公人たちの評判もとてもいい、干物と大根おろしの飯。干物が少なくても飯をたくさん食べられる賄いだった。

毎朝早起きして、長屋でちゃんと朝餉を食べてからやって来るおしげさんまで、もう一杯ちょうだい、と空になった飯茶碗を差し出した。とめ吉も、今朝はおかわりしてくれた。やすは嬉しかった。子供はとにかく食べなくては。お腹がすくのは生きている証だ。

後片付けを終えると、平蔵さんは魚の仕入れに出かけた。政さんは醬油や味醂などの味を確かめている。醬油も味醂も、時が経つと味が悪くなる。客に出す料理には使えないと判断したら、新しいものと入れ替えになる。

「政さん、今日はとめちゃんを連れてちょっと出かけてもいいですか」

「構わねえが、どこに行くんだい」

「へえ、だいぶ春めいて来ましたんで、とめちゃんと摘草をして来ます。今の時期に春の香りがするものが膳に並んだら、きっとお客さんも喜びます」

「行って来な。とめを連れてくんだったら、あいつが川にはまったりしないよう気をつけてやってくれ」

「へい。とめちゃんは慎重な子なので大丈夫だと思いますよ」

買い物に行くよ、と声をかけると、とめ吉は一瞬、嫌そうな顔をした。やすはとめ吉の気持ちがわかって辛くなった。まだもう少しそっとしておいてあげた方がいいのかもしれない。

やすは、行きたくなければ薪割りをしておいで、と言ってみたが、とめ吉はじっとやすの顔を見つめてから、お供いたします、と小さな声で言った。

幼くても、とめ吉は必死で紅屋の役に立つ奉公人になろうとしているのだ。外に出るのが怖くても、それを乗り越えなければ紅屋で生きていくことはできないことも、ちゃんとわかっている。

やすは、とめ吉と手を繋いで外に出た。そのくらいの甘やかしは、政さんだってゆるしてくれるだろう。

よく晴れて、明るい春の日差しが暖かい日だった。風もなく、海の香りも少し優しく感じられる。

やすと同じに、とめ吉の背中にも籠(かご)を背負わせてある。籠は空っぽなので重くはないのだが、とめ吉の背中はまだ小さくて、籠が不釣り合いに大きく見えた。

「今日は摘草をしに行きましょう。顔を出している春の山菜を摘みましょう」

やすは、よもぎを摘みに行く山へととめ吉を連れて行った。山へと入る道の目印の楓(かえで)の木は、まだ葉もなく枝が寂しい。

「ここまでは前に来たわね。今日は上まで登りましょう」

「へい」

とめ吉は足の強い子だった。やすはゆっくり歩いていたが、とめ吉はやすの前をどんどん登って行く。

道の脇(わき)に、ふきのとうが地面から顔を出していた。やすは、どのくらいの大きさならば食べられるか、一つ一つ説明した。だがそこでは摘まない。

「紅屋で料理に使う山菜は、もっと上で摘むのよ。このあたりのものは他の人たちが摘むからね。山菜はね、とり尽くしてしまわないことが大事なの。来年も再来年も、また食べられるように、必ず残して摘むものなの」

さほど高い山ではないので、上まで登っても草木に違いはない。それでも登るのは面倒だからだろう、山菜採りの人々は低いところにあるものを摘む。特に、てっぺんの少し手前からは登りがきつくなるので、下から摘んで籠が重くなってしまうと、てっぺんに上がるのは難儀なのだ。

少し息があがったが、二人はやがて平らになっている山頂に辿り着いた。

やすは、ここからの景色を、とめ吉に見せてあげたかったのだ。

「こっちに来て、ここにお座り」

やすは、ここで初めて河鍋先生と出会った時のことを思い出しながら、海の方を向いて草の上に座った。

春の海。

あの時はよもぎを摘んだんだった。

「綺麗でしょう、品川の海」

日差しが海のおもてに照りつけて、きらきら、きらきらと黄金の輝きを見せていた。

「……きれいです」

とめ吉は、魅せられたように海を見つめている。

「おいら、品川に来て初めて海を見ました」

「中川村は海から遠いものね。海を初めて見た時、どう思った？」

「でっけえなあ、と思いました。どこまでも海で、向こう側が見えねえな、って」

「この海の向こう側はどうなってるのかしらねぇ」

「めりけん国があると聞きました。黒船は海の向こうから来たって。おやすちゃん、めりけん人を見たことありますか」

「南蛮人の顔をした人たちは品川を通ることがあるのよ。たいていは馬に乗っている。あれは和蘭の人たちでしょうね。めりけん人はまだ、自由にこの国を歩きまわることはできないから。でもめりけん人もえげれす人も、和蘭人と似ていると聞いてるわ」

「みんな赤鬼なんですね」

「赤鬼……ああ、そうねえ、肌の色が白いから、怒ると赤くなると聞いたことはある。目もぎょろっとしているし、目の色が黒くない人もいるんですって。でもわたしがちらっと見たのは馬に乗っている姿だけだから、顔はよくわからなかった。面白い形の、着物には見えないものを着ていて、髪の毛が麦の穂のような色で」

「怖くなかったですか」

「どうだろう……別に怖いとは思わなかった。だって、少し違ってはいるけれど、人は人だもの。いきなり火を吹いたりはしないでしょう」

「おやすちゃんは……度胸があるんですね。おいらきっと、異人を近くで見たら怖くて震えると思います」

「わたしだって、馬から降りて近くに来たら怖いと思うわ。誰だって、よく知らないものは怖いのよ」

「めりけん人やえげれす人も、和蘭人みたいにこの国に来るようになるんでしょうか」

「どうかしら。この国に入って商いをすることが許されても、長崎の出島のようなところに居場所を決められると思うけど」

「紅屋に泊まることもありますか」

「さあ。……でも、ちょっとわくわくするかな」

「わくわく？」

「うん。めりけん人やえげれす人がどんなものを食べるのか、知りたい気がするの。少し前にね、えげれす人が使う七味をある人からいただいたの」

「えげれす人も七味を使うんですか！」

「ええ。でも薬研堀とはまったく違う物だった。黄色くて、強い匂いがするの。いろんな生薬が混ざっているのよ」

「生薬？　七味を薬味ではなく薬に？」

「いいえ、その逆。生薬を七味にして料理に使っているらしいの。でもそれはおかしなことじゃないわ。もともとこちらの七味だって、薬研堀で売り出されたくらいだから、使われているのは生薬なのよ。国は違っても、人の考えることは行き着く先で一緒なのかも。そのえげれすの七味は、これまで嗅いだことのない匂いがして、すごく面白かった。これでどんな料理ができるのかしらと、毎日考えてわくわくしたわ。めりけん人が紅屋に泊まったら、どんな夕餉を出せばいいかしら。お魚は食べるのかしら。わさびは大丈夫かしら。そんなことを考えると、わくわくしてしまう」

「おやすちゃんは、根っから料理が好きなんですね」

「そうね、自分でもどうかと思うくらい、料理が好き。でもね、ももんじを料理するのはまだ怖いのよ。獣の皮をはいだり頭を落としたり、考えただけで震えるわ。南蛮の人たちはももんじが好きなんですって。めりけんやえげれすの人たちも、牛を好んで食べると聞いたことがある。ももんじを料理しろと言われたら、わたし、逃げ出してしまうかも」

「ももんじ」

とめ吉は、そっとやすの方を見た。

「あの……おいら、食べたことあります」

「本当に？」

「へえ。……何度か」

「何度も！」

「へえ。畑の芋を猪（いのしし）が荒らすんで、おいらの田舎では罠（わな）をかけて猪を捕まえるんです。猪は大きいんで、肉がたくさん取れます。それを村の人たちで分けるんです。おいらの家にも、時々、猪の肉が」

「それをどうやって食べるの？」

「鍋にします。大根とか牛蒡（ごぼう）と一緒に煮て、味噌で味をつけて。昔っからそうやって食べてたと聞いてます」

「それ……美味しい？」

「へえ」

とめ吉は間髪入れずに答えて、にっこりした。

「うまいです」

「まあ」

やすは何度も瞬(まばた)きした。とめ吉のことが勇者に思えて来る。

「でも料理をする時に怖くないのかしら」

「おいらの家に届くのは肉だけです。たまに皮ももらえますけど、皮は冬におっとうが身につけるもんになったり、足にまくもんになったりします。肉は真っ赤で、外側にあぶらが分厚く付いてます。あぶらが分厚すぎて包丁がなかなか入らねえんで、鉈(なた)でぶった切ってから包丁で切り分けるんです。でも怖くはないです。肉になっちまったら猪だって、どうすることもできねえから」

やすは思わず笑った。それはそうだ、肉になってしまったら、猪はどうすることもできない。

「お江戸ではももんじが流行(はや)っていると聞いてるけど、中川村では昔から食べていたのねえ」

「へえ。でも奉公に出たら、猪を食ったことは黙っとけ、と言われました。足が四本あるもんを食うのは仏様の教えに背くことだと、忌み嫌う人もいるからって」

「わたしも、そう聞いた覚えがあるの。だからかしら、なんだかももんじを食べるのって、いけないことのように思っていた。でもお江戸ではお店で買うこともできて、大流行りなんですってね。料理人なら、これからはももんじも料理できるようにならないといけないのかも」

やすは思わず、ため息をついた。新しい料理を知ることは楽しいけれど、獣の肉を料理することは、どうにも憂鬱だ。

「……おやすちゃんにも、苦手があるんですね」

とめ吉は言って、肩をすくめた。

「す、すんません、つい」

やすは笑った。

「いいのよ、そう、誰にだって苦手はあるわ。わたしは苦手が多いのよ。いろんなものが怖かったり嫌いだったりする。でも人ならみんなそうじゃないかな。わたしね……無理をすることはないと思うのね。自分が苦手だな、嫌いだな、と思うのには、何かしら理由はある。それに目をつぶっても、辛くなるばかりじゃないかな、って」

やすは、傍に座るとめ吉の頭を優しく撫でた。

「とめちゃん、あんなことがあったのに、ちゃんと働いてくれて本当にありがとう。でもね、とめちゃんが無理をしているんじゃないか、それが少し心配なの。大人だってあんな目に遭ったら、しばらくは床から起き上がれないだろうし、何もかも嫌になってしまうでしょう。だからとめちゃんも、辛いなら無理をしなくていいのよ。番頭さんがね、とめちゃんがそうしたいなら、しばらく里に戻って休んでもいい、って言ってくださってる」

とめ吉は首を横に振った。

「おいら、里には帰りません。お願いです、帰さないでください。おいら、紅屋でちゃんとした奉公人になります」

「ごめんなさい、勘違いしないで。紅屋をさがれ、里に帰れって言ってるんじゃないのよ。そうじゃなくて、長く働いて欲しいから、紅屋で立派な奉公人になってもらいたいから、少しの間休んだらどうか、という話よ」

「おいら、休まないで平気です」

「とめちゃん……」

「平気です」

とめ吉は頑固に言った。

「おいら、味噌を駄目にしちゃって……申し訳ないです。おいら、逃げれば良かったんです。さっと逃げたら、おいら、足は速いほうだし、逃げられたんです。なのにおいら、信じちまった……あんな奴の言うことを信じちまったんです。紅屋と親しいもんだ、とあいつは……もっとよく顔を見ておけば良かった。岡っ引きの親分さんにも叱られました。知らない男に話しかけられたら、相手の顔はよく憶えておくもんだ、って」

「そんなこと気にしないで。とめちゃんはまだ子供なんだもの、大人に話しかけられたら下を向くのが当たり前だし、とめちゃんの背丈だとその人の顔を憶えるには、見上げてまじまじと見ないとならない。そんなのできっこないわ」

やすはとめ吉の背中に腕をまわした。

「本当にもう、そんなこと気にしないで。とめちゃんは何も悪くない。悪いのは、子供にあんなことをしたその人よ。きっと捕まるから、その人。捕まって、厳しく罰せられる。きっと品川から追い出される。だからもう……しばらくその人のことは忘れましょう。とめちゃんにこんな思いをさせたこと、本当に、本当にごめんなさい」

「おやすちゃんは悪くないです」

「ううん、あの日、とめちゃんの帰りが遅かったのに、忙しさに追いまくられて確かめなかったわたしも悪いの。とめちゃんに長い間、辛い思いをさせてしまった。もっと早く探していれば良かったのに」

やすは、とめ吉の体を自分の方に引き寄せた。

「ねえ、とめちゃん。わたしが一番辛いのは、とめちゃんが紅屋を嫌いになってしまうことなの。とめちゃんは口には出さないけれど、心のどこかでは思っているでしょう、自分にあんなひどいことするほど紅屋を恨んでいる人がいるんだ、って。それは本当のことかもしれない。紅屋をそこまで恨んでいる人が、本当にいるのかも。でも、紅屋が良い旅籠で、みんなが働きやすいところなのも本当のことよ。みんな一所懸命、まごころを込めて働いて、お客さんをおもてなししてる。そのことはぜったいに嘘(うそ)じゃない。だからまだ、紅屋を嫌いにならないで欲しいの。悪人は必ず捕まる。捕まったら、どうしてあんなことをしたのかもお白州で白状するでしょう。その時に、紅屋を恨む理由もわかるでしょう。それがわかった時に、紅屋に愛想をつかすならそれは仕方ない。とめちゃんが愛想をつかすくらいなら、きっとわたしも政さんも、他のみんなも愛想をつかすでしょうから。でも今はまだ、紅屋がいい旅籠で、みんなが真面目に働いている、働いた分はちゃんと報われている、そのことだけを信じていて欲しい。ごめんね、これって、とめちゃんにお願いしているんじゃなくって、わたし自身に言い聞かせてることだよね。わたしも信じて働くから、だからとめちゃん、もう少しだけ、わたしと一緒に紅屋を信じてくれるかな」

とめ吉は返事をしなかったが、おでこをやすの胸にすりつけ、すすり泣いた。

やすはとめ吉の頭を優しく抱いたまま、しばらく海を見つめていた。

七　羊羹の夜

日に日に春の色が濃くなって、水もぬるんで柔らかく感じられるようになると、朝早く起きることが楽しくなって来る。とめ吉は元気に働いていた。健気な子だ、と、やすも、他の大人たちも感心していた。とめ吉に悪さをした者はまだ捕まっていない。それでも、あれから他に嫌がらせもなく、紅屋の日々は平穏だった。

野菜や魚もそれぞれに季節を運んで来る。政さんは、料理には季節が大切なのだといつも言っている。季節はほんの少し先取りするのが約束事だ。まだ春が浅いうちに、春爛漫の膳を出す。桜が満開になる頃には、もう初夏の献立を考える。とめ吉が紅屋に来て初めての春。紅屋名物のよもぎ餅もたくさん作ってたくさん食べた。とめ吉の里でもよもぎ摘みはしたそうだが、それで砂糖をたくさん使う菓子を作るような贅沢はしなかったらしい。昔は砂糖がとても高価で、江戸でも町人が砂糖を料理に使うなどということはできなかったのだと番頭さんが教えてくれた。今では、和三盆のような高価な砂糖でなければ、長屋で餡子を煮るのに砂糖を使うのは、さほど贅沢なことでもないだろう。けれどとめ吉の里、中川村ではまだ、砂糖は大切に使われていて、お祭りや特別な時にだけ使うのだと言う。

そのかわり、砂糖を入れずに餅によもぎを練り込み、薄くのして短冊に切って乾かし、それを焼いて食べるらしい。それはそれでとても美味しそうだとやすは思ったので、試しに作ってみたら好評だった。醤油をひと垂らしして食べると、焼けた餅の香ばしさによもぎの爽やかな香りが混ざって、それを醤油がひきたてて、あとをひく味になった。不思議なことに、砂糖を使っていないのに甘みを感じた。糯米の甘みが、よもぎの香りで膨らんだのだろう。砂糖に頼らずに甘みを楽しむ工夫の一つなのかもしれない。

やすは、この時代に生まれて良かったな、と、時々思う。

毎日料理に使う醤油も、昔はとても高価で江戸でも使われていなかったと、これも、物知りな番頭さんが教えてくれた。醤油は上方のもので、江戸でも品川でも、料理には味噌しか使っていなかったのだそうだ。もちろん番頭さんが生まれるよりずっと前のことだ。やすは、醤油のない台所を思い浮かべてみた。途端に、途方に暮れた。それほど、醤油は今の料理に欠かせないものなのだ。だがその醤油が気軽に使えない時代が、確かにあった。

醤油だけではない。赤酢が出回る前は、酢も高価なものだった。今では屋台で気楽に食べられる寿司にしても、酢が高価だった時代には庶民の口に入るものではなかったのだ。酢のもとになる米は、もちろん大切な食べ物で、米の値段は好き勝手に決められない。なので米から作る酢はどうしても高価なものになる。今でも、米酢は値段が張るので、特に必要な時にしか使わない。酒粕から赤酢を作ることを誰かが考えついたから、安い赤酢が広まって握り寿司も江戸の名物になった。

魚もしかり。昔は品川でも目の前の海で獲れる魚しか食べられなかった。少し離れた相模の海でしか獲れない魚はとても高価で、しかも新鮮なものは手に入らなかった。早舟と呼ばれるとても速く進む舟が作られるようになって、相模の海の魚がその日のうちに品川や江戸に運ばれるようになった。初鰹にしても、早舟がなければ、獲ってから日本橋の魚河岸に運ぶまで二日はかかってしまう。今のように初鰹で江戸がお祭り騒ぎになるのも、早舟ができたからこそだった。

そうしたことを番頭さんから教わるたびに、人が美味しいものを食べる為に重ねて来た努力と工夫に、胸が熱くなる。美味しいものが食べたいという気持ちは、この世に新しいものを生み出す力になる。

桜が風に散って、川面が薄紅色の小さな舟で埋まる頃、日本橋から文が届いた。お小夜さまからの文だった。お腹のややこが落ち着いて、もう大丈夫だと医師に言われた、と、嬉しそうな字で書かれていた。お小夜さまは、字でも絵でも、ご自分の気持ちをそのまま表す。文を読むだけで、その時のお小夜さまのお気持ちが察せられる。それはとてもすごいことだ、とやすはいつも思う。床から出て歩いてもいいと言われたことが本当に嬉しかったらしく、まるで踊り出すように楽しい筆運びだった。

もう待ちきれないので、一日も早く来てちょうだいね。

そんなお小夜さまの声が耳に聞こえて来るようだった。政さんにそのことを話すと、少し考えてから言った。

「実は俺も、近いうちに江戸に行こうと考えてたんだ。どうだい、今度は一緒に行かねえかい」

「江戸へ、ですか！」

「うん、ちょいと昔の知り合いに相談したいことがあってな。それと、せっかく日本橋に行くんなら魚河岸を見に行かねえか。日本橋の魚河岸は今や日の本一だ、料理人なら一度は見ておいたほうがいい」

十草屋に行く時はいつも、十草屋がよこしてくれる駕籠に乗るので、近くまで行っても橋の下は見えない。昨年八王子まで旅した時は、先を急いでいたので魚河岸を眺めることはしなかった。帰りにお小夜さまに逢いに行った時も、日が暮れるまでに深川に帰り着きたかったので寄り道はできなかった。噂に聞く日本橋の魚河岸、行ってみたい。見てみたい。

「へい、魚河岸が見たいです！　連れてってください！」

「はは、そうかい、そんなら一緒に行こう。ああ、けど駕籠を仕立てるなんて贅沢はできねえぜ」

「もちろんです。歩きます！　あの、とめちゃんは」

「うーん、江戸を見せてやりてえが、とめ公はようやく、仕事の流れを身につけ始めたところだからな。今は台所で平さんにしっかりこき使われて、せっかく摑みかけたもんを身体と頭に叩きこむ、それが肝心だ。たった一晩でも、江戸に行くなんてことをしちまったら、気持ちが浮わついちまう。おやすだってあのくらいの時は、毎日毎日同じことを繰り返して休まずに働いていただろう？」

　やすは少しがっかりした。とめちゃんにもお江戸を見せてやりたい。ぎっしりと建ち並ぶ家々や、早足で歩くたくさんの人々。品川に似ているようでいて似ていない、お江戸の町。けれど政さんの言うことも理解できる。しっかりしているようでも、とめちゃんはまだ子供だ。今は懸命に働くことで保っている、とめちゃんを支えているものが、お江戸見物なんかしたら、くしゃっと壊れてしまうかもしれない。とめ吉は聞き分けのいい子だから、江戸が見たいと駄々をこねたりはしないだろうけど。

せめて土産（みやげ）を買って来てあげよう。何がいいかしら。やっぱりお菓子かな。それとも玩具（おもちゃ）かな。

やすは、日本橋の魚河岸を政さんと見物することを考えてワクワクした。早舟で相模の海や、上総（かずさ）、下総（しもうさ）の海からも運ばれて来る魚たち。それらが並べられ、威勢のいいセリがあちらこちらで行われ、その中を江戸中の棒手振り（ぼてふ）や料理人たちが歩き回る。話には聞いているけれど、きっと思っているよりずっとずっと、すごい光景に違いない。

だが結局、日本橋に向かう時は十草屋から差し向けられた駕籠に一人で乗ることになった。政さんはその日は江戸の知り合いのところで用があるとかで、先に歩いて出発してしまった。やすも一緒に歩きたかったのだが、どのみち魚河岸には翌朝に行く

ので、今夜は別々に、と言われて仕方なく承知した。

おくまさんのところへは、数日前に文を出しておいた。深川のおいとさんのところ宛(あて)であっても、わざわざ山路一郎(やまじいちろう)さんに自分が江戸に行くと伝える文を出すのはためらわれた。けれど、日本橋に行くのに黙っているのも、意地悪をするようで気がひける。おくまさんに伝えておけば、きっと伝わるだろう。でも、江戸で一郎さんと逢って、何をすればいいの？ 何を話せば。

山路一郎という人のことは、まだなんとも摑みどころがない。どうして自分なんかと逢いたがるのかも、よくわからない。けれど、町娘をたぶらかすような不誠実な人にも思えないのだ。

駕籠から降りると十草屋の表玄関だった。やすは未(いま)だに、自分がこんな大店(おおだな)の表から入るということに慣れない。十草屋の奉公人は皆、とてもきちんと躾(しつ)けられているようで、やすが店の中を通って奥に向かっても、じろじろ眺めたり、盗み見したりする者はいなかった。それでもやすは、つい俯(うつむ)いてしまった。

広い台所に入ると、袂(たもと)を襷(たすき)でたくし上げたお小夜さまが得意げに待っていた。髪も手ぬぐいで覆っている。

「あんちゃん！」

お小夜さまはいつものようにやすに抱きついた。

「逢いたかった！　この前来てくれてから何ヶ月経った？　もう桜も散ってしまったじゃないの。今年は一緒にお花見がしたかったのに」

「でもお小夜さま、お腹のややこが落ち着かないうちは参れませんでしたよ。わたしが顔を見せたらお小夜さま、お布団から出てしまわれるでしょう」

「もう随分前に、大丈夫とお医者さまに言われたのよ。でも清さんが、油断しては駄目だと部屋から出してくれなかったの。あんまり長いこと寝てばかりいたから、すっかり足が萎えてしまったわ。猿若町まで歩いて、お芝居でも観て来なくっちゃ。あんちゃん、明日、一緒に行かない？」

「わたしには芝居はわかりません」

「大丈夫よ、ただ観ていればいいのよ。それでも楽しいわよ」

「へえ、けど明日は、魚河岸を見に行くつもりなんです」

「魚河岸？　そこの日本橋の？」

「へえ」

「あんなところ、面白い？　一度近くまで行ってみたことあるけれど、お魚の臭いがすごくて下に降りる気になれなかったわ」

やすは笑った。

「でもお小夜さまは、お魚の料理がお好きじゃありませんか」

「食べるのは好きだけど、見るのは嫌い。でも、そうね、それならあんちゃん、今夜はここに泊まればいいわね。魚河岸の朝は早いと聞くけれど、ここからなら寝ぼけ眼(まなこ)で歩いてもすぐよ。ここに泊まりなさいな、ね！」

「ありがとうございます。でも今夜は深川に泊まります」

「深川って、去年働いていた煮売屋さん？」

「へえ」

「そんなぁ、どうして小夜と一緒にお泊まりしてくれないの？ 女中に言って、いちばん上等なお布団を出してもらうわ。私の部屋で、私の床の隣に敷いて貰(もら)いましょうよ！」

「わたしはそんな上等なお布団では寝付けません。それに、お腹のややこが落ち着いたのでしたら、旦那(だんな)さまとご一緒にお休みにならないといけませんよ」

「あら、だって、清さんてば鼾(いびき)をかくのですもの」

お小夜さまが愛らしく、頬(ほお)を膨らませた。

「なかなかうるさいのよ。あんまりうるさくて眠れない時は、そっと清さんのもとに寄ってね、こうやって、清さんのお鼻をつまんじゃうの。しばらくつまんでいると目を覚ますわ」

「そんないたずらを、ご自分の旦那さまになすってはいけませんよ」

お小夜さまは肩をすくめて舌を出した。そんな子供のような仕草も、お小夜さまがなされば愛らしい。けれど、こんなご様子でややこを産んで、母上さまになられるというのがちょっと信じられない。

「さあ、あんちゃん。今日は何を作るの？」

お小夜さまはやすを、あんちゃんと呼ぶ。もうすっかりその呼び方が定着してしまったようだ。やすは、お小夜さまに、あんちゃんと呼ばれるのが楽しかった。お小夜さまがつけてくだすった、自分のもう一つの、名前。

やす、とはどんな字を書くのか、やす自身は知らない。物心ついた時には周囲から、おやすと呼ばれていたので、やす、が自分の名前なのは間違いないのだろうが、父は漁師で、字はあまり読めなかった。瓦版（かわらばん）を読むのにも難儀していたくらいだったから、娘の名をつけた時も、漢字でどのように書くのかなぞ気にしていなかっただろう。それを聞いたお小夜さまが、安、という字を当ててくだすった。安政（あんせい）の安。安らかで平らかで、穏やかな様子を意味するらしい。けれど安政という今の時代は、どうもあまり安らか、というわけにはいかないようだ。大地震が起こり、高波に呑まれ、大火もあった。それでも、いつかは安らかで穏やかな日々が戻って来るのだろうか。

安。良い字だとやすも思う。その字に負けないような、誰かを安心させてあげられるような、そんな人になれたらいいのだが。

そしていつか、紅屋を勤め上げてお暇をいただく時が来たら、煮売屋か一膳飯屋でいいので、小さな店を持ちたい。その店の名前は、あん、と付けよう。

「へえ、本日の献立は、野菜の煮物でございます」

「え、野菜の煮物？　それだけ？」

「へえ、食後にいただくお菓子も作ります」

「でも、清さんが固い物を食べられるようにしてくれるって」

「へえ、清兵衛さまは、固いものがお嫌い、できるだけ噛まないで食べられる柔らかいものがお好みと聞きました。けれどそれは、歯や顎によろしくありません。柔らかいものばかり食べていると顎が弱り、歯も弱ります」

「でも野菜の煮物は固くないでしょう？」

「少し固めに作ります」

「それじゃ美味しくないわよ、固い煮物だなんて」

「素材によってはあまり柔らかくするよりも、しゃっきりと仕上げた方が美味しいこともありますよ」

「でも清さん、そういうのは食べないわ。噛むのがめんどうだって言うもの」

「へえ、ですから、どうしても噛みたくなるように作ります」

「噛みたくなるように?」

「噛む方が楽しいように作るんです。さ、あぶら焼きよりも支度に手間がかかりますから、早速始めましょう」

材料は前もって文で知らせて用意してもらっておいたので、ちゃんと揃っている。どれもこれも、紅屋でもなかなかこれだけ揃えるのは骨が折れるというような、新鮮で最上等のものばかりだった。

今日の献立は、あぶら焼きのように切っておしまいというわけにはいかないし、切るにしてもそれぞれの材料ごとに切り方が違う。お小夜さまには少し難しい献立だが、これが作れるようになるならば、料理のいろはひと通り身につけていただけたということになる。

　新鮮で肉がつやつやとしている鶉は、包丁で叩いて細かくし、塩で味をつける。立派な太い牛蒡は、指の長さくらいに切って、芯の部分を包丁の先でくり抜く。お小夜さまに任せると指を切りそうだったので、それだけはやすが代わりにやって見せた。包丁の先でぐりっと削っては、それを箸で掻き出す。包丁の刃が入らなくなったら反対側から穴を削り、あとは箸で突いて芯の部分を抜き取った。

「牛蒡の芯をくり抜いちゃったら食べるところがなくならない？」

「牛蒡は芯が一番美味しくないんです」

「え、ほんと？」

「へえ。それでも煮物などにする時は、もったいないのでそのまま煮ます。ですが本当に美味しく食べるなら、この芯の部分はない方がいいんです。もちろん捨ててしまうのはもったいないので、このくり抜いた部分を濃いめに味付けしてご飯に混ぜて、わたしら奉公人の賄いにしたりします。きんぴらを作る時でも、お客さまにお出しする分は外側の部分だけで作るものです」

　鶉の肉に片栗粉を混ぜ、よく練る。牛蒡の穴にその肉を詰める。

「半分くらい詰めてください」

「半分でいいの？」

「へえ、反対側には別のものを詰めます」

「もっと短くして、一口で食べられるようにした方がよくない？」

「それでは旦那さまに、ちゃんと嚙んでいただけません。面白くもありません」

やすは笑って、水切りした豆腐を布巾に包んだ。

「これをぎゅっと絞って、お豆腐の水を出してください」

「はいはい。ぎゅーっ」

「すり鉢に入れてすります。塩をふたつまみ、お砂糖ひとつまみ、みりんを少し垂らして、またすって。滑らかになるまですってください。片栗粉を、へえ、そのくらいで。入れたらすぐによく混ぜてください。それを牛蒡の反対側に詰めます」

「違うものを詰めるのね」

「へえ。こうすれば、嚙むたびに味が変わります。最初はどちらかの味、二口目は反対側の味、最後は真ん中で両方の味です」

「おもしろーい！」

「お小夜さまの旦那さまのように、嚙むことがお嫌いな方は、歯が悪くて嚙むと痛みがあるか、あるいは嚙むのがめんどうか、だと」

「そうよ、清さんはいつも、嚙むのがめんどうだって言うの」

「ならば噛むと楽しいことが起こる料理にしてさしあげれば、きっと、めんどうがらずに噛んでくださいます。今日の献立の要は、作る料理そのものが大事なのではなくて、とにかく噛むと楽しいことが起こるものを作ること、なんです。牛蒡はわざと長いまま煮て、噛むとそのたびに違う味になるように作ります。その牛蒡も歯ごたえを残して仕上げます。きんぴらを作るようにあぶらで鍋に焼き付けてから、出汁と醤油で香ばしく煮含めます。中の肉や豆腐に火が通ればそれでいいので、少し牛蒡が固いかな、というところで止めて、あとは冷まして味を含ませます」

牛蒡を鍋の煮汁に並べて、火にかけた。

「これ、美味しそうね。でも牛蒡だけじゃ、ちょっと寂しいわ」

「他にも作りますよ。今も言ったように、献立はいくらでも工夫できます。噛んで楽しい料理にすればいいんですから」

やすは蓮根を手に取った。

「とてもいい蓮根ですね。大きくてしっかりしていて。でも今日は、小さいものを使いましょう」

やすは、大きな蓮根と節でつながっている小ぶりのものを切り離した。

「こちらの小さいのがちょうど良さそうです。まずはよく洗って皮をむいてください。

あ、蓮根の皮は薄いので、包丁がすべると危ないですから、端を切ってから縦に置いて、上から包丁でそぐようにしてもいいですよ」

お小夜さまはだいぶ苦労していたが、それでも頑張って蓮根の皮をむいた。やすは並んだ壺を一つずつ確かめて、辛子の入った小さな壺を手に取った。

「この中の辛子をその小さな椀に、少し入れてください。そこにほんの少しの湯を入れて、菜箸でよくといてください。そのままにしておくと辛味が抜けてしまうので、椀を伏せておきます」

お小夜さまは、辛子の粉を珍しそうに見ている。ご自分で辛子をといたことなどないのだろう。

「味噌にといた辛子を少し入れます。入れ過ぎると辛くなるので、ちょっとで大丈夫です。よく味噌と混ぜたら、さっきの蓮根にその味噌を詰めます。しゃもじを使ってしっかり穴に味噌を詰めて、とんとん、と蓮根をまな板に打ちつけます。軽くでいいです。そうすると味噌が下の方に落ちるので、上に隙間ができます。そこにまた味噌を詰めます」

「なんだか面白い。料理じゃないみたい」

「料理は面白いものですよ。慣れてくると、きっとお小夜さまも楽しくなると思います」

「蓮根にお味噌を詰めたものなんか、食べたことない」

「このあと、その蓮根を天ぷらにいたします」

「天ぷら！　蓮根の天ぷらは美味しいけど……」

「へえ、味噌の詰められたものも美味しいですよ。元は肥後の国の料理なのだそうです。紅屋の大旦那さまがお若い時分に肥後を旅されて、とある大商人さまにご馳走していただいたのだそうです。肥後では殿さまが召し上がるお料理で、門外不出なのだとか。けれど地元の大商人さまですから、色々と伝手もあって作り方をご存知でいらしたんでしょう。大旦那さまはそれを召し上がり、たいそうお気に召したのですが、もちろん作り方を教えていただけなかった。それでご自分で工夫されて、この作り方になりました。肥後で召し上がったものとは少し違うようですが、これはこれで美味しいので、紅屋では時々作ります。あぶらを熱するのはやすがやりますね。文にも書きましたが、こちらの台所で天ぷらを揚げてもお咎めはありませんよね？」

「ええ、年に何度か、同業の寄り合いがうちの座敷であるから、あぶらを使って天ぷらを揚げるお許しはいただいてます」

「お江戸では、火事の心配があるので、家の中の台所で天ぷらを揚げるのは禁じられているとお聞いていますから」

「火事には充分気をつけているわ。どんな大店でも、火元になったらおしまいですものね」

「気をつけていたしましょう。卵をその、大きい器に割ってよくといてください。その白い紐のようなものを取ると混ざりやすいです。へえ、それです。それを箸の先に引っ掛けてすっと上げれば取れます。……お小夜さま、お上手ですね」

「手先は案外器用なのよ、わたし。いずれは蘭方医になるんですもの、人の身体を切ったり縫ったりするのに不器用では困るでしょ」

自慢げなお小夜さまが、本当に愛らしい。やすは思わず微笑んだ。

「そこにお水を入れます。……あ、そのくらいで。卵とお水をよく混ぜたら、お粉を入れます。へえ、そのくらいです。粉が消えるまで混ぜてください」

政さんの天ぷらは、屋台のものより衣が薄い。最近は江戸の料理屋でも、薄い衣でさっと揚げて、海老でも鱚でも、硬くならないように揚げるようで、紅屋の天ぷらもそういうものだ。けれど屋台の天ぷらは、昔から、もったりと厚く衣をつけて揚げる。その方が衣が剝がれにくくてしくじらない。この辛子味噌を詰めた蓮根も、衣は厚い方が揚げやすい。

あぶらものは清兵衛さまの好物だが、天ぷらよりもあぶらを使わずに食べられる料理、ということで考え出したものがあぶら焼きだった。この蓮根の辛子味噌詰め天ぷらも、実は輪切りにした同じ量の蓮根を天ぷらにするより、衣が少ない分、その衣が吸い込むあぶらが減る。見た目は同じ天ぷらでも、材料の切り方で身体に入るあぶらの量は変わる。

「ここからはやすがいたします。お小夜さまは少し離れたところでご覧になっていてくださいさい。あぶらがはねて火傷をするといけません」

じっくりと蓮根を揚げた。お小夜さまは気がせくのか、まだ？　もうできたんじゃない？　とうるさかった。

揚がった蓮根は紙を重ねた上に置いて、あぶらを切る。

牛蒡の煮物もいい塩梅に煮えている。

「では、そちらの蕎麦粉を小さい桶に入れてください」

「お蕎麦を作るの？」

「お蕎麦は難しいので、今日は違うものを作ります。そこにお水を入れて……」

　十草屋に着いたのは昼餉の頃だったのに、食事の支度がようやく調ったのは、暮れ六つの鐘が鳴ろうかという頃だった。広い台所には女中が何人も現れて、奉公人たちの夕餉の支度にとりかかっている。やすは、女中たちの邪魔にならないよう、手際よく自分とお小夜さまが使った道具を片付けた。朱塗りに金箔がちりばめられた豪華な膳の上に、二人で大騒ぎしながらこしらえた、清兵衛さま用の特別な献立が並んでいる。素朴で簡単な料理ばかりだけれど、盛り付けられた器や皿がどれも素晴らしい逸品ばかりで、それだけで大層なご馳走に見える。

　今回はご夫婦の分、二膳。お小夜さまは、やすも一緒に食べて行ってと何度も言ってくださったが、やすは深川のおいとさんの所で食べるつもりで、出来上がった料理だけ取り分けた。お二人と夕餉をいただくのが嫌なわけではなかったが、せっかくの水入らずの夕餉のお邪魔はしたくない。お子様が生まれれば、いくら女中がたくさんいるとは言え、お小夜さまは赤子の世話で忙しくなる。ご夫婦お二人で過ごされる時もそう多くはなくなるだろう。

　久しぶりにお会いする清兵衛さまは、気のせいか、少しお疲れのようだった。丸々と、少々お太り気味なのは変わらないが、お顔の色が心なしかすぐれない。黒船以降、世の中はめまぐるしく動いている。大きな商売をされている人ほど、気苦労が絶えないのかもしれない。やすは詳しいことを知らないが、番頭さんが教えてくれた話によれば、十草屋の親戚である薬種問屋長崎屋は、幕府御用達の大店で、かつては人参の取り扱いを一手に行っていたという。長崎の南蛮人が上さまに謁見する際、江戸で宿とするのがその長崎屋であった。それほどの豪商のご親戚なのだから、十草屋さんも、やすには想像もできないほど大きなお商売をされているのだろう。

並んだ膳を見て、清兵衛さまは大きな目をぐりっと動かし、大きな口で楽しそうに言った。

「これはすごい。本当にお小夜が作ったのかい？」

「おやすちゃんに手伝ってもらったけど、半分くらいは小夜が作りました」

「いいえ、半分なんて。ほとんどお小夜さまが作られました。わたしは、あぶらを使うところだけさせていただきました」

「でも全部、おやすちゃんが教えてくれたのよ。蓮根の皮のむき方も、鶏肉の叩き方も」

清兵衛さまは、心から感心した、というようにうなずいた。

「おやすさんに来ていただくようになってから、時々はお小夜が台所に入って何か作ってくれることもあるんですよ。わたしはもうそれだけで、充分にありがたい。料理番の女中たちはいつもちゃんと仕事をしてくれて、わたしは毎日美味しいものを食べております。それ以上を望むのは贅沢とわかってはおりますが、なんというか、やはりその……」

清兵衛さまは、照れたように笑った。

「恋女房の手料理、というものにね、憧れがありまして。わたしの母はこまめに台所に立つ人ではなく、わたしは幼い頃から女中の作る料理で育ちました。それには何の不満もありません。ただ、母が早くに亡くなってしまい、思い返しても母の手料理の味を思い出すことができないのが、時々ふと、寂しくなるのです。前妻は大店のお嬢様育ちで料理は女中任せでしたし。たとえそれが粥の一杯であっても、湯漬け一膳であっても、親しい人が自分の為に作ってくれる料理というものは、嬉しいものです」

「小夜は湯漬け以外も作れるようになりましたよ」

お小夜さまがまた膨れて見せる。

「おやすちゃんに教われば、きっとお正月のご馳走だってそのうち作れるようになりますから！」

「ああ、それは楽しみだ。でもね、お小夜、わたしは何も女房が料理をするのが当たり前だと言いたいわけではないんだよ。商人の女房には、料理よりもしてほしいことがたくさんある。おまえがこの頃、薬のことを熱心に学んでいることは知っています。わたしにとっては、それも本当に嬉しい、ありがたいことだ。その上で、今何より大事なのは、お腹の子を無事に産んでくれることだ。薬を学ぶのも料理の修業も、どうかお腹の子に障らない程度にしておくれ。おまえが夜半遅くまで、寝床でも本を読んでいるのが心配だ」

「ごめんなさい。なぜだか夜の方が、本に書いてあることが頭にしっかり入る気がするの。でもわたしが起きているとお腹のややこも目が覚めてしまうわね。夜半まで本を読むのはなしにいたします」

「そうしておくれ。さあ、ではせっかくだから冷めないうちにいただこうか」

「へえ。ではお料理の説明をさせていただきます。まずは熱いうちが美味しいので、こちらの揚げ物からぜひ召し上がってください」

「これは何の天ぷらですか？　なんだか丸っこいが。芋かな」

「蓮根よ。蓮根の小さいのを丸ごと揚げたの」

「丸ごと⁉　それはまあなんと……大胆な。しかし……えっと、おえん、悪いがちょっとこれを台所で輪切りにして来ておくれ」

清兵衛さまが部屋に控えていた女中に言った。お小夜さまが清兵衛さまの膝を、これ、と叩く。

「だめです。これは丸ごと食べるものなの」

「え、切らずにかい」

「そうよ。ほら、屋台の天ぷらのように、串を刺してあるでしょう。その串を手で持って、かぶりついて召し上がれ」

清兵衛さまは首を傾げながら串を手に取り、おそるおそる蓮根の天ぷらを噛んだ。

「あつっ！　あちちち！　これはおまえ、熱くてとても噛めないよ！」

「少しずつ噛んでみて。そのうちに面白いことが起こるから」

「面白いこと？　あちちち、本当にこれは熱い。揚げたてだ」

清兵衛さまは必死に蓮根にかぶりついた。少しずつ噛み取って咀嚼する。しゃくしゃく、と、蓮根の気持ちのいい音が聞こえる。

「……あっ、これは味噌だ。あちち、味噌も熱い。あ、辛い。この味噌は少し辛い。辛子味噌だね。ああ、あれれ、これは……これは美味い！」

清兵衛さまはそう叫ぶと、夢中でかぶりつきだした。

「なんだね、これが蓮根かい、どうしてこんなにホクホクとしているんだろうね、この蓮根は特別なのかい、あれまあ、なんともこの熱い味噌がまたこれは」

「本来は冷まして、中の辛子味噌が落ち着いてから輪切りにしていただくものなのですが、今日は小さな蓮根を選んで、揚げたてを丸のまま食べていただくようにいたしました。それですと熱い味噌が流れ出しても、それがまた美味しさになります。何よりも、蓮根を煮たり焼いたりした時、輪切りにせずに食べると、お芋のようにホクホクといたします。蓮根は穴の様子が面白いので、料理にはどうしても輪切りにして使いたくなるのですが、田舎(いなか)料理の煮物などでは、ざくざくと切ったものを煮たりいたします。それはそれで、輪切りの歯ごたえとは違っていいものです」

「わたしは輪切りの天ぷらや、薄く切って酢の物にしたり、きんぴらにしたものしか食べたことがありませんでしたよ。蓮根が切り方でこうも味が変わるものとは。それに、丸のまま出さないと穴から味噌が出てしまうんですね。だからこんな風に料理した」

「へえ、そして肝心なことは、丸のままの蓮根は歯でかぶりつくしかない、ということでございます。齧(かじ)れば味噌が出て来て、それが美味しい。とあれば、一口、また一口と齧ることになります」

「今日の献立はね、清さんにたくさん噛んでもらえる献立なのよ。清さんが柔らかいものがお好きなのは、噛むのが面倒だからでしょう。子供の時分から女中の作る料理を食べて来て、女中は清さんが食べやすいようにと、野菜でもなんでも細かく切って料理していた。煮物でも出来るだけ柔らかく煮付けた。その方が子供には食べやすいから。あまり噛まなくても食べられるもので育ってしまったので、清さんのお口はものぐさ太郎になってしまった」

「口が、ものぐさ太郎かい」

清兵衛さまは、面白いことを言われたな、という顔でお小夜さまを見ている。

「そうかもしれない。わたしは確かに、ものを噛むのがなんだか面倒で、噛まずに食べられるものが好きなんだ。だが美味しいものなら喜んで噛むよ。この蓮根みたいなものだったら、いくらでも噛むさ」

「本日の献立は、噛むと美味しい、噛むと楽しい、そんなお料理です。昔から早食いは太ると言われております。噛まずに食べられる柔らかいものばかりですと、どうしても早食いになってしまって、お腹のまわりも大きくなってしまいます」

お小夜さまが清兵衛さまの帯のあたりをパンと叩く。

「歯や顎を鍛えるには硬いものを噛むのが良いそうです。ですが、柔らかいものがお好みの方に無理に硬いものを食べていただいても、きっと美味しいとは思えず、もう一度食べようともされないでしょう。それよりも、要はたくさん噛めばいいのですから、噛みたくなるようなお料理を作ろう、そう思いました。噛むことに慣れて噛むことが楽しくなってくれれば、自然と硬いものも食べられるようになると思います」

「こっちの牛蒡も、そういう料理なのかな？」

「へえ」

「だからこんなに長いんだね。どれ、いただいてみましょう」

清兵衛さまは箸の使い方がとても綺麗だ。箸先だけで器用に牛蒡をつまむ。

「こっちの端を食べて、それから反対の端を食べてね」

お小夜さまは目を輝かせている。清兵衛さまが何かを食べる様子を見ているのがお好きなのだ。それだけでも、お小夜さまがご自分の旦那さまのことをとても好いていらっしゃることがわかって、やすの胸が温かくなった。

「こっちを食べてから反対側、だね。どれどれ……おお、牛蒡の中に何か入っている！　これは何だろうね、出汁が染み込んでいてふっくらとして……もしかすると豆腐かね？」

「当たり！　じゃあ今度は反対側よ」

「はいはい、わかりましたよ。なんだか面白いね、普通は同じ側から食べ進むものだが。……おっ、これは豆腐じゃあない。これは、ああ、鶉だね？　うーん、いい味だ。

鶉の肉にも出汁が染みているが、鶉自体に肉の味があるから、同じ出汁で煮ている一つの牛蒡なのに、それぞれ味が違う。なるほど、だからこの牛蒡も短く切らずに作ったのだね」

「最後は真ん中。残ったところ」

「はいはい。……おや、これは面白い！　今度は豆腐と鶉が一緒に口に入ったよ。口の中でこれまた違った味になった！」

「楽しんでいただけましたか、清兵衛さま」

「いやいや、ええ、楽しみましたよ、おやすさん！　なるほどねえ、食べるたびに味の変わる牛蒡なんて、まったく楽しい」

「牛蒡は心持ち硬めに仕上げてあります」

「中に柔らかいものが入っているので、歯ごたえの違いも面白いですね」

「先ほども申しましたが、今夜の献立は、噛むことが楽しい料理をいくつか作らせていただきました。蓮根や牛蒡を使いましたのは、今の季節に美味しい野菜だからでして、これが夏なら、生の胡瓜に何か詰めるとか、お茄子に何か挟んで天ぷらにするとか、季節ごとに工夫ができます。そして、どちらも特別な材料は使わず、女中さんの手助けがあれば、お小夜さまでも難なく作ることができます。揚げ油が熱いうちにもう一品、これも揚げてみました」

「これは、何ですか？　野菜を細く切って揚げてありますね」

「へえ、甘藷でございます」

「おや、さつま芋ですか。いやでも、こんな形のさつま芋ははじめてだ」

「甘藷の天ぷらはホクホクとして美味しいものですが、これは細く切ったことで、パリパリとしたまったく別の歯ごたえが楽しめます。これは塩を振っていただきます。噛むとシャクシャク、パリパリと音がして、噛む音が楽しめます」

「噛む、音」

「へえ。ものを噛む時の音も、美味しさのひとつです。噛むことを楽しんでいただくには、噛んだ時の音にも耳をすませていただきたいのです。おせんべいやかりんとうなど、硬いものをパリッと噛む、あの音はとても気持ちの良いものです」

「清さん、ご飯をいかが」

「もうご飯かい、いやもうちょっとおかずを」

「いいから、ご飯も味見してくださいな」

お小夜さまはおひつを開け、清兵衛さまの飯茶碗に軽くご飯を盛り付けた。

「おや、これは」

「五目ご飯よ」

「五目ご飯。どれ……ああ、いろんな物が入っているなあ。あれ、この少し硬いものは……これは大豆かい？」

「節分の炒り豆よ」

「あれ、今度はなんだ、柔らかいのにくにゃっとしてるが歯ごたえがある……蒟蒻だね！」

「他にもいろいろ入っているのよ。高野豆腐、かしら芋、銀杏。みんな同じ大きさに切ってから味付けして、炒り豆を入れて炊いたご飯に混ぜたの。それぞれ嚙んだ時の感じが違うものばかりだから、食べていて楽しいでしょう？」

「ああ、でも味はよくなじんでいる。歯ごたえは違うのに味はまとまっているというのも、なるほど面白い。一つの牛蒡なのに嚙むところによって味が変わる料理もあれば、いろいろな材料を使っていて嚙むとみんな嚙み心地が違うのに、味はまとまって一つの料理になるものもあるんだね」

「こうした料理でしたら、嚙むのが面倒とはお感じにならないのではありませんか」

清兵衛さまは、深くうなずいた。

「なるほどねえ……いやいや、これは勉強になりました。お小夜から、硬いものが苦手なわたしでも食べられる、硬いのに柔らかいものを出すのだと聞いた時には、なんだか面妖な魚でも出されるのではないかと、内心びくびくしていたんですよ」

「いやねえ、清さん。面妖な魚なんて出しませんよ」

「あはは、しかし魚の顔というのはなかなか面妖ではないかい？　皮がぬるっとしてぐにゃりとしていて、身が硬くしまっている、まあそんな魚でも料理して出してくれるのかなと。お小夜とおやすさんが一所懸命考えて出してくださるものだから、美味しいと言って食べはするが、まあそんな変わった食べ物を食べたくらいでは、硬いものを好きになったりはしませんよ、と、たかをくっておりました。しかし今夜の献立は、料理というものの奥の深さを教えてくれました。何の変哲もない牛蒡や蓮根でも、硬くなったり柔らかくなったり、シャクシャクしたりホクホクしたり、料理のしかたで自在に変わる。そうした歯ごたえの違いというものは、味の違い以上に食べた者を刺激する。料理を食べるということは、そうした様々な刺激を受けるということなんだと、教えていただきましたよ。わたしはこれまで、なんとなく噛むことが億劫だからと、柔らかいものや食べやすく切られたものばかり好んでいた。けれどそれは、料理を楽しむ上ではとてももったいないことだった。噛むことは楽しいことなんだ、と、やっと気づきました」

清兵衛さまは、お小夜さまの手を取った。

「お小夜、そしておやすさん、本当にありがとう。お小夜が仲良しのおやすさんと会いたいからと、おやすさんに料理を教わりたいと言い出した時には、そんな面倒なことをしなくてもおやすさんにお休みがいただけるように、わたしから紅屋さんにご相談申し上げようかと考えたものでした。紅屋さんからお許しが出たと聞いた時も、こちらに来てしまえば料理などせずとも、楽しくお喋り(しゃべ)りをしてゆっくりして貰えばいい、と思っていました。ところがお小夜は真面目(まじめ)に料理に取り組んでくれた。そしておやすさんは、わたしの身体のことを慮(おもんぱか)った料理を考えてくださった。あぶら焼きは楽しかったし美味しかった。少しのあぶらでも美味しく食べられました。そして今度は、わたしに嚙むことの楽しさを教えていただいた。おやすさん、それにお小夜、二人が本当に真面目に料理に取り組んでくれたおかげで、わたしも、食べる、ということを考え直すことができる。我々薬種問屋は、医師ほどではないにしても、薬と身体のことをよく知り、学び続けないと商いができません。しかし薬にばかり詳しくなっても、ものを食べる、ということに無頓着(むとんちゃく)ではいけません。わたしは今、それをあらためて思い、己の怠惰を恥じております」

清兵衛さまは、やすの方に向き直った。

「お小夜は本当に良い方と仲良しでいてくれて、心強い限りです。おやすさん、これからもどうかお小夜と仲良くしてやってください。どうかお願いいたします」

清兵衛さまに頭を下げられ、やすは驚いて自分も頭を畳につけた。

「そ、そんな、わたしのほうこそ……奥さまと仲良くしていただけて……分不相応とわかってはおりますが……」

「そんなことはありません。私どもは商人、あなたは料理人、共に町人でございますよ。何も変わりはありません。さあさ、ぜひおやすさんも一緒に御膳を」

「あ、いいえ、わたしはこれで失礼いたします」

「え、なぜでございますか。せっかく料理していただいたのですから……」

「いくら言ってもだめなのよ」

お小夜さまが、得意の膨れつらをして見せた。

「おやすちゃんたら、今夜は深川に泊まるので、夕餉も深川でいただくのだときかないの。今夜は泊まっていってくれると思っていたのに」

「申し訳ありません。昨年お世話になった煮売屋さんのおかみさんが、わたしが行くのを待っていてくださるんです」

「そうですか……ご恩のある方がお待ちになっておられるなら、無理にお引き止めはできませんね」

「清さんたら、そこを引き止めてくださらないと！」

「無理を言ってはおやすさんが困ってしまわれるよ、お小夜。いいじゃないか、ややこが落ち着いたのだから、また来ていただける。今度はぜひ、一緒に夕餉を食べていただきましょう」

「へえ、そうさせていただきます」

やすはまた頭を畳につけてから立ち上がった。

「それでは失礼いたします」

「あ、少々お待ちを。おえん、駕籠を呼んでおくれ」

「いいえ、大丈夫でございます。ここから深川は、橋を渡ってすぐでございますから」

「そうは言ってももう日が暮れました。若い娘さんを暗い中、一人で行かせるわけには参りませんよ。駕籠屋はすぐ近くにございますから、すぐに参ります。おえん、急ぎなさい。男衆の誰かに言って、駕籠屋まで走ってもらいなさい」

「へい！」

女中が慌てて部屋から出て行く。やすは断るのを諦めた。押し問答が長引けば、おいとさんの所に行くのが遅くなるだけ。

「それでは、これで失礼いたします。勝手口でお駕籠を待たせていただきます」

「いやいや、駕籠が来るまでどうかここで」

「あの、慌てて料理をしましたので、少しのぼせております。春の夜風に当たってのぼせを冷ましますので。それではまた、来月参ります」

やすは、清兵衛さまのご親切とお小夜さまの少し恨みがましい目から逃げるようにして部屋を出た。

勝手口から外に出て待つと、なるほど駕籠はすぐにやって来た。深川まで、と、あまりに近くなので申し訳ない気持ちになったが、駕籠かきたちは嫌な顔ひとつせずに元気よく、へーい、と声を揃えた。大得意の十草屋だけに、駕籠代ははずんでいるのだろう。

清兵衛さまは、自分とあなたとは同じ町人、とおっしゃった。だがやすは、そう聞いてもなんだか薄く笑いが漏れてしまいそうだった。目と鼻の先の深川までわざわざ駕籠を仕立てられる大店の主人と、旅籠(はたご)のお勝手女中とは、どう考えても「同じ」ではない。

今夜の献立には、最後に少し趣向がある。蕎麦粉を水に溶いて砂糖を入れたものを、清兵衛さまが職人に作らせたあの鉄鍋で焼いた。玉杓子に一杯ほどのゆるいタネを薄く延ばして焼き、真ん中に羊羹を一きれ置いて、四方から焼けた蕎麦粉の薄い皮で包む。十草屋の台所に用意されていた羊羹はとても上等のものだったが、その羊羹の一きれを上下に切って、間に紙を折った籤を挟んだ。それを二つ作り、どちらか一つを清兵衛さまに選んでいただくことになっている。

籤の片方には、慈、の字。もう片方には、慕、の字。

お小夜さまと清兵衛さま、どちらがどちらの字をひきあてても、相手を「慈しみ」、相手を「慕う」と誓ってもらう。

蕎麦粉の皮で羊羹を包み、ふんわりとした舌ざわりの良さと、どっしりとした嚙み心地とを同時に味わっていただくことで献立を締めくくるつもりでいたのだが、その羊羹の間に籤を挟もうとお小夜さまが思いついた。そうなれば、もう嚙み心地がどうこうなど、どうでもいいことだった。お二人が互いを慈しみ、互いを慕っておられるのであれば、他のことなど、すべてが些細なことなのだ。

やすは、揺れる駕籠の中でひとり、ふふ、と笑った。

今頃はお二人で、甘い羊羹を食べていらっしゃるだろう。しっかりと手を握り合って。

お羨ましい。

やすは、ふと思った。

好きあった相手とそんなふうに過ごす夜が、自分にもいつかは訪れるのだろうか。

八　魚河岸

深川に入り、おいとさんの店が近づいたところで駕籠を降りた。店先に駕籠で乗り付けるなど、気恥ずかしくてできなかった。

日はとっぷりと暮れていたが、まだ開いている店が何軒かあったので、それらの店先の灯りを頼りに歩けば不自由もなかった。

そろそろ、『さいや　いと』が見えて来るはず。やすは知らずに早足になっていた。

おいとさんに会えると思うと、嬉しさで気持ちがはやる。

あっ。

やすは駆け出した。店の前においとさんが立っている！

おいとさんは、提灯を手にしていた。やすに気づくと、その提灯を高く掲げた。

「おやすちゃん！」

「おいとさーん！」

やすは危うくおいとさんにぶつかりそうになり、おいとさんの手にした提灯が髷に当たった。

「危ないよ、提灯が燃えたら火傷しちまうよ」

「ごめんなさい、でも嬉しくって」

「あたしだって嬉しいよ。政さんから文をもらって、もう今日が待ち遠しくてたまらなかったんだよ。あら、政さんは？」

「今夜は用があるそうです。明日の朝早く、迎えに来てくれます」

「魚河岸に行くんだって？　面白そうだね」

「おいとさんも行きませんか？」

「そうだねえ、けど朝は仕込みがあるし、魚はいつもの棒手振りから買わないとね。よそで魚を買ったなんて言ったら、きっとへそ曲げちまうよ」

おいとさんは笑った。

「さあさ、お入り。今日は早めに店じまいしちまったんだよ、だから誰(だれ)もいないよ」

やすは少し寂しかった。『さいや　いと』の振り売りをしていた末吉(すえきち)さんは、許嫁(いいなずけ)の家で働くことになったとおいとさんからの文に書いてあった。それはとても喜ばしいことなのだが、もう末吉さんに逢(あ)えないのかと思うと気持ちがしぼむ。今は若い女(おな)子(ご)衆が二人働いていて、その子たちがかわるがわる振り売りに出ているらしい。

「おいね、と、おりん、って言ってね、どっちもあんたと同じくらい、確かおいねが十八、おりんは十六だったね。二人とも砂村(すなむら)のお百姓の娘だから、力もあるし体も丈夫でね、振り売りに出たってちっともへばらない。だけど料理の方は、まだまだだねえ。お店(たな)に奉公に出ないでこんな小さい煮売屋なんかで働くことにしたのは、将来自分たちも煮売屋か一膳飯屋(いちぜんめしや)でもやれたら、ってことなんだろうが、料理ってのもある程度は持って生まれた才がものを言うからねえ。まあでも、煮売屋だの一膳飯屋だのは、とびきり美味(うま)いものが作れなくてもいいからね。毎日食べても飽きのこない、ご飯がすすむものが作れればいいのさ。そのくらいのもんなら、真面目(まじめ)にやればあの子たちだって作れるようになるよ」

「砂村は、胡瓜(きゅうり)がとれるところですね」

「そう、あのあたりは土が柔らかくて痩(や)せてるんで、肥(こえ)をたっぷりやって野菜を育てるんだ。根が伸びやすいから、野菜が早く育つんだよ。だけど早く育てた野菜はどうしても水っぽくって味が悪い。ところが胡瓜だけは、そうやって育てた方が苦味がなくて水気が多く、美味しいんだよ。面白いもんだね、お百姓仕事ってのも。その土地ごとに、合った野菜を作ることが肝心なんだろうね。おいねとおりんは母親が姉妹なんだそうだ。家の跡取りはどちらも兄がいるし、お江戸は今、食べ物の商売が大流行りだからね、二人して煮売屋でもやれればと考えていたところに、あたしが働き手を探してるって話が聞こえて来たらしくて」

「良かったですね、いい子たちが見つかって」

「まあね。だけど、あたしはあんたが来てくれるのを今でもまだ諦めきれないんだよ。おやすちゃんになら、この店ごと全部あげちまったっていいと思ってるんだから。品川から江戸に出て来る気は、ほんとにないのかい？」

「ごめんなさい。……わたしには、品川が合っていると思います」

「そうかねえ。深川と品川、そんなに違うかねえ。まあ仕方ない、いつかおやすちゃんの気が変わるのをしつこく待つことにするよ。あんた、日本橋でご馳走食べて来たのかい？」

「いいえ、十草屋さんには若奥さまに料理を教えに行ってるんです。自分は食べません」

「あらま。大店ってのは案外しぶちんだね。こんな刻（とき）まであんたに何も出さないなんて」

「そうじゃないんです。わたしが遠慮したんです。十草屋さんは、ご親切が過ぎると思うくらい、ご親切にしてくださいます。でも、今夜はおいとさんのお料理が食べたくて」

お世辞ではなく、やすは本当にそう思っていた。おいとさんの、ちょっと味の濃いおかずで、ご飯を頬張（ほおば）りたい。

紅屋（くれないや）の賄いはもちろん美味しい。賄いを作るのはやすの仕事だが、台所に余っている野菜の切れ端や魚のアラを工夫して、自分でも美味しいと思うものを作っているし、政さんがちゃんと味見してくれる。お客さまにお出しする膳の料理ほど品良くはないけれど、味では負けていないと思う。けれど、おいとさんの惣菜（そうざい）はまた別の美味しさがある。深川一帯の長屋に暮らす人々が、ご飯をたくさん食べられるようにしっかりと味付けしてあって、日持ちもする。温め直さなくてもそのまま食べて満足できる。

「じゃあ、ご飯にしよう。さ、中にお入り。二階の部屋は、前のまんまにしてあるからね。おいねもおりんも砂村の実家から通ってるんだよ。砂村から深川は近いからね」

「へえ」

やすは、風呂敷に包んだ手荷物をあがり畳に置いて手を洗い、おいとさんと並んで竈の前に立った。

味噌のいい匂い。味噌汁の具は浅蜊。

小芋と烏賊を炊いた煮物。

おたふく豆を甘く煮たもの。

玉子焼き。

「鰯も炙ろうか」

「そんなにたくさん、食べられません。おいとさん、夕餉は湯漬けだけでしょう？」

「いつもはね。でも今夜は一緒に食べるよ。そのつもりで昼餉を湯漬けだけにしておいたの」

「そんな……すみません、気をつかわせて。わたしも湯漬けで良かったのに……」

「若い子は女だってたくさん食べたほうがいいんだよ。あたしはね、あんたやおいね、おりんが美味しそうに何か食べてるのを見てるのが好きなのさ。まあ紅屋みたいに、夕餉にわざわざ飯を炊いたりはしないけど、あんたも知っての通りうちの白飯は冷めても美味しいからね」

そう、『さいや　いと』のご飯は冷めていても本当に美味しい。水加減が絶妙なのだ。

あがり畳にお膳を置いて、やすはおいとさんと向かい合って夕餉を食べた。

正月に深川を出て品川に戻ってからの互いの話をする。おいねちゃん、おりんちゃんのことをおいとさんは嬉しそうに話した。

「おいねは器量好しなんだよ。砂村一だろうって、二人を連れて来てくれた、砂村の差配さんが言ってたけどね、ほんとに綺麗な子なんだよ。手習いさせても字は達者だし文も書ける、そんなだからさ、もうちょっと仕込んで、なんとか大奥の下働きにでも押し込めないもんかねえ、って。まあ下働きの子じゃ間違ってもお手つきはないだろうけど」

おいとさんは笑った。

「それでもさ、大奥勤めいたしました、ってだけで、けっこうなお店の後添えくらいなら充分あるだろうさ。玉の輿に乗っかって、奥さま、なんて呼ばれるご身分になれるかもしれない。おりんの方は、まあ十人並みの器量だけどね、おいねより体が大きくて力もあるんだよ。醤油樽をひょいと持ち上げちまうんだから大したもんさ。二人とも素直で骨惜しみしないで働くから、本当に助かってる。まあ料理に関しちゃ、一人前になるにはまだかかりそうだけど」

　大奥にあがるなどという話が、おいとさんの口からぽんと飛び出たことにやすは驚いていた。以前はよほどの大店のお嬢さまでもなければ無縁のことだったはず。が、考えてみれば大奥でも下働きの下女の仕事はあるわけで、そうした下女仕事には、実家がさほどのお大尽でなくても、それなりの教養を身につけていればなれるものなのかもしれない。もちろん有力な人の推薦は必要だろうし、ふた親が揃(そろ)っていて身元が確かであることも必要だろうが。

　やすがものごころついてからの、この十数年の間にも、世の中が大きく変わって来ていることは感じる。お武家さまと町人との間が狭まっているという実感もある。紅屋にお泊まりのお客さまにはお武家さまも町人もいるけれど、身なりだけではどちらがどうとも言えないことは少なくない。髷の形や言葉遣い、刀の有無などで区別は簡単に付けられるけれど、着物や履物の質、お持ちになっている扇の格などを比べれば、町人の方が暮らし向きが良さそうだ、ということの方が多いかもしれない。もっとも、家禄(かろく)の多いお武家さまは、紅屋などよりもっと宿賃の高いところにお泊まりになるのだろうが。

「それであんたの方はどうなんだい。紅屋さんは普請して立派になったと噂に聞いてるよ」

「へえ、以前よりひとまわり、建物が大きくなりました」

「客間を増やしたのかい」

「いいえ、増えたのは客間ではないんです。客間の数は以前と変わりません。ただ、奉公人が入れる内湯ができました」

「え、奉公人の為の内風呂？」

「へえ。以前の内湯はあまり大きなものではなく、お客さまも男の方はたいがい、近くの湯屋をお使いでした。その……品川の湯屋には……」

「今でも湯女がいるんだってね」

おいとさんは、ふふ、と笑った。

「本当はご法度なんだろうけど、まあ品川は花街だからねえ」

「へえ。でも奉公人は、お客さまがお休みになってからだと湯屋に行くことができないので、かわりばんこに内風呂を使わせてもらってました。男衆がつかったあと、女子衆は掃除を兼ねて。それもみんなが入ることはできなくて、何日かに一度」

「冬場は行水もままならないね。それで奉公人用の内湯を……それはまあ、なんと言うか……噂の通りだねえ。紅屋の大旦那って人は、相当な人物だと聞いていたけど」

「今回の普請の為に、田畑やらお茶道具やらを売られたとも聞いています」

「まあ、それができるご身分だったんだから良かったよ。地震に高潮と続いて、品川でも江戸でも、財を失って無一文になっちまった商家は多い。深川だってさ、店を畳んじまった家はたくさんあるし、長屋が持ち主ごと代わったり、地主の意向で取り壊しが決まったりと、さんざんさ。仕方なく江戸を出てった人も多い。けどまあ、そこはお江戸だからね、出てった人がいれば、集まって来る人もいる。賑わいは変わらない」

「品川も同じです。新しい建物を建てるめどが立たずに廃業した旅籠や店もたくさんあります。それでも賑わいは戻って来ました」

「町ってのは、そういうもんなんだろうね。人は強いもんさ。ところで、団子屋のおくまさんからの文にあったんだけど、紅屋の小僧さんが大変な目に遭ったんだって？」

やすは、とめ吉がひどい目に遭ったことを話した。が、味噌屋の前でやすを呼び止めた髭の男のことは、おいとさんにも話せなかった。

「うんまあ、なんてことを！」

おいとさんは拳を握り締めていた。

「小さな子供に、なんてひどいことをするんだろうね！　下手人を見つけ出して、あたしがぶん殴ってやりたいよ！」

「岡っ引きの親分さんも、絶対にやった奴を見つけてやるとおっしゃってました。子供を狙って悪さを仕掛ける卑怯者は許せないと」

「それにしても一体なんで……」

「わかりません。大方、紅屋を妬んだ人がヤクザ者に銭を渡してやらせたのだろうと」

「商売敵、ってことかい」

やすは首を曖昧に横に振った。

「何もわかっていないんです、まだ。でも、とめ吉は怪我はしていませんでした。殴られてもいないし、刃物も使われていません。ただ縛られて味噌を塗りたくられていただけです。相手にはとめ吉を痛めつける気は無かったみたいです」

「体は無事でも、心は痛めつけられちまっただろうさ」

「へえ。……とめ吉は気丈な子なので、変わらずに働いてくれています。でも心はさぞかし傷ついただろうと……」

「可哀想にねえ。親元を離れて奉公に出たばかりなんだろう？　嫌になって里に帰るとか言い出さないといいけど」

「今のところは、帰りたくないと言ってます。帰さないでくれと。でも無理をしているんじゃないかって、ちょっと心配してます」

「その子の家は商家かい」

「いいえ、お百姓です」

「そんなら帰さないでくれ、って言うのは本心だろうね。百姓は人手は多い方がいいが、次男三男となると一緒の所帯じゃ食べるのが大変だ。奉公に出すのは口減らしだからね。自分が戻ったら家のみんなが困るって、子供でもわかってるだろうね。それを思うと、胸が痛いねえ」

「へえ」

やすはうなずいた。涙がこぼれそうだった。

「あ、そうだ。桜餅（さくらもち）があるんだけど、食べるかい？」

「桜餅ですか。長命寺（ちょうめいじ）ですか」

「もう桜も終わりだけどね、今年は忙しくて花見にも行けなかったんで作ってみたんだよ」

おいとさんが、皿に載せた桜餅を台所から持って来た。

「まあ、綺麗」

「紅屋ではよもぎ餅が名物なんだってね。桜餅は作らないのかい」

「へえ、桜餅はご近所に美味しいお菓子屋さんがあるので。あ、これは生地がほんのり桜色ですね」

「長命寺山本屋の桜餅は白いだろ。この頃は、生地に色をつけてるのが多いけど、あまり紅いのは桜ってより桃の花みたいだからね、ほんのりと、桜色にするにはどうしたらいいかって考えてさ。紅の量を減らせばどんな色みだって出せるんだけど、それじゃ面白くないだろう？　塩漬けの桜を乾かして、すりこぎで粉にして混ぜてみたんだよ」

「いい香りです」

やすは桜餅に鼻を近づけた。

「色も、淡くていいですね」

「餅だの菓子だのは煮売屋の売り物じゃないけどね、おまけで付けるなら菓子屋や餅屋から文句を言われないで済むかしら、とね。まあでも、作ってみたら、一々薄皮を焼いて餡を包んで、って、案外手間がかかるんで、ご近所に振舞っておしまいになりそうだけど。なんだかね、おやすちゃんと出会って、新しい献立を考えるのが癖になっちまったみたいなんだよ。それまでは、客が喜んで買ってくれてるんだからこれでいいんだ、って、新しいものを作ろうなんて考えたことが無かった。でもおいと揚げが当たって以来、煮売屋商売だって工夫して新しいものを作って売る必要があるんだな、って思ってさ。このお江戸では、何か一つ売り出してそれが当たれば、次々とみんなが真似してそれを売る。いつまでも同じ物だけ売ってたんじゃ、いずれ売れなくなっちまう。そりゃ老舗と名乗れるような店なら、同じ味をずっと作り続けることに意味があるんだろうし、客だって味が変わることは望まないで、店の名前で買ってくれる。でも吹けば飛ぶような煮売屋は、工夫しなくちゃ生き残れないんだ、ってわかったんだ。それに、工夫するのって楽しいよね。ああだこうだと頭で考えて、それを試してみる。こんな面白いことを今まであまりして来なかったのを後悔してるくらいなんだよ」

おいとさんは楽しそうだった。

「自分で始めた店だから、煮売屋って商売には愛着があるけどね、おやすちゃんが来るまでは、時々ね、なんていうか、ちょっと飽きてたとこもあってさ。あたしは酔っ払いが大嫌いだし、掛売りってのもしたくない。だから居酒屋はやらないのさ。ここは場所も悪くないし、振り売りの煮売屋にしちゃ店が広い。畳を敷いて居酒屋にすれば今よりずっと儲かるよっていろんな人に言われてるんだよ。でも酒を出さない居酒屋なんかないし、一膳飯屋にしたって酒は出すだろう。酒を出せば酔っ払うご仁は必ずいるからね。それに店売りすれば、ご近所さんに掛売りしないわけにはいかない。振り売りならその場で銭とおかずの交換、後腐れもない。そっちの方が性に合ってると思ってる」

「掛売りは大変だと、どのお店でも言ってますね」

「旅籠は掛売りなんてもの、ないんだろ？」

「へえ、旅のお人に掛売りなんかしたら、今度はいつ来てくださるかわからないのでお金をもらいそこねます」

「そりゃそうだ」

「でもご本陣さまや脇本陣などは、お大名家からの支払いが翌年、翌々年になることもあると聞いています」

「踏み倒されることはないにしても、そうそう催促もできないんだろうねえ。大きい商売ってのは、どんなもんでも大変だ。あたしも、借金はするのも貸すのも嫌な性分だからね、すっきりとその場で銭を貰う方がいい。ただ、居酒屋ってのはいろんな料理が出せるだろう？　あれが時々、羨ましいと思うことがあったんだよ。煮売屋で扱えるおかずは決まりきったもんばかりだと思い込んでたから」

「持ち運んで崩れるようなものではいけませんし、冷めたらまずくなるものも向きませんね。水気の多いものも難しいし」

「だろう？　居酒屋なら、豆腐をやっこで出したっていい、冷めたらあっため直して出せばいい。水気の多い鍋物だの吸い物だのも出せる。料理の楽しさだけ考えたら、やっぱり居酒屋をやりたいねえ、なんて、ちらちらと思うこともあった。でもおやすちゃんが来てくれて、あまりもんの魚でおいと揚げ、豆腐で品川揚げ、と面白いものを作ってくれて、煮売屋のおかずだって工夫すれば、いろいろと作れて楽しいのかもしれない、と思えるようになった。どんな商売だって工夫次第だっていうのは頭じゃわかってたけどね、何年も同じ商売を一人でやってると、ついつい、毎日が同じことの繰り返し、っていうのに慣れちまって、新しいことをしようって気力がなくなるんだよ。そのくせ、なんだかつまらない、なんだか飽きた、って、不満を抱くようになる。商いは、飽きない、とはよく言ったもんだね。楽しいと思えなくなった時が、危ない時なんだ」

「危ない？」

「気が緩むんだよ。なんとなくやる気が出なくて、まあこんなもんか、と知らずに手を抜くようになる。味が落ちて客が減るくらいのことで済めばいいけど、残り物の煮物を売ったり、傷んだ野菜を使ったりするようになったらいけない。そのうちに、客が腹痛をおこしたなんてことになって、店が潰れるんだ。食べ物を扱う商売でいちばん怖いのが、客が腹を壊すことだからね」

やすは、へい、とうなずきながら、背筋を伸ばした。他人事のように聞いていられることではない。やす自身、料理人の仕事に慣れ、大切なところを任されるようになった今が、いちばん危ないのかもしれない。

夕餉の片付けを終えると、やすは二階の部屋に上がった。おいとさんが掃除をしておいてくれたらしく、畳に埃も溜まっていない。片隅に積まれた布団はふかふかとしている。やすの為に、布団まで干しておいてくれたのだ。布団を敷き、灯芯の灯りで持参して来た書物を開いたが、穏やかな春の夜が部屋の中まで満ちていて、そののんびりと優しい気配に包まれると、柔らかな眠気が訪れた。やすは火を吹き消し、布団にくるまった。

ここは本当にいいところだ。おいとさんと一緒にここで暮らせたら。いっそ品川を出て深川に住んでしまおうか。そんな気持ちがちらちらと頭の中に見え隠れする。けれどそれはできないこと。自分は、品川で生きると決めた。紅屋のお勝手で生きていくと決めたのだ。

いつの間にかぐっすりと眠りこんでいたやすは、目覚めた時に一瞬、自分がどこにいるのかわからなかった。暗闇(くらやみ)の中にいても、やすの敏感な鼻が部屋の匂いを嗅(か)ぎ取り、そこが、紅屋の二階ではないということを教えてくれた。

深川にいるんだっけ。やすは布団から出て、そっと階段を降りた。灯りをつけなくても足元がうっすらと青く見えている。雨戸の隙間(すきま)から入りこむ外の光が、明け方の青さを帯びているからだ。

台所から裏庭に出ると、どこからともなく桜の香りが漂って来た。このあたりにも、庭にまだ花のついた桜を植えている家があるのかもしれない。

鶏もまだ眠っているのか、静かだった。井戸の水はすっかりぬるんでいて、顔を洗うのも楽になった。

やすは水汲(みずく)みを済ませ、芋を洗った。芋についていた土が、井戸水でほぐれて豊かな香りを放つ。とてもいい土だ。おいとさんの野菜を選ぶ目は確かだった。紅屋も野菜の質にはこだわっているが、野菜のことなら政さんにも負けないと胸を張っていたおまきさんがいなくなって、やすは仕入れのたびに、自分におまきさんの代わりが務まるだろうかと不安になる。

おまきさんは元気にしているだろうか。明るくて働き者で、いいお嫁さんになっているだろうけれど。おまきさんの旦那さんが、野菜の味のわかる人でありますように。おまきさんが選んだ野菜を、美味しいと食べてくれますように。

ガタン、と音がして、やすは音のした方を見た。隣家の屋根。

「……一郎さん！」

山路一郎が、屋根の上でにこにこしていた。

「やっと会えましたね、おやすさん！」

「あ、危ないですよ、そんなところにいては！」

「慣れてますから大丈夫ですよ」

一郎は身軽に屋根を歩き、ひょいと隣家の庭に飛び降りた。そしてまるで猫のように、垣の下を潜って現れた。

「まあ、一体どうやって」

「そこの垣の下に、穴があるんです。狸か何かが掘ったんでしょう。不用心だから教えてあげた方がいいんだけど、こちらのおいとさんの家から泥棒が入ることもあるまいと」

「山路さま、あまり無茶をなさるとそのうち、お怪我をなさいますよ」

「わたしは子供の頃から、体が柔らかくて怪我をしません。違う時代に生まれていたら、忍者になれたかも」

「今でも忍びの方々はおられるのではありませんか」

「さあ、どうでしょうね。戦のない世に忍びが必要なのかどうか。でもこれからはまた、忍びも活躍するかもしれませんね」

「……戦があるかも、ということですか」

「いや」

山路一郎は曖昧に笑った。

「ないに越したことはありません。ないことを願います。わたしどもの家のように、星を見ることが仕事であっても武士は武士。戦が起これば、戦いに赴くことになるかもしれない。わたしは剣術はあまり得意ではないのです。筋は悪くないと褒められることもあるんですが、剣術そのものに心がひかれない。刀を抜かずに一生を終えられたらいいなと思っています」

ふと、八王子から戻る時に一緒に歩いた、歳三さんのことを思い出した。あの人は、剣術で身を立てたいと言っていた。武士の家に生まれても刀を抜きたくないという人もいれば、お百姓の子でも刀を差して生きたいという人もいる。

「本当は昨夜こちらに伺うつもりだったんです。おいとさんから、おやすさんが日本橋に来ると教えてもらったので。でも昨夜は父のお供で、お城にあがっておりました」

「まあ、千代田の」

「はい。と言っても上様に謁見できたというわけではありませんよ。天文方（てんもんかた）は大事なお役目ですが、上様が直接天文方とお言葉を交わすことなどほとんどありませんから。今回は、妖星（ようせい）について天文方が意見を交わす会合があり、父は後継ぎのお披露目を兼ねてわたしを他の天文方の皆さまに紹介するつもりで、お城に連れて行ったんです」

「ようせい？」

「ご存知（ぞんじ）ありませんか。ごく稀（まれ）に空に現れる、尾をひいて流れる星のことです。流れると言っても、よく見る流れ星のようにすぐに消えてしまうのではなく、何日にもわたって空を横切ります。その星が現れるのは凶兆とされていて、よくないことが起こると言われています」

「そんな星が現れたのですか！」

「いいえ、まだ現れてはいません。大陸の文献によれば、妖星の中には一定の年月ごとに現れるものがあるようで、そうした兆候がないかどうかも天文方が観察して報告することになっています。上様が薩摩の姫様を御台様にめとられたこともあって、幕府は吉兆を求めています。何しろ黒船、駿河大地震、一昨年の大地震に昨年の颶風と、ここ数年はあまりにも悪いことが続き過ぎています。改元もあまり役には立ちませんでした。上様のご婚姻が吉兆を呼び込み、世情が良い方へと移り変わることを、誰しも望んでいるわけです。そんな時ですから、妖星など出現されてはたまらんと、幕府も気を尖らせています。しかし天文方の観察で妖星の出現が予測できるものなのかどうか、ましてや、出現しないようにせよ、とか言われてもそれは無理ですしね」

「そんなまがまがしい星は、見たくありません」

やすは身震いした。けれど山路一郎は、けろっとした顔で言った。

「そうですか？　わたしは見たいなあ」

「そんな！　怖くはないのですか？」

「うーん、怖いことは怖いです。凶兆が現れても怖くないというほど、わたしの肝は太くありません。でも、一生のうちに見ることができるかできないか、という星ですよ。見てみたい、と思う気持ちは、星を眺めることを生業にしている者としては当たり前だと思います」

「はあ……そんなものでしょうか」

「おやすさんだって、料理のこととなれば同じではありませんか？　見た目はとても恐ろしいけれど、食べると極上の味がする魚がいたとして、そんな魚を自分の目で見てみたい、料理してみたいとは思いませんか？　父は南蛮人に知り合いがいるのですが、その人の話では、異国では蛸をとても恐ろしい生き物だと忌み嫌うのだそうです。耶蘇教では蛸は、極悪な者の手下なのだそうですよ。南蛮でも蛸を食べる人たちはいるようですが、大方の国では蛸は忌み嫌われているようです」

「美味しいのに、もったいないですね」

「本当にそうです。もったいない。けれどそれは、我々が蛸を悪い生き物だとは考えず、子供の頃から食べるのが当たり前であるからそう言えること。逆に考えれば、悪いものだと思わなければ、蛸は美味しい生き物に過ぎません。もしかしたら妖星もそうしたものなのかもしれない。この天の下には、日の本とはまったく違った考え方をする人々が暮らす国がたくさんある。その中には、妖星をまがまがしいものとは考えず、美しい空の催し物くらいに思って眺めている人たちもいるかもしれない」

　はあ、と、やすはなぜか一郎の言葉に聞き入っていた。おそろしい星を見てみたいなどとは、無謀な言い草だと思う。思うけれど、蛸の美味しさを知らない人たちが蛸を恐れることは、ばかげているようにも思う。

山路一郎は、不思議な人だった。どこか、やすがそれまで知っていた人々とは違っている。

「おやすさんの顔が見られて良かった。わたしはそろそろ帰ります」

「え、朝餉を食べていかれませんか？　そろそろおいとさんも起きると思いますけど」

「いや、家で朝餉を食べないと父に叱られるんです。昨夜遅く、家を出る時に父に見つかってしまい、夜通し空を観察するのは構わないが、朝はきちんと朝稽古をし、親と朝餉をいただきなさい、と釘をさされました。わたしが江戸中の屋根に上って星や雲を眺めていることが父の耳にも入ったのでしょう、山路の跡取り息子は変わり者だと陰口でも叩かれているやもしれません。わたしはそれでも構わないのですが、父は体面を気にする人ですから」

一郎さんは、心底残念そうな顔になった。

「できれば今日は一日中、あなたと過ごしたかったです」

「わたしは、今朝は魚河岸に行くつもりです」

「日本橋のですか」

「へえ」

「あそこは活気がありますよ。相模や上総の魚まで集まって来ますから」

「行ったことがおありなんですか」

「はい、何度か。江戸でもっとも人々の生活の息遣いが感じられる場所です」

「魚河岸にまで目を向けられるんですね。一郎さんは、本当になんでも知ろうとなさるんですね」

「世の中のことはみんな、それなりに面白いです。身が一つしかないのが恨めしくなることがあります。わたしは武士の他にも、いろんな者に生まれてみたかった。いや、何より、一度は女子を体験してみたい」

やすは目を丸くした。この人は、何を言い出すのだろう。

女になってみたい。そう言いたいの？

「お、女子になど生まれても、損をすることが多いですよ。男子にお生まれになったことをありがたいとお思いにならないと」

「でも女子は美しい着物を着たり、髪に簪をさしたりできるでしょう？　紅を塗ったりもできる。男でも陰間はそうしたことをしますが」

「……わたしども女中は、滅多に紅などさしません」

やすは、なぜか少し腹が立っていた。武士の男に生まれた者が、簡単に女になってみたいなどと言うなんて。それも、綺麗な着物が着たいから、なんて。

女であるというだけで、料理人として一人前と認めてもらうことすら難しいというのに。

けれど一郎さんは無邪気な顔をしている。この人は、本当に世間知らずなのだ、とやすは思った。

「では、おやすさん。名残り惜しいのですが、また来月。来月も日本橋にいらっしゃいますよね？」

「へえ……おそらく」

「おいとさんによろしく言っておいてください。また遊びに来ますから、と」

一郎さんは、笑顔で垣の下に姿を消した。あっ、と思う間に、その姿が隣家の屋根から屋根へと消えてしまった。

まったく、なんてお人だろう。確かに変わり者だ。変な人だ。

朝餉をゆっくりと食べている間はなかった。おいとさんが起き出して来たのとほぼ同時に、政さんが顔を出した。

やすは握り飯とたくあんを竹の皮に包んで持った。

「もう行くのかい。まさかこのまま帰ってしまうんじゃないだろうね」

「魚河岸を見物したら、品川に帰る前に寄りますよ」

政さんがそう言っておいとさんを安心させた。

「必ずそうしておくれよ。昼餉を食べてから発(た)ったって、品川には夕餉の支度にかかる前に戻れるだろう。ちょっといい蕎麦粉(そばこ)を知り合いからもらったんで、昼餉には蕎麦を打ってみようと思ってるのよ」

「おいとさん、蕎麦が打てるんですかい」

「見よう見真似だけどね。あんたみたいに器用じゃないから、あたしの蕎麦はまずいかもしれないよ」

「ひと冬越えた春の蕎麦もまたいいもんです。楽しみにしてますよ」

「それじゃ、行って来ます」

「ああ、行ってらっしゃい」

深川から日本橋は目と鼻の先だった。

「日本橋はどうだった？　お小夜(さよ)さんは元気だったかい」

「へえ、お腹(なか)がだいぶ目立つようになって。ややこが落ち着いたので、外に出ることもできると言ってました。でも相変わらず清兵衛さまが心配ばかりで、お小夜さまを一人で出歩かせるなんてとんでもない、というふうで」

「仲がいい夫婦で良かったな」

「本当に。お嫁にいくのをあんなに嫌がっていらっしゃったのに、今はお小夜さまも、清兵衛さまに夢中のようです」

「はは、あのお転婆さんがねえ。無事に赤子が生まれるといいな。そう言えば、八王子のおちよはもう産み月だろう」

「へえ、そろそろのはずです。もう生まれているかもしれません。昨年見舞いに行った時に、もうお腹はぱんぱんでした」

「生まれたら、おしげのところへは知らせが来るだろうな」

「ややこの顔を見に行きたいです。でも……」

やすは下を向いた。

ちよはひと月ほどしかややこと暮らせない。ややこは里子に出され、もう二度とちよと会うこともない。ややこの顔を見になど行かない方が、ちよの気持ちは楽だろう。やすが出向けば、ややこのことがまた一つ、ちよの心に思い出として刻まれてしまう。

涙が、はらりと溢れた。

同じ赤子なのに、お小夜さまがお産みになる子はふた親に大切にされ、大店の跡取りとして何不自由なく育てられる。慈しまれ、可愛(かわい)がられ、飢えることも寂しがることもなく大きくなっていく。

だがちよが産む子は、その先にどんな人生が待ち受けているのだろう。少なくともその子は、産んでくれた母親の顔も知らずに育つことになる。

それでもその子が幸せになれないと決まったわけではない。産んでくれた母の顔を知らずに里子に出される子供はたくさんいるけれど、里親に慈しまれて立派に育った人はたくさんいる。ちよが産む子も、良い里親に育てられ、良い人生を歩くだろう。

それでも、その境遇を可哀想だ、と思ってしまうのはなぜなのだろう。自分自身は父親に売られてしまったのに。親に育てられても不幸になる子はいくらでもいるのに。

魚河岸が近づいて来ると、やすの鼻は魚の匂いを嗅ぎつけていた。それは生臭さや嫌な臭(にお)いではなかった。潮の香りに、新鮮な魚の血特有の、瓜(うり)や西瓜(すいか)に似た匂いが混ざっている。やがて人々の声が聞こえて来た。魚河岸は、日本橋の北のたもとに広がっている。

行き交う人の声で辺りはとても賑やかだった。

「ちょいと上から眺めてみよう」

政さんに連れられて、やすは橋に近い道の端から魚河岸を眺めた。

大きい。魚を運んで来た舟が、ぎっしりと岸を埋めている。ずらりと並んだ屋台では、様々な魚が積み上げられ、その場で買い付けの競(せ)りが行われている。

銀色に光る魚たち。

鰯がある。鯖(さば)がある。烏賊もある。

「桜鯛(さくらだい)が出てるな」

政さんは言って、屋台の一つを指差した。なるほど、遠目にもうっすらと、赤く光る魚の鱗(うろこ)がわかる。

「今夜の献立に桜鯛はどうだい」

「へえ、見た目も味も良く、きっとお客さんも喜びます」

「下に降りてみよう」

政さんが石段を降り始めた。やすもその後について降りる。

河岸は人でいっぱいだった。積み上げられた魚を値ぶみする買い手たち。魚屋に混じって、料理人らしい姿もある。魚屋は買い取った魚を棒手振りの桶(おけ)に分けている。

魚が桶に入れられた途端に、弾けるように走り出す棒手振りたち。彼らは江戸の町を威勢良く歩きまわって、桶が空になるまで魚を売るのだ。

桜鯛は大人気で、人だかりがしていた。が、値段が少々高い。

競りが始まり、政さんも加わる。やすには競りの仕組みがわからなかった。独特の掛け声とやりとりがあって、やがて政さんは、中ぶりの鯛を十も買っていた。

「十は多くありませんか」

「おいとさんに土産さ。それに途中でおくまのとこにも寄ってやろうと思ってね」

「おくまさん、大喜びですね」

「代わりに団子をもらって帰ろう」

「鯛はお刺身ですか」

「いや、刺身でうまそうな大きいのはちょいと高かったから、塩釜にしよう」

「塩釜！」

やすの胸が躍った。卵の白身と塩を混ぜ、それで鯛をそっくり包む塩釜。塩釜は七輪ではうまく焼けないので、竈のおき火を使う。焼きあがったものをお客の前で割ると、塩の塊の中からふっくらとした赤い鯛が現れる。直火で焼いたものよりもしっとりとしていて、身にはちょうどいいくらいに塩の味がついている。

鯛は値の張る魚なので、紅屋でもそういつも出せるものではない。せっかく江戸の魚河岸に来たのだからと、政さんも張り込んだのだろう。

「賄い用に、鯖を少し買おう。競りに加わるほどのもんじゃないから、あそこの魚屋で分けてもらおう」

「鯖は味噌で煮ますか」

「いいや、せっかくだから鯖も塩釜にしよう。鯛は口に入らなくても気分だけ味わえるし、なに、鯖の塩釜もうまいもんなんだぜ。まあ塩焼きとどのくらい違うかと言われたら、鯛のようには違いが出ねえけどな」

政さんは笑って言った。

「でも塩釜なんて料理は、まあどこぞの宴にでも呼ばれた時でなけりゃお目にかかることもないだろうから、みんなの話の種にはなるだろ。二日も休んで江戸に来させてもらったんだから、紅屋のみんなに楽しい思いをして貰おう」

鯖は、鯛と比べれば安かった。それでも賄いの為にわざわざ魚を買うというのは滅多にないことだ。

やすは、ふと、もしかするとこの魚代は、政さんが自腹を切って出しているのかもしれない、と思った。今回の政さんの江戸泊まりは紅屋の御用なのだろうと思っていたが、違うのかもしれない。だとしたら、番頭さんがそれを許したのはなぜなのだろう。やすが十草屋に毎月出向くことは、若旦那さまが百足屋の旦那さまと話し合って決められたことだ。行き帰りの駕籠は十草屋さんが用意してくださるし、これまでは泊まったことはないので、旅費も何もかからなかった。今回もやすは、十草屋さんの駕籠で日本橋まで来た。政さんは知り合いに会う用事があるからと別に江戸に向かい、昨夜はどこかに泊まった。紅屋の台所の要である政さんが、二日も休みを取るはずがないので、紅屋にかかわるご用事なのだと思っていた。そうでないとしたら、いったいどんな用事があったのだろう。

訊いてしまえば何でもないことなのだろう。が、やすは訊くことができずにいた。

江戸にいた頃の政さんについては、名の知られた料理人であったことしか知らない。政さんは江戸でどんな料理を学んだか、どんな料理が流行っていたかなどはよく話してくれる。でも、料理とかかわりのないことはほとんど話さない。

奥さんをお産で亡くした。赤子も助からなかった。それで生きる気力をなくし、酒と博打に溺れていた。

そのことは知っている。だから、それがすべてなのだろうと勝手に思っていた。

ふと、とめ吉が受けた嫌がらせのことが頭に浮かんだ。紅屋に対する嫉妬から、同業者の誰かが仕組んだ嫌がらせだろう、と皆が噂していた。やすもそう思っていた。でも……実は、原因が政さんにあったのだとしたら……？

やすは自分の頬を、自分の掌で一つ、はたいた。政さんに限って、他人から恨まれても仕方ない、というようなことをするはずがない。考え過ぎだ。

「どうしたい、ほっぺたを叩いたりして。もう蚊が出たか？」

「あ、いえ。今朝はとても早く起きたので、少し眠くなりました」

「はは、歩きながら寝てたんじゃゃ危ねえからな。帰りは歩きになるが、おいとさんのとこでちょっと休んだらいい。夕餉の支度までに品川に戻ればいいんだから、半刻くらい昼寝をする余裕もあるぜ」

「大丈夫です。おいとさんのお蕎麦を食べれば、きっと目が覚めます」

「おいとさんが蕎麦を打てるなんて知らなかったな」

「この頃は新しいおかずを考えたりするのが楽しいんだそうです。蕎麦も、やってみたいと思ったんでしょう」

「あの人は本当に気丈な、江戸の女だな。江戸も昔のように女が少ないってことはなくなって、今は女の数も多い、女の方が元気がいい。これからは、おいとさんみたいな女が、新しい江戸を引っ張って行くのかも知れねえな」

「新しい江戸、ですか」

「うん。この魚河岸の活気を見て、江戸はやっぱりすごいところだとあらためて思ったよ。お上はめりけんの船を江戸に近づけねえようになさってるが、さて、わざわざ遠く海を渡ってやって来ためりけん人が、江戸に入れねえで満足できるかね？　おそらく、江戸の噂は遠い遠い国まで届いている。これから先、もっといろんな国から、江戸を目指して人が来る」

「品川では駄目ですか」

「いやいや、そうじゃない。むしろ、品川もこれから変わって行くんだ。俺(おれ)たちはその変わって行く流れをうまくつかんで泳がねえとな」

「へえ。……でもやすは、今の品川が好きです。これからもずっと、旅に出る人、旅から戻る人のお世話をしていきたい。旅籠の飯を作り続けたいです」

「俺も品川が好きだし、旅籠の料理人にもやりがいは感じているよ。まだしばらくの間は、品川は今まで通り、東海道(とうかいどう)一の宿場町でいられるだろう。けどな、おやす。品川は、江戸に近すぎる」

「近いと言うなら、内藤新宿(ないとうしんじゅく)だって日本橋から遠くはありません」

「そうだな。その通りだ。内藤新宿も江戸に近い。だから品川と同じ運命をたどる気がする」

「う、運命って」

「いや、心配しなくていい。別に、品川も内藤新宿も廃れたりはしねえよ。それどころか、これからもどんどん賑やかになって、どんどん人も店も増えるだろう。ただ、宿場としては江戸に近すぎるんだ。おやすだってわかっているだろうが、今だって品川では、紅屋のような平旅籠よりも、飯盛り女を置いたり女郎の呼べる旅籠の方が賑わっている」

「平旅籠ではやって行かれなくなると？」

政さんは、やすの問いに答えずに少し足を早めた。やすもそれ以上は聞かなかった。

品川が江戸に近すぎることは、やすにもよくわかっていた。仮にやすが日本橋から西国へと旅に出るとしたら、品川には泊まらないだろう。路銀はできるだけ節約しないと、先で何があるかわからない。それでなくても品川の宿賃は、他の田舎宿場に比べれば高いと聞いている。日本橋を朝早く発って日暮れまで歩けば、保土ヶ谷宿までは行き着ける。足の強い人ならば戸塚宿にも日のあるうちに着けるだろう。そのあたりで最初の宿を取るのが普通だ。それをわざわざ品川に泊まる人がいるのは、品川には遊郭があり、華やかな遊びができるからだ。旅立ちの前にひと遊びして景気付けしよう、という人がいるからだ。それどころか、旅になど出るつもりもなく、ただ江戸から泊まりがけで遊びに来る人たちも多い。そんな人たちは平旅籠などはなから相手にせず、芸者やお女郎を呼んで遊べる宿や、飯盛り女のいる宿に泊まる。

逆に西国から江戸へとのぼる人も、品川まで来たのならばもうひとがんばりして江戸に入ってしまおうとするだろう。あるいは、江戸の手前で一泊するなら宿代の安いところで、と考える。わざわざ品川に泊まるのは、いよいよお江戸だ、と昂(たか)ぶる気持ちを遊んで紛らわす為だ。

どちらにしても平旅籠は分が悪い。それでも紅屋がそこそこ繁盛しているのは、腕自慢の料理と心を込めたおもてなしとで、ああここに泊まって良かった、と思ってもらえるからだ。

だからこそ、紅屋の台所で働く意味があるのだ、とやすは思っている。けれど政さんは、品川宿の平旅籠に先はない、と言っている気がした。

魚河岸を端から端まで歩き、何度か行きつ戻りつして、政さんはけっこうな数の魚を買った。品川から背負って来た行李(こうり)を開けると中はほとんど空っぽで、笹(ささ)の葉が束で入っていた。政さんはその笹に、買った魚を丁寧にくるみ行李に詰めた。

「いっそ棒手振りの天秤桶(てんびんおけ)を借りて来たら良かったな」

「天秤桶なんぞ担いで品川まで帰ったら、肩や腰が痛くなりますよ」

「それもそうだが、途中で呼び止められてせっかく買った魚を売っちまうほうが心配だ」

二人は笑いながら深川へと戻った。

店に入ると、元気のいい笑い声が二人を出迎えた。おいねちゃんとおりんちゃんだった。なるほどおいねちゃんは、おいとさんが言っていた通りの器量好しだ。でもおりんちゃんも、なかなか可愛らしい人だった。そして二人とも大柄で、よく日に焼けている。元の色は白いのだろうが、これだけ日焼けをしていると、かなり褪めさせないと大奥勤めは無理だろう。

ちょうど振り売りから戻ったところで、二人して蕎麦を切るおいとさんをからかっていた。

「おかみさん、そんなに太くっちゃ蕎麦なのか麦切りなのかわかりませんよぉ」

「うるさいね。いいんだよ、太くたって、蕎麦粉で作ったんだから蕎麦なんだよ、これは」

「もう打ち上がってるのかい」

政さんがおいとさんの手元を見た。

「なるほど、これは嚙み切るのが厄介そうだ」

「あれ、もう戻ったのかい。そんなに太いかねえ。うちには蕎麦を切る包丁なんざありませんからね、菜切りじゃこんな程度しかできませんよ」

「はは、そんなら俺が切ってみよう。ちょいと包丁、貸してくんな」

政さんは、包丁を手にすると、とんとんとん、と気持ちのいい音を立てて蕎麦を切り始めた。

「あらま。なんて器用なんだろうね、この人は。政さん、あんた蕎麦屋でも修業したわけじゃないんだろう?」

「料理屋は締めに蕎麦を出すこともあるんでね、蕎麦も作らされるんです。ああでも、蕎麦自体はなかなかのもんだ。おいとさん、あんた蕎麦打ちの才がある」

「あらそうかい」

おいとさんは嬉しそうだった。

「それは良かった。煮売屋が行き詰まったら、二八でもやろうかね」

政さんが蕎麦を切り終えると、おいとさんが大鍋に沸かした湯に蕎麦を入れた。やすは葱を刻んだ。

「つゆは返しを作らないとならないからすぐにはできない、蕎麦屋にわけてもらって来たんだよ。その鍋にあるから、蕎麦ちょこに入れてちょうだい」

「へえ」

あがり畳で五人が昼餉を食べるには狭いので、おいとさんと政さんの分だけ畳に運び、残りはまな板を片付けて料理台の上に置いた。二人の娘とやすは、味噌の空き樽に座る。

蕎麦が茹(ゆ)で上がった。冷たい水で洗って大笊(おおざる)に盛る。

「それじゃ、いただこうか」

「へい!」

おいねちゃんとおりんちゃんは、威勢よく言って食べ始めた。ずるる、と蕎麦をすすりこむ音が気持ちいい。

それにしても、江戸ではあまりつゆを付けずに蕎麦をすりこむと聞いたことがあったけれど、二人は箸(はし)でつまんだ蕎麦をどっぷりとつゆに付けて食べている。

「うん、うまい。おいとさん、そこらの二八よりこの蕎麦の方が上だよ」

「あったかいつゆにしようかと思ったんだけど、今日は暑いくらいだからね。冷たいのでちょうど良かった。ちょっとあんたたち、もう食べちまったのかい!」

「まだありますよ」

やすは大笊に残っている蕎麦を、二人の皿に分けて載せた。

「あんたたち、食べ過ぎだよ」

「だって美味しいんですもん」

「あんたたち、つゆをそんなにどっぷり付けたら、蕎麦の味がわからなくなっちまうよ！」

「つゆをしっかり付けた方が美味しいんですもーん」

二人の娘は、おいとさんのお小言など平気で聞き流している。そんな二人を、おいとさんは目を細めて見ていた。

やすはホッとしていた。末吉さんもいなくなり、おそめさんやおゆきちゃんもいなくなって、おいとさんが寂しくしているのではないかと心配だったのだ。

このお江戸では、人が出たり入ったり、出逢ったり別れたり、がめまぐるしい。そんな変化に負けてしまうようなおいとさんではなかった。

昼餉が終わり、政さんが行李から鯛を出して見せると、おいとさんも二人の娘も歓声をあげた。煮売屋で鯛のように値の張る魚はほとんど扱わない、時たま、アラが安く手に入った時に牛蒡(ごぼう)や蕗(ふき)などと炊く程度だ。

「刺身にひいとくから、夕餉にでも食べてくれ。たっぷり身がついてるから、砂村に持ち帰る分もあるだろう」

「え、あたいたちもいただいていいんですか！」

「持ってお帰り。あたし一人じゃ食べきれないよ」

わあ、と二人は大喜びした。政さんは柳刃を持参していた。手際よく鯛をさばき、美しい刺身にひいた。

「すごい！」

「魚の身がこんなに綺麗だなんて知らなかった！」

「あんたたち、その人はね、江戸で一、二を争うと言われたこともある料理人の政一さんだよ。その人がひいた刺身なんて、本当ならあたしらの口に入るようなもんじゃないんだから、ありがたく思いなさいよ」

「そいつは大袈裟だ」

政さんは笑った。

「俺はただの、旅籠の料理人だよ。あんたたちもいつかお伊勢参りでもすることがあれば、品川の紅屋に泊まってくれたら、刺身くらいいくらでもひいて差し上げますよ」

「お伊勢参り、行きたいなあ」

「行きたい、行きたい」

二人はひとしきり、お伊勢参りの話で盛り上がった。砂村からもお伊勢講でお参りに出た人がいるとかなんとか。二人は楽しそうだったが、時折寂しそうな顔も見せる。若い娘は気軽に旅などできないし、お伊勢講に加わっていても、お参り当番を引き当てるのは運のいい人だけだ。

やすも、お伊勢参りに憧れはあった。けれど生涯叶わぬ夢だと思っている。

賑やかな時は過ぎて、やすと政さんは深川を出て帰路についた。手を振るおいとさんの姿にまた、涙がこぼれそうになった。今度はいつ会えるだろう。日本橋には、お小夜さまが赤子を産むまでは通えるだろうが、日帰りだと深川に寄っている暇はない。それにもう、三月もすればお小夜さまも産み月だった。お子が生まれたら母親は寝る暇もなくなるという。呑気に料理をならうことなど、できなくなる。

春のうららかな上天気で、足取りは軽かった。

「ところで、おやす」

「へえ」

「山路様、とかいうお侍さんとは会えたのかい」

「えっ」

やすは驚いた。政さんは、ふふ、と笑った。

「おくまから聞いてるよ。たいそう変わったお人らしいな、山路様は」

「へ、へい……」

「しかしおくまが感心するほど純なお方だとか。おまえさんに会いたくて、けれど父親から品川は花街だから足を踏み入れてはいけないと禁じられたので、品川の手前、おくまの団子屋に毎日通ってたんだって？」

「わ、わたしと会いたいとかそういうのでは……おくまさんのお団子があまり美味しいので、とおっしゃってました」

「おくまはそんな言い方じゃなかったぜ。昨日、こっちに来る途中でおくまのとこに寄ったんだよ」

「おくまさんは、勘違いしておいでなんです。山路さまは天文方のお家の跡取り様です。わたしなんぞに心が動くはずはありません」

「そうかねえ。ま、天文方のお侍じゃ、どうこうなれる相手じゃないのは確かだろうが」

「へえ、その通りです。やすは身の程をわきまえております」

「おやすが堅い娘だってのはわかってるよ。けどおくまの話だと、気持ちのいい面白い若侍だってな」

「へえ。楽しいお方です」

「そんなら、いいんじゃないか？　天文方ってことは、さぞかしいろんなことを知っていて、山ほど学問もなさってるんだろう。そういう人と知り合って、新しいことを知るのは悪いことじゃねえよ。ただ、な、近頃は町人と武家の婚姻もそう珍しいことじゃなくなってるが、身分違いってのはそんなに簡単なことでもない。育ちが違えばものの見方や考え方だって違ってくるもんだ。若い二人は勢いで進んじまいがちだが、人には分(ぶん)ってもんがある。俺は、おやすにはうんと幸せになって貰いてえんだよ。いらぬ苦労はして欲しくねえんだ。旅籠の女料理人として楽しく生きていくのにふさわしい相方は、二本差しじゃねえと、俺は思う」

「……ですから、山路さまはそうしたお相手ではないのです。あの方は、ご自分が大好きなこと、空の雲や星を眺めることを一緒に楽しみたい、ただそれだけなのです。一緒に屋根にのぼって雲を眺めてくれる女子など、他にはいないでしょうから……」

「そうかい」

政さんは歩きながらうなずいた。

「そんならいいんだ」

そのあとは、もう山路一郎の話は出なかった。

魚河岸で見た魚のこと、競りのことなど話しているうちに、気づいたら高輪(たかなわ)を過ぎていた。

おくまさんの団子屋に寄って鯛を見せると、おくまさんも躍り上がらんばかりに喜んだ。

おくまさんは柳刃が使えるので、刺身は自分でひくと言う。二人は団子をひと皿平らげて腰を上げた。

たったひと晩離れただけなのに、品川が近づくとやすの胸が躍った。江戸がどんなにいいところでも、自分が生きていくのはここしかないんだ、とやすはあらためて思う。

紅屋の勝手口から中に入ると、豆を数えていたとめ吉が、弾けるように立ち上がり、そのままやすに飛びついて来た。

やすはとめ吉の頭を撫(な)でてやった。とめ吉は、目に涙を浮かべていた。たったひと晩でも、一人で寝るのは心細かっただろう。

鯛の塩釜は、その日の泊まり客に大好評だった。やすは政さんの手元を必死で見つめて、塩釜の技を学ぼうとした。が、卵の白身をどんな風にしたら塩と混ざってあんなしっかりとした形になるのか、わからなかった。

「いつか教えてやるよ」

政さんはそう言って微笑む。平蔵さんとやすはため息を吐いた。

ただ、鯛の鱗を取らずに塩で包んだのはしっかり覚えた。鱗を取ると鯛の身に塩が染み込み過ぎるのだろう。賄い用の鯖は、塩出しした若布でくるんでから塩で包んだ。鯖の塩釜も美味しかった。だが味よりも、塩釜を割る、という作業が皆に好評だった。中でもとめ吉は、初めて見た塩釜に頰を紅くして見入っていた。

賄いの分まで手の込んだ料理を用意してくれた政さんに、皆は口々に感謝した。

「その塩はみんなで分けて持って帰っていいぜ。若布で包んどいたから、鯖の臭みは塩に移ってねえ、だが旨味は少し染み出してる。それに焼き塩になってるから、風味もある。握り飯につけても美味いぜ」

政さんは、奉公人皆が嬉しそうな顔をしているのを笑顔で見ていた。

「昨日の夕餉の献立は？」

後片付けをしながら政さんが訊くと、平蔵さんが献立を書いた紙を見せた。いつもはやすが書いて、各部屋の膳と一緒にお客に出している紙だった。献立の名前と、膳の有様が絵に描かれている。

鰺(あじ)の塩焼き
小芋の煮物
ふきのとうの天ぷら
青柳(あおやぎ)のぬた

「青柳は品川のもんかい」

「へい、いい貝でしたよ」

「ようやっと、品川の海にも貝が戻ったか」

昨年の高潮のあと、もともと少ししかない砂浜がえぐれて貝があまり採れなくなっていた。浅蜊や蛤(はまぐり)は少しは採れたが、赤貝や青柳は舟を出してもさっぱりだったのだ。

「とこぶしも戻るかな」

「大丈夫でしょう。とこぶし飯が炊けねえと、夏が来るって気がしませんよ」

「ふきのとうはもう終わりだろう？　よくあったな」

「遅く出るとこがあるんだそうです」

「いい献立だ。去る春に名残りを惜しみ、品川の海が戻ったことを喜ぶ。平さん、もう俺がいなくてもあんた一人で大丈夫だな」

「何言ってるんですかい。紅屋に泊まる客はみんな、政さんの料理を食べたがってるんですよ」

「いや、平さんと、それにおやすがいれば、この台所は大丈夫だ」

やすは黙って聞いていたが、少し不安になった。まるで、政さんが紅屋からいなくなるような口ぶりに聞こえたのだ。

また、考え過ぎ。やすは首を振って、余計な心配を頭から追い払った。政さんがここからいなくなるはずがない。それに平蔵さんはもともと、独り立ちする為にここで修業をしているのだ。ずっと紅屋で働くつもりはないはずだ。神奈川のすずめ屋に戻ることはあっても、紅屋の料理人頭になることはない。そしてやす一人では、もちろんどうにもならない。

どんな事情があったとしても、政さんは紅屋を見捨てたりはしない。

「政さん、おやす、お帰り」

番頭さんが現れた。

「お江戸はどうでした？　おやす、日本橋の魚河岸は面白かったかい」

「へえ！　とても。あんなにたくさんの魚が集まっているなんて、思ってもみませんでした。それにどの魚もとても新しくて、嫌な臭いがまったくなくて」

「早舟が当たり前になって、遠くの魚でも瞬(またた)く間に江戸に運んで来られるようになりましたからね。そのうちには、黒船のような蒸気船で魚を運ぶようになるかも知れません。ところで、あんたたちが出かけた後で、八王子の私の実家から文が届いたんですよ」

番頭さんはちらっと平蔵さんを見た。

やすは、おちよちゃんのことだ、と察した。

番頭さんは、こほん、と空咳(からせき)をしてから言った。

「……親戚(しんせき)の娘に、赤子が生まれたようです。男の子だとか」

やすは思わず喜びそうになったのを抑えた。政さんの目が、良かったな、と言っていた。

「母親も赤子もとても元気だそうです。それでね、たまたま大旦那様のご用事で多摩(たま)

まで行くことになったので、ついでに寄って、その娘に祝いの品でも渡して来ようかな、と」

「それは、娘さんも喜ばれるでしょう」

政さんが言った。やすもうなずいた。

「親戚の娘と言っても縁は遠いんだが、まんざら知らない娘でもないのでね。そんなわけで、明後日(あさって)と明々後日(しあさって)、留守にします」

「わかりました。台所のことは何も心配いりません」

「心配はしてませんよ」

番頭さんは笑った。

「では、わたしはこれで。平蔵さん、あんたも帰るんなら一緒に出ましょうか。道が同じだ」

「平さん、もういいよ。あとは俺とおやすでやっとくから」

「そうですか。じゃ、そうさせてもらいます」

「では表で待ってますよ」

番頭さんが奥に引っ込むと、平蔵さんは手早く荷物をまとめて裏から出て行った。

平蔵さんの姿が消えると、やすは思わず両手で顔を覆った。

「おちよちゃん……良かった。無事にお産が済んで」

「ああ、本当に良かった」

政さんの言葉には気持ちがこもっていた。惚れ抜いていた女房をお産で亡くした政さんには、無事に赤子が生まれ、母も子も元気でいる、ということがどれだけ素晴らしいことなのか、誰よりもそれがわかるのだ。

「男の子なんですね。可愛いだろうなあ」

「男なら里子の貰い手はいくらでもいるだろう。優しい里親のところに貰われるといいな」

「へえ。……おちよちゃんに、おめでとう、と言ってあげたいです」

「そうだな。けど、よしといた方がいいだろうよ」

「……そうですね」

「おちよはおまえさんに逢いたがるだろうが……あとで余計に辛くなる。赤子を里子に出したら、土肥に帰る前にここに挨拶に来ることになっているから、その時に逢えるさ」

やすはうなずいた。黙って鍋を磨いていたとめ吉が、何かを感じたのかやすの手を掴(つか)む。やすはその手を、ぎゅっと握り返した。とめ吉は口の堅い子だ。それに、おちよとは誰なのかも知らない。とめ吉の口から秘密が漏れることはないだろう。

「とめちゃん、お皿洗いに行こうか」

とめ吉がうなずく。やすは笊に皿や飯茶碗(めしぢゃわん)を載せた。

また桜の香り。

散りかけの桜ほど香るのかもしれない。

桜が咲き、桜が散る。瞬く間に夏が来る。

「境橋(さかいばし)のたもとの桜が散って、川面に浮かぶ花びらがきれいでしょうね」

やすは言った。

「春が終わる前にもう一度、桜餅、作ろうね」

「へい」

寡黙なとめ吉だが、食べることは大好きだ。やすは微笑んだ。

九　菊野さんの決心

江戸から戻って、やすは毎日忙しく働いていた。

旅をするにはいい季節になり、東海道を行き来する人の数も増している。建物が新しくなった紅屋は大繁盛を続けていて、八つ時にゆっくり腰をおろしている暇もなくなりそうなほどめまぐるしい毎日だったので、日本橋には月が変わっても行けずにいた。お小夜さまからはしびれを切らして文が届いたが、大きくなったお腹を抱えて怒った顔をしているご自分の姿が絵に描かれていて、やすは思わず笑ってしまった。お小夜さまはきっと、良い母上さまになれるに違いない。頼りないところは多々あれど、いつも前向きで明るくて甘え上手な人だから、きっと、お子さまとも仲の良い、楽しい母子でいられるだろう。

そんな文の中に、やすの胸に小さな痛み、うずきを与えた一文があった。

ところで、絵師の河鍋狂斎先生がご結婚なされたとのこと。お相手は御高名な絵師の御息女だとのこと。

なべ先生が嫁を迎えられるという話は聞いていたけれど、やはり名の知られた絵師さまの娘さんであった、ということが、やすには少し重かった。

それがなべ先生にとっては一番良いことで、おめでたいことなのだとわかってはいても。

やはり人は、定められた道から外れずに生きていくことが大切なのだ、と思う。夢を抱くのはよしとしても、決して叶わぬ夢に振り回されるべきではないのだ、と。けれどそう考えるとなぜかやすは、とても悲しくなる。悔しさのような思いも感じてしまう。

八王子でややこを産んだちよは、暦が皐月にかわった頃に紅屋に挨拶に来た。話したいことはたくさんあったけれど、やすはほとんど言葉を交わさず、ただ涙をこらえていた。ちよがややこを産んだことは、紅屋でもごく数名しか知らない秘密だった。体を壊して養生していたが、長旅ができるくらいに回復したので実家に戻る、それが表向きの理由だったのだ。ちよと言葉を交わしてしまうと、余計なことを口走ってしまいそうで、やすは黙っているしかなかった。けれど、文を出すね、必ずね、と指切りをして約束した。

ちよは涙を頬にいく筋も光らせながらも、笑顔を作ってみんなに手を振った。

遠ざかっていくちよの背中には、これから先、ちよが死ぬまで背負い続けるものの大きさが感じられて、やすはまた少し泣いた。

「仕事はあんまりできる方じゃなかったけど、面白い子だったよね」

女中たちが言っている。

「跳ねっ返りのとこがあるかと思えば、無邪気でさ」

「実家に戻っても、意地の悪い継母が威張ってるって話じゃないか。大丈夫なのかねえ。品川にいた方が良かったんじゃないかしら」

「ま、それでもあの子は、そこそこの旅籠のあととり娘なんだから、あたしらとは違うのさ。継母が威張ってるったって、いずれはあの子が婿を取っておかみさんになるんだから。もう十八だか十九だろ、田舎に帰ったらすぐに婿取りだよ。そしたら継母なんか追い出しちまえばいいのさ」

やすは女中たちの噂話を聞き流しながら、どんな未来が待っているにしても、ちよが幸せになってほしい、と願った。

とめ吉は元気に働いていた。とめ吉に悪さをした下手人はまだ御用にはなっていない。けれど番頭さんの話では、おおよそ下手人の目星はついているらしい。もちろんその男はもう品川にはいないが、金で雇われた男だということだった。雇った者が誰で目的は何だったのかについては、番頭さんもよく知らないと言う。が、やすは、番頭さんはすでに知っているのだろうと思っている。知っているけれど、迂闊に口に出せない事情があるのだ。

やすとしては、二度とあんなことが起きさえしなければそれで良かった。下手人が捕まればとめ吉もお白州に呼ばれて、面通しをさせられるかもしれない。せっかく以前のように元気に働いているとめ吉に、余計なことを思い出させるのはしのびない。けれど、平気な顔をしていても、とめ吉があの夜のことを忘れるはずもなかった。どんなに辛くても、下手人が捕まればとめ吉も心から安心できるのだ。

とめ吉は、物覚えが速いというわけではないが、一度覚えたことは間違えずにちゃんとできる子だった。農家の子として生まれて、幼い時から親の手伝いをして働いていた子なので、骨惜しみもしない。そんなとめ吉は男衆にも可愛がられ、風呂焚きの手伝いなどもさせてもらっていた。

「あの子は、末長く働いてくれそうだね」

番頭さんも目を細める。

「ああした子は、はしっこさはないが周囲から信頼されるようになる。いつかは紅屋の番頭にだってなれるかもしれません。おやす、どうなんだい、とめ吉は料理人になりたいのかね。あの子の親は、料理の腕があれば生涯食べていかれるだろうから、なんとか料理人にしてやってほしいと言っていたが」

どうなんだろう、とやすは考えてみた。教えたことは確実に覚えるし、言いつけたことは時間がかかってもやり遂げる。下働きの小僧さんとしては、とめ吉の働きは申し分がない。が、特に料理に興味があるのか、料理人になりたいと思っているのかは、やすにもよくわからなかった。

確かにとめ吉の親御さんが言うとおり、料理人になれば生涯生活には困らないだろう。品川も江戸も、今や居酒屋や一膳飯屋などは増えに増え、献立番付なども盛んだ。寿司に天ぷら、串焼きと、屋台の料理屋もどんどん増えている。どこぞの番頭になれるのならそれが何よりだろうが、奉公を続けても番頭にまでなれる人はごく僅か。料理人ならば、独り立ちしても大丈夫だろうと周囲が認めるくらいに腕を上げれば、奉公人をやめても生きていくことができる。節約して金を貯めれば、小さな店くらいは自力で持てる。

だが、本人にその気があるのかどうか。とめ吉は素直な子なので、親が望む道ならばと料理人になろうとするかもしれない。けれど、料理が好きでもなく興味もなければ、良い料理人になることは決してできない。もし本人がそれほど料理に興味がないのであれば、男衆の仕事を覚えて奉公人として一人前になることに重きを置いた方がいいのかもしれない。勘平(かんぺい)のことがあって、やすは、人にはそれぞれ、おのれに合った生き方というものがある、ということを学んだ。とめ吉にもとめ吉に合った生き方はあるはずだ。

政(まさ)さんに相談してみようか。でも。

やすの心が少し重くなった。政さんは、以前と同じに淡々と日々の仕事をこなし、素晴らしい料理を作り続けているのだが、やすにはなぜか、日に日に政さんが遠のいていくような感覚があった。決して冷たくなったとかいうことではない、むしろ、以前よりも優しい眼差(まなざ)しで自分を見ていると感じることは多い。けれどなぜなのか、政さんの横で料理をしているのに寂しいと感じることがある。それもたびたび。

やすや平蔵(へいぞう)さんに料理の肝心なところを任せてくれる、というのもあるかもしれない。すべての料理の基本となる出汁(だし)の味まで、この頃は平蔵さんに決めさせている。それだけ平蔵さんの舌と腕を信頼しているのだ、ということはわかる。でもたまに、まるで自分がここからいなくなっても大丈夫なように、と政さんが考えているような気がするのだ。

そして遂(つい)に、政さんは、肌身離さず持ち歩いている柳刃を、やすに握らせた。柳刃は刺身をひく時に使う包丁で、とても繊細な刃物だった。いつかは握らせてもらいたいと憧れていた。それをとうとう手渡されて、本当なら嬉しさで飛び跳ねていてもおかしくなかった。けれどやすは、なぜか泣きたくなっていた。

「どうしたい、べそなんかかいて」

政さんは笑った。

「おまえさんもそろそろ、刺身をひいてみてもいいだろう。菜切りと出刃はたいがい使えるようになったからな。平さんみたいに、自分の柳刃を誂えるのもいい。柳刃は板前の命みてえなもんだからな、いつかは名を入れて、自分だけのものを持つといい」

「そんな……まだ早いです」

「早かねえよ。おやすくらい包丁が使える料理人なら、どこの板場に行ったって刺身をひかせてもらえる。まあいきなり客に出すもんは無理だろうが、賄い用の魚をひかせてやるから、やってみな」

「あの」

やすは、政さんがいない隙に平蔵さんに話しかけた。

「今日、柳刃を握らせてもらいました」

「そうか、そいつは良かったな」

「まだ早いですと言ったんですけど」

「政さんがいいと言うなら早いってことはない。おやすなら大丈夫だ、柳刃もすぐに使えるようになる」

「でも……わたし、この頃……ちょっと怖くて」

「怖い？　何がだい」

「……政さん、なんだか自分が紅屋からいなくなってもいいようにって、考えている気がしませんか？」

「……いなくなるって、政さんがここをやめてよそに行っちまうってことかい？　まさか、そんなことはあり得ない。政さんはここの大旦那に救われたこと、生涯恩にきるつもりだっていつも言ってるじゃないか。なのに紅屋をやめるなんてこと、するはずがないよ」

「へえ、わたしもそう信じています。でも……」

「あんたに柳刃を持たせたのは、あんたの腕がそれにふさわしいだけ上がったって認めたからだよ。それ以上の意味なんかないと思うよ」

平蔵さんに言われて、やすは少し気持ちが落ち着いた。そうだ、政さんが紅屋をやめるなんてこと、そんなことはあるはずがない。

「おやすちゃん」

外で薪割りをしていたとめ吉が、鉈をぶら下げたままで顔だけ勝手口から中に入れて言った。

「あの、おやすちゃんに会いたいってお人が、外に来てますけど」

「え？　どちらさま？」

「へえ、どこぞの刀自様のようです」

「とじさま？」

やすは勝手口から裏庭に出てみた。井戸の前に、見事な白髪頭をひっ詰め、品のいい紬を着た老女が立っていた。

「き、菊野さん！」

やすは思わず駆け寄り、菊野さんの手を握りしめた。

「菊野さん、菊野さん！」

「あらまあ、まあ。そんなにはしゃいだりなさって」

「だって、菊野さん、お会いするのお久しぶりなんですもの！　品川にいらしていただけたんですね！　おあつさまが嫁がれて、お里に戻られたと聞いてますけど」

「ええ、里におりました。ですがちょっと、遠い親戚（しんせき）の家に行かなくてはならない用ができましてね、これから遠州（えんしゅう）の方に参ります」

「遠州……長旅ですね」

「ええ、この歳（とし）では不安なのですが、一緒に行ってくれる若者がいるものですから。この品川宿で落ち合う約束です」

「では今夜のお泊りは品川ですか？　それなら、ぜひ、ぜひ紅屋に」

「そうしたいのですけど、暗くなる前に神奈川（かながわ）宿までは行っておこうと思うんですよ。年寄りはそれでなくても若い人のようには歩けませんからね、少しでも先に行かないと、日ばかりかかって路銀が足りなくなりますからね」

　やすはがっかりした。ひと晩紅屋に泊まってくれるのなら、菊野さんと話したいことがたくさんあるのに。

「忙しいのにお邪魔してごめんなさいね。でもせっかく品川を通るのだから、おやすさんのお顔をちらっとでも見ておきたくて」

「夕餉（ゆうげ）の支度まで少し間があります。その、旅の同伴をしてくださる方とは、どこで何時に？」

「境橋のところで午四つ頃にと」

午の刻の鐘はさっき鳴ったばかりだった。四つ時まではまだ少しだけ間がある。

「境橋までご一緒します」

やすが言うと、菊野さんはにこりとした。

菊野さんは、薩摩からやって来たおあつさまにいつも影のように寄り添っていた人だった。けれど菊野さん自身は薩摩の人ではなく、確か、下総の方の出で、江戸で暮らしている人だった。もともと薩摩藩の江戸屋敷で働いていたらしい。

おあつさまは、大地震で嫁入りが遅れ、江戸暮らしをしながら毎日あちらこちらと歩いていらした。嫁ぎ先は大層格式の高いお武家様だとかで、嫁いでしまったらもう、好き勝手に外を歩くこともできなくなるらしい。おあつさまは、好きなように外を歩くことができなくなる前に、いろいろなものを見たいと思っていらしたのだ。菊野さんはそんなおあつさまの我儘に付き合いながら、いつもおあつさまを優しく守っていらした。そしておあつさまがとうとう嫁がれた時に、薩摩藩江戸屋敷をさがって里に帰ったと聞いている。

「おやすさん、お元気そうで。少しお会いしない間に、随分とその……娘さんらしくなられましたね。あの、ご縁談などは」

「へえ、お世話してくださるというお話はいただくのですが、わたしはできればこのまま、お勝手女中として働いていたいと考えています」

「そうですか。まあ世間はいろいろお節介をすることでしょうが、そうした人生も悪くはありませんよ。このわたしも、そうやって生きて参りましたから。薩摩藩の奥女中になったのは四十路余りの頃で、その前は故郷の藩の、ご老中様のお屋敷で働いていたのですが」

「下総の方だと以前にお聞きしたような」

「元は水戸におりました。父は水戸藩の木戸番で、武士ではございません。ですが藩の方々と繋がりがあり、十二の時にご老中様のお屋敷に奉公に出ました。そこで可愛がっていただいて、女中なのに読み書きから礼儀作法、薙刀のお稽古までさせていただいて。武家屋敷の女中であれば、それなりの素養を身につけなければならない、ということだったのでしょう。私は一所懸命に学び、勤め、ご老中様のお家にふさわしい女中になろうといたしました。そうしているうちに縁談があっても気乗りがせず、いつの間にか三十路を過ぎ四十路になり。毎日の仕事はそれなりに充実していたのですが、やはり人というものは時折、新しい何かをしてみたい、見てみたいと、麻疹(はしか)にかかったように思い詰めることがあるのですよね。おそらくはそれが、飽きる、ということなんでしょう。私も日々に飽きていたのだと思います。その頃には実家の親も亡くなって、私の兄は一家を連れて下総に移っておりましたから、水戸に係累もなく。そんな時に、江戸で武家屋敷に女中を世話している口入屋からの話が届いたのです。どちらの藩にお世話になるのかろくに知りもせずに承知して、江戸に参りました。十年ほど前のことです。薩摩だなんて、まあなんと遠いところの方々なのだろうと、珍しさもあってしばらくは楽しく勤めておりました。そして数年前に、わざわざ藩のお偉い方が私を呼びつけておっしゃったのです。お国から姫君が参られることになったので、その準備を任せる、と」

姫君。

やすは、えっ、と思ったが顔には出さなかった。確かにおあつさまのことを菊野さんは「姫さま」と呼んでいた。けれどそれは、身分の高い武家のお嬢さまに対する呼び方なのだろうと気にしていなかった。武家でなくても、大店(おおだな)のお嬢さまのことを「お姫(ひい)さま」と呼ぶことはあるし、と。

だが、藩の偉い方が「姫君」と呼んだとすれば、それは……

菊野さんは、やすの顔つきの変化に気づいたのか、急に笑顔になった。

「初めてお会いした時、おあつさまは、確かにお姫様のようでした。愛らしくて無邪気で、苦労など何も知らないふうで。けれどお世話をさせていただくうちに、あの方が実はとても聡明(そうめい)で、意志が強く、勇気のある方だと知りました。短い間でしたけれど、あの方のお世話ができて幸せな日々でございました」

「おあつさまもお元気でいらっしゃるのでしょうか」

「ええ、お元気のようですよ。と言っても、今は好きに出歩くどころか、文も出せないようで、私のところに届くのは、人づての人づて、でしかありませんが」

「やはり、嫁がれた先のお家は、いろいろと厳しいところなのですね」

やすの言葉に、菊野さんは大きくひとつ、ため息をついた。

「……仕方のないことです。あの方も、ご覚悟はされておいででした。それがあったから、地震でご婚礼が延びたほんの僅かの間、あんな風に気ままに歩き回り、市井の風を胸に吸い込んでいらしたのです。そして私も、薩摩藩の方々も、そんなあの方の、生涯で最後かもしれない我儘を受け止め、表には決して出ないようにお守りしながら、あの方のお好きなようにしていただいておりました。今となってはそれもこれも、私にとっては宝物のような思い出でございます」

「お相手の方がお優しい方だとよろしいですね」

「それなんですが」

菊野さんは、ふわりとした笑顔になった。

「意外なことに、ご夫婦仲はとてもおよろしいのだそうですよ。実はお相手の方というのが、その……少々風変わりなところがあるとお噂の方でございました。それに前の奥方様をご病気で亡くされているということで、お悲しみもまだ癒(い)えておられないかもしれません。おあつさまをお大切にしてくださるかどうか、それが私の一番の心配でございました。それがどうも、お相手の方が、おあつさまを大変お気に召したとのこと。おあつさまも、お相手の方がお噂とは異なりとてもお優しくて、思いやりが深く、また、思慮深い立派な方であることに感激していると伝わって参りました。お二人はとても仲睦(なかむつ)まじくいらっしゃって、周囲の心配はみんなけし飛んでしまったとのこと。それを知って私は……」

菊野さんは、目頭を押さえた。

「ほっとしたやら嬉しいやらで。たとえ外に出ることや文を出すことが厳しく禁じられているとしても、ご夫婦仲がおよろしいのであれば、おあつさまはきっとお幸せなのだと思います。あとはただ、後継ぎ様が一日も早くご誕生あそばされることだけを願っております」

「その方には後継ぎさまがおられないのですか」

「ええ、残念なことなのですが、前の奥方様お二人との間にお子様はおいでにならないのです。それもあって、三度目のご婚姻を結ばれたわけですが。ご側室様はおいでになるそうですが、そちらもまだお子は授かっておられないとか」

どれほどの名家なのかはわからないが、武家にとって後継ぎがいないというのは大変なことだった。子供がいないならないで、養子を迎えて家督を継がせなければお家が断絶してしまう。三度目の婚姻に踏み切ったということは、是が非でも血の繋がった後継ぎが必要だということだろう。町人の場合と違い、武家の養子縁組には様々な制約があり、直系の後継ぎがいない場合には家督争いも絶えないと聞いたことがある。

おあつさまは無事に後継ぎさまをお産みになれるのだろうか。それまでの二人の奥方さまにも、ご側室様にもお子がなかったということだから、おあつさまにかかる周囲の期待はさぞかし大きいことだろう。

おあつさまは強い方だ。そして勇気もある。早く後継ぎさまを、と周囲に急かされても、それでお心を病んだりはなさらないと信じたい。けれど、ふるさとからも親しい人たちからも切り離され、しきたり厳しい家でお暮らしになっているだけでも、ど

菊野さんは、秘密を打ち明ける顔になって囁(ささや)くように言った。

「私……お団子屋さんをやろうかと思っているのです」

えっ？

あまりに意外な言葉に、やすはただ瞬(まばた)きしていた。

ふふふ、と菊野さんが笑う。

「私がお団子屋などと、何を言っているのだと思うでしょう？　でも本気なんですよ。遠州まで行くのも、その為なのです。遠州掛川(かけがわ)に親戚の者がいるのですが、日坂(にっさか)宿のはずれで茶屋を営んでおりましてね、どうも腰を悪くしてその茶屋を続けることが難しいようなのです。息子が一人いるのですが、浜松(はままつ)の大店に奉公に出て、そこで番頭にまで出世しているとかで、到底茶屋を継ぐ気はないのだと。文のやり取りをしますうちに、ふと、その茶屋でお団子を売って暮らすのも悪くはないと思うようになりました。憶(おぼ)えておりますでしょうか、おあつさまが、おくまさんのお団子をとても気に入って、作り方を習っておられたこと」

「へえ、憶えております」

「おあつさまはお屋敷に戻られてから、何度も何度もお団子を作って振舞ってくださいました。最初はあまり美味(おい)しくなかったのですが、呑(の)み込みの早い方なので、次第に腕を上げられて。そのうちに私も一緒に作るようになりまして、自分で言うのもはしたないのですが、どなたに食べていただいても、美味しいと言っていただけるくらいの腕前になってしまいました。お団子を作るたびにおあつさまの楽しそうなお顔を思い出して、懐かしくて懐かしくて。私も、もう五十をはるかに超え、命も残りがそう多くはないかもしれません。やがて足腰も弱り、働くこともできなくなりますでしょう。そうなる前に、日坂の茶屋で毎日お団子を作り、それを旅の人に食べていただくことで、おあつさまとの楽しかった日々のことを思い出しながら暮らしたい。一度そんなことを夢見てしまうと、もういてもたってもいられなくなりました。薩摩様からはお屋敷をさがる時に過分なお心遣いをいただきましたし、女ひとり江戸で暮らしていても、行儀作法を教えたり手習い所の手伝いをしたりと、まあ食べて行くだけであればなんとかなります。若い頃から贅沢はいたしませんでしたから、貯えもございます。けれど、そうした毎日が楽しいかと言われれば、楽しくはありません。つまらなくもない、不満もないのですが、楽しくないということが辛く感じるようになってしまいました。遠州は気候も良く、冬でも暖かで晴れる日が多く、魚も美味しいのだそうです。日坂は人の往来も多くて活気のある宿場だそうです。旅の人と言葉を交わし、お団子を作り、お茶をいれ、銭をいただく。お気をつけてと頭を下げる。きっと、今の暮らしよりもずっと楽しいのではないか、そう思うようになりました」

境橋に着いた。

やすは、菊野さんの頬が若々しく赤味を帯びていることに気づいた。茶屋でお団子を売る日々について語ったことで、菊野さんの身体に若い血が巡ったように思えた。

「これから落ち合う若者は、薩摩藩の江戸屋敷に出入りしていた浜松の商人の息子なのです。たまたま浜松の実家に帰る用ができたとかで、日坂までおくってくれることになりました。道々、街道の茶屋がどんな商いをしているのか、若者にお団子やお餅をご馳走してやりながら見てみようと思っております」

菊野さんはもう、新しいことに夢中になっていた。武家屋敷の奥女中として、質素に厳格に生真面目に過ごして来た日々のことは、菊野さんにとって「昔」になりつつある。

なんだか、とても羨ましい、とやすは思った。自分が菊野さんの歳になった時、それまでの習い、それまで積み上げて来たものを全部捨てて、新しい日々に飛び込めるだろうか。

菊野さんは、おあつさまと出逢い、そのおあつさまがおくまさんのお団子と出逢った。そして今、菊野さんは、おくまさんのお団子で生きて行く決心をしている。

待ち合わせをしているという若者が旅姿で現れた。やすは菊野さんにお別れを言った。紅屋宛にきっと文を出しますから、と菊野さんは微笑んだ。

二人が去って行く後ろ姿を見送ってから、やすは紅屋に戻った。夕餉の支度を始めて忙しく働きながらも、やすは菊野さんの団子屋のことを考え続けていた。

おくまさんのお団子は美味しい。おあつさまがその美味しさに感激して自分も作ってみたいと思われたのは、突飛なことのようでいて、おあつさまにとってはごく自然なことだったのかもしれない。おあつさまという方はそうした人なのだ。自分の心の動きに素直で、思いついたことをすぐに試してみる行動力もある。けれど菊野さんがあのお団子で店を持つとなると、少し心配なことがある。おくまさんはあの場所に店を出して、もう十年以上になるだろう。今ではおくまさんの作るお団子の美味しさが広く知れ渡っていて、東海道を行き来する人だけではなく、わざわざ江戸からお団子を買いに来る客もいるようだ。お団子とお茶の商いは小さな商いだが、あれだけ繁盛していれば、おくまさん一人暮らして行くのに何の不安もないだろう。高潮で店がすっかり流されてしまったのに、おくまさん一人の力で瞬く間に新しい店を構えることができたのも、それなりの貯えがあったからだろう。

菊野さんにも貯えはあるようだから、新しい店を持つのにどこかからお金を借りたりはしなくていいのだろう。けれど、譲り受けた店であっても店主が変われば、しばらくの間は儲(もう)けが少ないことも考えなくてはならないはずだ。おくまさんのお団子は美味しいけれど、特にこれといった特徴もない、ごく普通のお団子だった。みたらし餡(あん)と小豆の餡が季節によって変わったりするし、餅に蓬(よもぎ)が入ったりもするけれど、それだって別に珍しいものではない。掛川の日坂宿がどんな宿場なのかは知らないが、賑(にぎ)やかなところだそうだから、茶屋が一軒だけということはないだろう。菊野さんの親戚がやっていた店の他にも、旅人が休んで茶を飲んだり、団子やうどんなどを食べたりできる店は、いくつかあるに違いない。よほど不味(まず)い団子でない限りは、そうした店の団子も売れているはずだ。もちろんおくまさんの団子の味ならば、他の店の団子と比べられても見劣りはしない。が、団子の味だけで旅人が茶屋を選ぶわけではないだろうし、どんなに美味しくても「どこにでもある団子」ならば、すぐに評判になるものかどうか。おくまさんの店のように、十数年も一つところで商いをしているからこそ、贔屓(ひいき)の客がちゃんとついているのである。

菊野さんには、それほど時間がない。店がうまく行くまでに十数年もかかってしまったのでは、菊野さんの体も持たないかもしれない。じきに還暦になるお歳なのだ。

余生を楽しく暮らしたいから日坂宿で団子屋を継ぐのだ。大儲けはできないまでも、店を持って良かった、と思えるくらいの売上げが早くあがるに越したことはない。

何か、菊野さんのお役に立てないかしら。

……つまり、菊野さんの店でなければ食べられないお団子を作れれば……

おくまさんの味に足して、お客が驚いたり感心したりするような何かを……

十　夏の始まり

「今日は暑いなあ」

平蔵さんが、手ぬぐいで汗を拭きながら言った。

「まだ水無月にもなってないのに、雨が上がるとこの暑さだ。桜が咲いてた頃がもう懐かしいよ」

「季節が移ろうのが早く感じられますね」

「紅屋の商売の調子がいいからな。忙しいと時の経つのは早いもんだ。そうそう、さっき風呂焚きの男衆に言われたんだが、とめ吉を台所から風呂焚きの下働きに移せないもんか、って」

ああやっぱり、とやすは思った。とめ吉の働きぶりは、男衆の間でも認められている。歳のわりに体が大きくて力もあり、骨惜しみしないでよく働く。薪割りもすっかり上手になって、今では誰よりも早く薪を割れるようだった。

「それは……番頭さんがお決めになることですから。でもとめちゃんは、台所の仕事だって一所懸命やってくれてます」

「ああ、むろんそうだ。だから俺は、とめ吉は台所でも立派に使いもんになってるんだから、そう簡単にそっちにくれてやれないよ、と言っといた。それにとめ吉は、親の意向で、将来料理人になるつもりなんだからな」

「へえ」

「だけどなぁ、正直なとこ、とめ吉に料理人としての素質がどのくらいあるのかって言われると」

平蔵さんは苦笑いした。

「ま、まだ子供だからな、この先料理の才が芽生えて花開くことが絶対にないかと言えば、そりゃそういうことだってあるかもしれない。ただ今のところ、とめ吉は……どうも、食い物の味に興味があるってふうでもないなぁ」

それは確かにそうだ、とやすも思った。ただそれは、本当に興味がないというよりも、食べ物の味を気にする暮らしをおくって来なかったからだろうとやすは思っている。とめ吉の実家は、百姓としてはそう貧しいわけではないようだが、それでも日々の食事に贅沢（ぜいたく）ができたはずがなく、どんなものでもありがたく食べる、それを親からしっかり植えつけられて育っているのは間違いない。なのでとめ吉は、食べ物の味についてあれこれ考えたり、美味（おい）しいの不味（まず）いのと口にして話すことを、良くないことだと感じているのかもしれない。政（まさ）さんが味見をさせても、とめ吉の感想は毎度毎度、美味しいです、だけなのだ。どう美味しいのか、どこが美味しいのかと重ねて尋ねられても、答えずにただ、美味しいです、を繰り返すだけ。下働きの小僧としてはそれでいいのだし、まだ給金も貰（もら）えない身でありながら、賄いの味にあれこれ文句をつけたりすれば叱責（しっせき）されるだろう。でも、これから料理人の修業をしようという立場だと、それでは困る。何か食べるたびに、その味について考え、美味しいと思うならどこが美味しいのか、どうして美味しいのかと興味を持たなくては、先に進めない。

「もう少し、慣れたら変わると思います」

やすは言った。そう信じたかった。

「とめちゃんは味のわからない子じゃないと思うんです。これまで、味について深く考えて来なかっただけで」

「だろうな。でもな、おやすちゃん、俺なんかにしても他の料理人にしても、まあ料理人になるような奴(やつ)らは子供の時から食いしん坊で、食い物に対して執着も強いもんだ。あんたは紅屋に来る前、相当苦労してたって聞いてるが、そんな苦しい生活の中でも、きっとあんたなら、ちょっとでも美味(うま)いもんを食おうとしてたんじゃないか？」

そう言われて、やすは思い出していた。酒と博打(ばくち)に溺(おぼ)れた父親が金をつかい果たしてしまい、何も食べるものがなくてひもじい思いをしていたこと。それでも、そんなやすと弟を気の毒に思ってくれた長屋のおかみさんたちが、少しずつ食べ物を分けてくれたこと。萎(しお)れた菜っぱを拾いに八百屋の棒手振(ぼてふ)りの後をついて歩いたり、道に落ちていた魚の頭を拾ったり。分けてもらったわずかな米と、大根の皮で大根飯を炊いたこと。萎れた菜っぱは水にひたして元気にしてやってから茹(ゆ)でて刻んで、これも長屋の人がくれた卵に混ぜて焼いてみたこと。魚の頭は海に行って潮に浸してから焼いたっけ。どんな食べ物でも、何か工夫をすれば美味しく食べられる。誰に教わったわけでもないのに、あの頃から自分は、そう信じていた。

そうだ、わたしは食いしん坊だったんだ。やすはそれに気づいた。少しでも美味しく食べたかった。食べさせたかった。食べ物に対する執着が、強かったんだ。

平蔵さんが言う通り、そうした気質はもしかしたら、生まれついてのものなのかもしれない。将来料理人になるような人は、子供の頃から食いしん坊なのだ、多分。

とめ吉はよく食べる。同じ年頃の子供と比べて体が大きいから、食べる量も多い。食べるのはとても早くて、ご飯が好きだ。実家でも米は作っているが、白米を食べたことはなかったらしい。白いご飯は美味しいです、と、いつも山盛りにした白飯を幸せそうに食べている。が、おかずにはあまり箸を出さない。初めは遠慮しているのかと思ったのだが、おかずを食べる暇があれば白飯を口に入れたいらしい。漬物や、少しで白飯がたくさん食べられる味の濃いものを少しだけ食べる。やすはそれも気がかりだった。味に興味がなくてもそれで死ぬことはないだろうが、育ち盛りの子供が魚や野菜をちゃんと食べないのはよくないだろうと思う。

とめちゃんが、もっといろんな料理を口にしてくれるといいんだけど。そうすれば自然と味にも関心が向くだろう。

「とめちゃんは、台所にちゃんと役立ってくれています。風呂焚きの下働きに取られてしまうのは、嫌です」

やすは、はっきりとそう言った。平蔵さんは、ニヤッと笑った。

「おやおや、取られるのは嫌だとは、あんたらしくない言い方だな。それだけあんたは、とめ吉が気に入ってるってことだな。まあ心配しなさんな。何よりとめ吉の親御さんは、とめ吉を料理人にしたくて政さんのところに奉公に出したんだから、風呂焚きの下働きになったと聞いたら、とめ吉をさがらせたいと言い出すかもしれない。政さんだって簡単にとめ吉を諦めたりはしないよ」

やすはうなずいた。感情的な言葉を口にしたことが恥ずかしかった。

「それはそうと、おやすちゃん、あんた政さんと江戸に行っただろう」

「へえ、一緒に日本橋の魚河岸を見物しました」

「ああ、土産の桜鯛、塩釜にしたらお客に大好評だったな。で、あんたたちは宿に泊まったのかい」

「いいえ、わたしは深川のおいとさんのところに泊まりました。昨年、わたしが使っていた部屋をそのままにしておいてくださったんです」

「政さんは？　政さんは宿泊まりかい」

「どうなんでしょう。わたしは知らないんです。ただ、江戸の知り合いのところに行くと言ってたので、その人の家に泊めてもらったのかもしれません」

「その知り合いってのは、どういう知り合いなのか政さんは話したのかい」

やすは首を横に振った。平蔵さんの表情が少し険しくなっているような気がした。

「あの……政さんに何かあったんでしょうか」

「何かって？」

「……心配ごとでもあったのかと」

「どうしてそう思うんだい」

「へえ……何となく、このところ政さんの気持ちが……仕事から離れている時があるようで。いいえ決して、政さんが手を抜いているとかそういうことじゃありません。でも」

平蔵さんは、腕組みしたままうなずいた。

「ああ、わかる。おやすちゃんの言いたいことは、俺にも何となくわかるよ。そうだ、確かに政さんはここのところ、たまにうわの空になっちまってることがある。あの人のことだから、それで味を落とすなんてこともないし、刺身をひくのにしくじったりもしない。だからそっとしておいてやろうとは思うんだが、やっぱり心配になる」

「どこか、体が痛むとか」

「うーん、どうだろうな。まあ少しばかりの痛みなら、あの人のことだから黙って耐えちまうだろうが。ただ、料理に悪い影響が出るとなれば、あの人が自分で何とかするだろう。だから勝手に心配してても仕方ない、ってのはわかってるんだが」

平蔵さんも心配はしていたようで、やすは、自分の勘違いではなさそうだと思った。

政さんには、何か気がかりなことがあるのだ。何か悩んでいるのだろうか。自分や平蔵さんでは力になれないことなのだろうか。

やすは、少し寂しかった。政さんが何か悩んでいるのなら、ただ聞くだけでもそれを聞いてあげたいのに。でも政さんにとっては、自分はまだ、頼りになる存在ではないのだ。

ふと、おしげさんのことが頭に浮かんだ。おしげさんならどうだろう。政さんとおしげさんは、互いに認め合っている。女中頭としてのおしげさんの働きぶり、料理人としての政さんの腕、そのどちらもが紅屋を支える大切な柱だった。おしげさんになら、悩みや気がかりを相談する気になってくれるんじゃないかしら。

そう思いつくと、いてもたってもいられなかった。

その日の八つ時には、水団子を作った。団子を茹でてから水で冷やして、砂糖を混ぜたきな粉をまぶす。みたらしや餡子の団子よりさっぱりしていて、暑い季節に向いている。政さんは番頭さんと碁を打つからと、団子を二人分とお茶を盆に載せて番頭さんの部屋に向かった。政さんは碁も将棋もできるのでよく番頭さんの相手をしているが、二人はただ遊んでいるのではなく、紅屋のことについての打ち合わせも兼ねている。

お八つの集まりにおしげさんの姿が見えなかった。

「おしげさんなら、お医者のとこだよ」

「お医者って、幸安先生のところですか」

「だと思うよ。あの人は幸安先生のとこしか行かないから」

女中の言葉が終わらないうちに、やすは前掛けをはずしていた。とめ吉に団子の皿を手渡し、みんなが食べ終えたらお皿を洗っておいてねと言いつけて外に出た。

幸安先生のところにいるのなら、他の女中に聞かれる心配なく政さんのことを相談できる。

幸安先生の診療所は昨年の高潮で家ごと流されてしまったのだが、家の持ち主がすぐに建て直してまた幸安先生に貸してくれたと、おしげさんから聞いていた。新しい家が建つまでは、幸安先生は色々な家に招かれて寝泊まりし、診察を続けていた。品川に来た当初は患者が少なくて生活もままならなかったようだったが、先生の人柄はすぐに知れ渡って人気のお医者になってしまった。やすも幸安先生が好きだった。飄々としていて飾るところがなく、威張りもしない。誰にでも分け隔てなく接し、一人一人の患者の悩みや痛みを丁寧に汲み取ってくれる。

幸安先生の新しい家に来るのは初めてだった。真新しい家を思い描いていたのだが、実際に前に立ってみると、さほど新しい家という感じがしない。おそらく、壊れた家の材木や庭石などをできるだけ使って、普請代を安く抑えたのだろう。幸安先生に家を貸しているのが誰なのかは知らないが、その人だってきっと、お金が有り余っているわけではないのだ。少ない予算の中で、できるだけ早く家を建て直して、幸安先生に使ってもらいたい、そんな気持ちで建てられた家なのだろう。

戸が開け放たれていたので、やすは中に入った。以前の建物ならば土間の向こうにあがり畳があり、その奥の部屋が先生の診療部屋であった。さらに奥には、薬棚がずらりと並んだ部屋があった。やすは以前に、その部屋で生薬の匂(にお)いを嗅(か)がせてもらったことがあった。新しい家も間取りは以前と同じらしい。診療をする部屋は襖(ふすま)で隔てられているので土間からは見えない。だが話し声が聞こえていた。

「そんなこと言ったたって、あたしゃ仕事が好きなんですよ、先生。仕事を休みたいなんて思ったことはないんです」

「まあそれはわかりますが、おしげさん。でもあんたの体はあちらこちら、とても硬く強張(こわば)ってます。長年の疲れが溜(た)まっている状態です。いつまでも元気で働いていたいなら、このへんでちょっと長く休みを取って、体の疲れをとってやった方がいいと思いますよ」

「奉公人は藪入りしか休まないもんなんです。あたしが休みなんかとっちまったら、他の奉公人にしめしがつきませんからね。ちゃんと毎晩寝てれば大丈夫です。なので先生、いつものように、寝つきのよくなる薬を出してくださいよ」

　やすはあがり畳に腰をおろして、襖が開くのを待っていた。聞き耳をたてるつもりはなかったのだが、二人の声はよく聞こえて来る。以前は、弟のことで気をもんだせいか、おしげさんの食が細って顔色も悪くなっていたのだが、幸安先生のところに通い始めて、すっかり元気になったように見える。でも今の話によれば、おしげさんの体には長年の疲れが溜まっているようだ。それも無理のない話だった。紅屋の料理の味は政さんが担っているが、それ以外のことはほとんど、おしげさんが担っていると言ってもいい。客室の掃除、布団や浴衣の繕い、部屋に生ける花選び、お運びの女中の立ち居振る舞いから口のきき方、給仕の仕方。すべて、おしげさんが女中たちに仕込み、指図している。客室の掛け軸を選ぶのは若旦那さまと番頭さんだが、時にはおしげさんが意見を出してお軸が決まることもある。女中の掃除がきちんとされているかどうかも、おしげさんは部屋に入った途端に見抜くらしい。まるで畳に落ちている塵の一粒ずつが見えているようだ、と聞いたことがある。

　やすは、遠い昔におしげさんに叱られた時のことを今でも時々思い出す。自分では良かれと思ってしたことだったが、おしげさんに叱られて、自分の考えの浅さに気づいた。あのことがあったからこそ、今の自分はあるのだ、と思う。

襖が開いて、おしげさんが現れた。

「おや、おやすじゃないか。どうしたのさ。あんた、どこか悪いの？　熱でもあるのかい？」

「いいえ、わたしはどこも悪いところはありません。あ、幸安先生」

「おやすさん、なんだか久しぶりですね」

「あ、はい。そう言えば、この頃お会いしませんでした」

「今日はどうされました？」

「あの、体はどうもないんです。おしげさんがここにいると聞いたもので」

「なんだい、わざわざあたしに会いに来たのかい？　紅屋で待ってればじきに帰ったのに」

「へえ、その」

やすは口ごもったが、勘のいいおしげさんはすぐに合点してうなずいた。

「まあいいさね。あんたその包みは？」

やすは抱えていた風呂敷（ふろしき）を広げた。お八つに作った水団子を少し、皿に載せて持って来ていた。

「幸安先生に、お団子をと。紅屋の、奉公人のお八つに作ったものなんです」

「お、団子ですか！　それは嬉しい。好物です。おや、きな粉ですね。団子にきな粉をまぶしてある」

「今日は暑いので、さっぱりとしたお団子がいいかと思いまして。紅屋ではこれを水団子と呼んでます」

「ほう、水団子」

「へえ、お団子を茹でてから水でよく冷やして、きな粉と砂糖をまぶして仕上げます。冷たくて、甘さもくどくないですし、後口もさっぱりとしています。夏に向いたお団子です」

「紅屋さんは旅籠なのに、お菓子も上手に作られますね。春にいただいたよもぎ餅は絶品でした」

「旅のお人は長い道を歩いてようやく宿に入りますからね、足を洗って部屋に入って、やれやれ、とその足を投げ出す、その時に、香ばしいお茶と、甘いものが出ると嬉しいもんなんです。甘いものを食べると疲れも取れますからね」

おしげさんが言った。

「かと言って、食べ過ぎたら夕餉が美味しく召し上がれません。ほんのひと口あればいいんです。なので紅屋の菓子は、どちらかと言えば小ぶり。よもぎ餅も二口ほどで食べられる大きさに作るんです。江戸ではなんでも大きいものが人気のようで、菓子もどんどん大きくなっていると聞いたことがありますけどね、旅の人の身になって考えて、夕餉が美味しく召し上がれるように工夫するのが紅屋なんですよ」

「なるほど。それは私も勉強になります」

「さ、おやす。道々話を聞くからね。では先生、ゆっくりお団子を召し上がってくださいね」

「はい、おしげさん。ではこの薬を」

幸安先生は引き出しを開けて、小さな紙に包んだ薬をいくつかおしげさんに手渡した。

「水団子、あたしも食べたかったたねえ。まだ残ってるかしら」

「どうでしょう。多分、みんな食べられてしまっていると思います」

おしげさんは大げさに、がっかりした、という仕草をしたので、やすは思わず笑った。

「まあいいさ。境橋のところの西瓜売りはもう出てるかしら」

「まだ早いと思いますよ、西瓜には」

「こんなに暑いのにねえ。まだ水無月にもならないってのに、お天道様はすっかり夏のつもりだよ」

おしげさんは、手ぬぐいで額の汗を拭いた。

「で、あたしに用ってなんなんだい。何か相談ごとかい？」

「へえ。……政さんのことなんです」

「政さん？」

「この頃、政さんの様子がちょっと」

「何かあったのかい」

「いいえ、何かあったというわけではないんです。でも、仕事中に時々、心がどこかに行ってしまったような感じになって」

「うわの空になっちまうんだね」

「へえ」

「でも仕事をしくじったりはしてないんだろ？　料理に関してお客から苦情が出たって話は聞いてないよ」

「料理の手際も味も、いつも通りだと思います。でも何か悩み事があるんじゃないか、それが気がかりで。わたしや平蔵さんに打ち明けられることじゃないなら、余計な口出ししても仕方ないとはわかっているんですけど……」

「何か心当たりがないか、ってことだね。……心当たり、ってほどでもないけど……おや、冷水だ。水団子を食べ損なったことだし、あれでも飲もうか」

　大通りの向こうに小さな人だかりができていた。ひやっこい、ひやっこい、の冷水売りだ。思いがけず夏のように暑くなって、まだ暑さに慣れない体に冷たい砂糖水はご馳走だ。

「こっちにもおくれ。二杯だよ、二杯」

　おしげさんが銭を手渡す。井戸から汲み上げた冷たい水に砂糖を溶かしたものが冷水。茹でた白玉が二つ、入っている。

「おやす、砂糖を増やすかい」

「あ、いいえ、薄いのでいいです」

　砂糖や白玉を追加することもできるが、今はむしろ、甘みが薄いほうがありがたかった。甘いものは口に残ってまた喉が渇く。

　器はどうやら錫でできているようで、受け取ると指先が痺れるほど冷たく感じた。

器を返さなくてはならないので、みんなその場で立ったまま飲んでいる。

冷たく、うっすらと甘い水は美味しかった。額に浮かんでいた汗が、つーとこめかみから頬に滴り落ちる。噛まずに飲み込めるほど小さな白玉が、また美味しい。

「はー、やっと汗がひいたよ。まったく今からこんなに暑かったら、今年の夏はどうなっちまうんだろうね。この暑さで、千代田のお城の公方様がお具合を悪くなさらないとよろしいけど」

公方さまがご病弱であるという噂は、皆知っている。遠く薩摩から姫君を御台さまにお迎えになられて、お元気になられたという話もあるけれど、未だに御台さまご懐妊の朗報は伝わっていない。

薩摩の姫君。

やすは、おあつさまのことを思い出した。菊野さんが言った、姫君、という言葉。

まさか。やすは一人、笑いを噛み殺した。そんなこと、あるわけないじゃないの。

薩摩藩ほどの大きな藩となれば、お殿さまにはたくさんの姫君がおられるのだろうし、そもそもおあつさまは、お殿さまの娘御ではなかったはず。ご身分の低い武家の娘御であったからこそ、二度も養女となられてから嫁がれたのだ。

「政さんのことだけどね」

再び歩き出すと、おしげさんが言った。

「このことは、まだ紅屋の誰にも話してない。知ってるのはあたしの他には番頭さんくらいだろうね。おやすは口の堅い子だとわかってるから、話すんだ。いいかい？」

「へ、へい」

「政さんの悩みがそれだとわかってるわけでもないからね。関係ないのかもしれない」

「へえ」

「実はね、政さんに、江戸の料理屋から板長にならないかって誘いがあるんだよ」

「江戸の料理屋から……でも、政さんは旅籠の料理人でいることに誇りを持っていると」

「もちろんそうだろう。あの人は今の仕事に誇りも矜持もある。どんなにいい条件で誘われたって、紅屋を捨てたりはしない。ただね……あの人は昔、たくさんの人に迷惑をかけちまった過去がある」

　それは知っている。お産で妻と赤子を亡くし、その悲しみから立ち直れずに酒に溺れ、博打で何もかも失った。花板として活躍していた料理屋にも不義理をしただろうし、博打の借金も相当あったと聞いている。そんな政さんを救って品川に連れて来たのが紅屋の大旦那さまだった。

「でも、そうした過去の迷惑については、大旦那さまが尻拭いなさったのでは」

「借金は大旦那様が肩代わりしたけれど、かけた迷惑ってのはお金ですべて償えるものじゃないだろう？　中でもね、あの人と一緒に働いていた板前の一人が、最後まで政さんを庇ってくれていたようなんだけど、そのせいでその板前さんも店をくびになって苦労したって話なんだよ。だから政さんは、その人には今でも、申し訳ないことをしたと思っているだろうね。その板前さんって人が、別の店で真面目に働いて、後押ししてくれる旦那衆が金を出して江戸に料理屋を持ったらしいんだ」

「それじゃ、その人に誘われて……」

　おしげさんはうなずいた。

「そういうこととみたいだね。あたしも直接政さんから聞いたわけじゃなくて、番頭さんからちょっと聞いただけなんだけどね、政さんは相当悩んでいるってことだった。損得抜きで最後まで自分を庇ってくれた、そんな仲間が、もう一度一緒にやらないかと誘ってくれた。それだけでも政さんにとっては、有り難くて涙が出るような話だよ。そんな恩を受けたら、返さないのは人でなしだ。だけど紅屋のことも裏切ることはできない。何よりあの人は、紅屋のことが好きで、今の仕事が好きでたまらないんだから。それに、あんたがいる。あの人はあんたのことが、本当に可愛いし大事なんだよ。単にできのいい弟子ってだけじゃない、あの人にとっては、あんたは亡くなった子供みたいなもんなんだろう。ちょいと鼻がきくって特技があるだけの、汚い着物を着た、裸足の小さな女の子。あんたが紅屋に連れて来られた時、あたしは思ったんだよ。あれまあ、大旦那様も酔狂なことをなさる、って。こんな山猿みたいな子供、いったい何の役に立つんだろうね、ってさ。だけど政さんは違った。あの人はすぐに、あんたの素質を見抜いたんだ。そしてあんたに料理を教え込むことは、あの人にとって、生きる張り合いになったんだよ。あの人は、あんたが一人で台所を切り盛りできるようになるまでは、あんたのそばにいてやりたいと思ってる。だから悩んでるんだろうね」

おしげさんは、ふう、とため息をついた。

「だけどまだ決心がついてないとは思わなかった。てっきり、江戸に行く話は断ったもんだと思ってたんだけどねえ。もしかしたら、ただ昔の恩義ってだけじゃない、何か事情があるのかもしれない」

紅屋に着いてからも、やすの心は沈んでいた。

政さんが、江戸の料理屋からの誘いを断らずにいる。つまり、江戸に行ってしまうかもしれない。

　魚河岸を見物した前の夜、政さんが一晩を過ごしたのは、おそらくその昔の仲間、一緒に働こうと誘ってくれている人のところだろう。政さんにとっては、恩人でもあり大切な友でもある人なのだ。久しぶりに会って、いろいろな話をしたことだろう。酒を酌み交わし、懐かしい思いで胸を満たしたことだろう。

　政さんがどんなに紅屋のことを大事に思っているとしても、だからと言って、絶対に紅屋から出ることはないとは誰にも言えないのだ。政さんの人生は政さんのもの。

　勝手口から台所に入ると、とめ吉が笑顔を見せた。

「お帰りなさい。おやすちゃん、お医者に行ったと聞いたけど、大丈夫ですか」

「とめちゃん、心配してくれたの？　ごめんね、なんでもないの。おしげさんにちょっとご用があってね、早いほうがいいので幸安先生のところまでお迎えに行って来たの。一緒に帰って来れば、道々お話ができるから」

「おやすちゃん、お腹（なか）が痛いんじゃないんですね？」

「ええ、お腹は大丈夫。でもどうして？」

　とめ吉は、はにかみながら、戸棚を開けて中から皿を取り出した。

「これ、おやすちゃんのぶん。とっときました」

皿の上には、水団子が三つ、載っていた。

やすの胸が、きゅん、となった。とめ吉のことが愛しいと思った。

水団子は作りたてが美味しい。まぶしたきな粉が団子の水を吸ってしまうと、舌触りも色も悪くなる。それでも、とめ吉がやすの為に残しておいてくれた水団子は、他のどんなお菓子よりも美味しそうだ、とやすは思った。

「ありがとう、とめちゃん。二人で食べようか」

「おいらは食べました。これはおやすちゃんの分です」

「そうね、でも、三つもあるんだもの、やすは作っている時に味見したし、さっきおしげさんに冷水をご馳走になっちゃったから、一つで充分。あとの二つ、とめちゃんが食べてくれると嬉しいんだけど」

とめ吉はにっこり笑った。やすはとめ吉と並んであがり畳に腰をおろし、一つの皿から団子を分け合って食べた。

「おいら、団子が好きです」

「そう？　どんなお団子がいちばん好き？　甘辛いみたらし、それとも餡子がまぶしてある方が好き？」

「どっちも好きです。でもおいら、串にささってる方がいいな。串にささってる団子の方が、ささってないのより美味しそうに見えます」

そういうこともあるかもしれない、とやすは思った。同じ粉で作った団子でも、串に刺さっていると美味しく感じられる、それはきっと、とめ吉には、串に刺さった団子を食べてとても美味しかった、という思い出があるからだろう。家で団子を作って食べる時は、わざわざ串に刺したりはしない。串に刺さっている団子は、外で、団子屋で食べるものだ。それは団子屋の出ているようなところに出かけた、という思い出で、おそらく祭りか花見の時のことだろう。田舎の百姓の子であるとめ吉にとっては、祭りにしても花見にしても、めったにない待ち遠しい出来事のはず。江戸や品川に住んでいれば、茶屋の串団子などいつでも食べられる。けれどとめ吉のような田舎の子は、串団子を食べることそのものが、珍しく楽しいことなのだ。

「とめちゃん、お花見で食べたの？　お団子」

「へえ、一度だけ、おとうが円照寺(えんしょうじ)の花祭りに連れてってくれたんです。円照寺は村にある古い寺で、境内(けいだい)に桜の古い木があって、その花が咲く頃に花祭りがあるんです。でも、花祭りは子供の行く祭りじゃないからって、いつもは連れてってくれなくて。でも来年は奉公に出ると決まった去年の春、おとうが連れてってくれました。そこの屋台で花見団子売ってて、おとうが買ってくれました」

「美味しかった？」

「へえ！」

とめ吉は勢いよく言った。

「あんな美味しい団子、食べたことなかったです。おっかあも月見の時なんかに団子は作ったけど、ただ白いばっかりの団子だった。けど花見団子は、色がついてて！　白いのだけじゃなくて、緑とか赤とか、色がついてたんです。あんなの初めて食べたなあ。おいら、団子に綺麗な色がついてるなんて見たこともなかった。紅屋に来て、よもぎ餅を作った時にやっとわかりました。よもぎの汁を入れたら白い団子が緑になるんだって。赤いのはどうやって作るんですか」

やすは、どきどきしていた。とめ吉が今、料理に興味を持っている！

「梅酢を入れたり、ちょっと高価だけれど紅花の紅を入れたりするのよ。梅酢を入れると味が変わって少し甘酸っぱくなって面白いけれど、お団子の味にしては野暮ったいから、紅を使うことが多いでしょうね。緑色も、よもぎだけではなく抹茶を使うこともあるの。よもぎにするか抹茶にするかで、お団子の香りも、口に入れた時の風味も変わる。それぞれのお店や職人さんによって、どんな材料を入れるか、どのくらい入れるか違ってくるから、花見団子も店によって味が変わる。そういうの、面白いと思わない?」

「へえ、面白いです」

とめ吉の言葉は本心だ、とやすは思った。とめ吉は、料理の面白さに気づきつつある。

「おいら、もっといろんな色の団子が食べてみたいなあ」

「いろんな色のお団子？ たとえばどんな色？」

「へえ、黄色いのとか、綺麗じゃないかな。あと、黒いのとかあったら、みんなびっくりするかも」

黄色い団子。黒い団子！

できるだろうか。黄色は梔子で色付けする？ いや、もっと身近にあって、色だけではなく味も変わるようなものを入れたい。南瓜、そう、南瓜ならどうだろう。

黒は？ 胡麻を擂って混ぜてみたらいいかもしれない。真っ黒にはならないけれど、黒っぽい団子はできるだろう。いっそ海苔で包んでしまうとか？ 甘いお団子の中に一個だけ、海苔と醤油のお団子が混ざっていたらどうかしら。

「青い団子はあんまり美味しそうに見えないですね」

とめ吉は頭の中で団子に色をつけて楽しんでいる。

「でも紫だったら、美味そうだなあ」

紫。紫はどうやって？　和菓子には紫色のものもある。きっと何か方法があるはずだ。

考え出すと、試してみたくてたまらなくなったが、もう夕餉の支度を始めないとならない刻だった。

「とめちゃん、今度、いろんな色のお団子、作ってみようか」

「え、作れるんですか！」

「うまくいくかどうかわからないけど、やってみよう」

「でも、旅籠の夕餉に団子は出せないです」

「お客様をお部屋にお通しした時に、赤や緑、白だけじゃなくて、黄色や黒、紫色のお団子が出て来たら、きっと喜ばれるわよ。綺麗で珍しくて、それに美味しい。ね、とめちゃん、どんな色のお団子が食べたいか、どんな大きさがいいか、今度絵に描いてみよう」

「おいら、絵なんか描いたことないです」

「やってみたら楽しいわよ」

とめ吉は頬を少し赤く染めて、目を輝かせている。大丈夫、とめ吉は料理人になれる。この子はようやく、料理の面白さに気がついてくれた。食いしん坊じゃなくたって、料理をすることが楽しいと思えれば、その先に道はおのずと延びていく。

同時にやすは、菊野さんのことも考えていた。菊野さんの為にできること、それは、評判が取れるような新しいお団子を工夫して、その作り方を文に書いてあげることだ。同じ宿場に何軒茶屋があろうとも負けない、東海道を行き来する旅人に評判になるような、そんなお団子を作れれば。

菊野さんの、新しい日々への餞になるような、そんなお団子を。

その日からやすは、仕事が終わったあとでとめ吉と二人、団子作りに精を出した。と言っても給金を貯めておいたもので安い粉と砂糖を買って作るので、その粉や砂糖を無駄にはできない。思いつくままに作ってみるわけにはいかないので、どんな色になるか、どんな味になるか、まずは捨て紙の裏に書きつけて、よく吟味する。その上で作れそうだと思ったものを少しだけ作る。慎重に味見をして、何が足りないか、どう工夫すればいいのかまた考える。

とめ吉には新しい工夫を考えるたびにそれを話してあげて、とめ吉の考えも聞くようにした。初めのうちは、やすの思いついたことにただ賛同するだけだったとめ吉も、次第に自分の考えや思いつきを口にするようになった。

たとえ団子作りがうまくいかなかったとしても、とめ吉がこんなに料理に興味を持ってくれただけでいい、とやすは思った。料理をすることの楽しさ、工夫することの面白さを知ってくれたら。

「おや、こんなに遅くまで仕事が残ってるのかい」

ある夜、思いがけずおしげさんがお勝手に現れた。

「おしげさん、まだ帰らなかったんですか」

「ちょっとね、新しくする掛け軸のことで番頭さんに相談を受けてたんだよ」

そう言えば昼間、道具商（どうぐあきない）が顔を見せていた。旅籠の客間に飾る掛け軸や花瓶などは、さほど高価な物は置かないが、安くても季節感が出て、誰の目にも心地の良いものである必要があった。旅籠によってはわざと幽霊の軸などを飾って、怖いもの見たさの客を集めているところもあると聞いたことがあるが、紅屋はそうした商いはしない。

おしげさんは田舎の出で、絵や書画に詳しいわけではないが、見る目が確かだと番頭さんが頼りにしている。

「あんたちょっと、今いいかい」

「へえ、ちょうどしまいにするところでした」

やすはとめ吉に後片付けを任せ、おしげさんと裏庭に出た。いつものように平らな石に腰をおろす。

「おやす、あんた、千吉に会ったって言ってたよね。立ち話したって」

「へえ、でもあれは、だいぶ前のことですよ」

「その時、千吉の様子はどうだった？　元気にしてたってのは聞いたけど、なんか言ってなかったかい？」

「へ、へえ……」

「仕事のこと、悩んでるふうじゃなかったかい？」

やすは、どう話せばいいのだろうと少し戸惑った。確かにあの時の千吉さんは、飾り職人という仕事に悩みを抱えているようには感じられた。だが具体的にどうこう、という話は出ていない。ただ、飾り職人として高価な簪を作ることに意味が見出せない、そんな話だった。

おしげさんはやすの顔色を読んだ。

「ああ、やっぱり、仕事のこと、何か言ってたんだね。……いいんだよ、あんたを責めてるわけじゃないんだ。所詮あの子はもう、あたしのとこを出て行って一人で生きてるんだから、ほっとくしかないしね。千吉ももう大人なんだし」

「あの、千吉さん、どうかしたんですか」

　おしげさんは、ふう、とため息をついた。

「品川を出て行っちまったのさ」

「えっ？」

「義理のある親方には文を残してったようだけど。飾り職人として生きることに自信がなくなったとかなんとか、そんなことが書いてあったらしいよ。親方が昨日、長屋まで来て話してくれた。せっせと貯めていたらしい小判を十五枚、文と一緒に包んで、親方の家の縁側に置いてあったんだってさ。その内五枚は姉にと書いてあったって。親方は、千吉が精進して必死に貯めた金を受け取るわけにはいかないって、十五枚そっくりあたしに渡そうとしたんだけどね、千吉がそうしたいと望んだんだからって、なんとか押し返して受け取ってもらったよ」

「……千吉さん……」

「あの子の簪はこの頃、相当な高値で取引されていたらしいんだよ。だから手間賃も上がってて、それで小判を十五枚なんて貯めることもできたんだろうけど。でも飾り職人が嫌になったんなら、十五両あれば何か小さな商売でも始められただろうし、なんだって品川を出るなんて……」

おしげさんが涙声になったので、やすの胸もずきりと痛んだ。

「そんなにあたしが憎かったのか……」

「それは違います！」

やすは思わず言った。

「千吉さんは、おしげさんには感謝しかないと言ってました。憎いだなんて決して思ってません。でも品川にいると……春太郎さんの噂は嫌でも耳に入ります。通りですれ違うことだってあったかもしれません。そうしたことが……辛かったのかも……」

「あの子はそんなにやわな男じゃないと思ってたんだけどね。だけど千吉は品川以外に行くあてなんかないはずなんだよ。まさか保高に帰ったってことはないだろうけど、一応、文は出しておこうかね。……あたしはね、もしかすると千吉は、江戸に出たのかも、と」

「……お江戸に、ですか」

おしげさんはうなずいた。

「昔からあの子は時々、変なことを口にすることがあったんだ。人の一生なんてものはたかだか六十年かそこら、その間にできることなんかたかが知れてる。だから自分は、本当にやりたいことを一つくらいはやり遂げて死にたい、って。あの子が本当にやりたいことってなんだろう、って考えてね、春太郎さんのことじゃないなら、なんだろうって。あの子は……広い世の中を見てみたいと思ったんじゃないか。飾り職人として品川で暮らしていたのでは見ることのできない、広い世の中」

「それで江戸に」

「ただ広い江戸を見物したいって意味じゃないんだよ。もっと広い世の中のことさ。うまく言えないんだけど……」

「なんとなく、わかります」

やすはあの時の千吉さんを思い出していた。金持ちの娘や芸者にしか用のない高価な簪を作ることよりも、もっと「意味」のあることをしたい、と願っていた千吉さん。

「どっちにしても、あたしには何もできやしない。どこに行ったにしろ、落ち着いたら文でも書いてくれるだろうって、それを待つしかないんだよ」

おしげさんは立ち上がった。

「悪いね、仕事中に」

「いいえ。すみません、お役に立てなくて」

「いいや、あんたに聞いてもらって、だいぶ心が軽くなった。千吉には千吉の考えがあるんだし、あの子は手先が器用だから、どんな仕事だってやれるだろうし。それに、貯めた金を全部置いてったわけじゃないだろうから、まあ当分は金にも困りはしないだろうしね。病にかからず、ちゃんと食べて寝てくれたら、もうそれ以上は望まない。それより、千吉がくれた小判五枚、これで何を買うか、何ができるか、それを考えてちょっとの間楽しむことにするよ」

おしげさんは笑って、先に建物の中へと入ってしまった。

なぜだか、やすは泣きたいような、叫びたいような気持ちになった。けれど泣きもせず叫びもせずに、お勝手に戻ってとめ吉を手伝った。

鮎(あゆ)は、その形の良さと際立つ香りがご馳走だ。

今年の一番鮎は、平蔵さんが焼いた。蓼酢(たです)を添え、皿に塩で川の流れを描く。

夏のとこぶとこぶしを殻からはずし、煮含めてひと口大に切って、また殻に戻す。夏のとこぶしは鮑(あわび)にも負けない味がする。

砂村(すなむら)の胡瓜(きゅうり)は、赤貝とあわせてさっぱりと酢の物に。酢と出汁(だし)と塩、それにひとつまみの砂糖。この砂糖の加減が肝心だ。酢の物はやすが作った。政さんは味見もせず、やすの手元を見ていただけでうなずいてくれた。代わりに平蔵さんが味見をしてくれて、何も言わずににやりと笑った。

やすは嬉しかった。平蔵さんも、この頃はやすのことを料理人仲間として扱ってくれる。

井戸水で冷やした銀まくわを切って、最後に膳の隅の皿に載せる。

「ほい、持ってってくれ」

政さんが言うと、待ち構えていた女中たちが次々と膳を抱えて行く。

何度となく政さんに直に訊いてみたいと思ったが、結局言い出すことは出来なかった。平蔵さんも、何かを察したのかそれともおしげさんから聞いたのか、言葉にしたくてできないでいるもどかしさを顔に出すことがある。でもやすはそんな平蔵さんとさえ、政さんが紅屋を出るかもしれない、という話をする気にはなれないでいる。その話を誰かとしたら、現実になってしまいそうで怖い。

政さんがいない紅屋など考えたくもないし、政さんがいない自分の毎日など、思い描くことさえできない。

だからあれから半月近くが過ぎたけれど、政さんが江戸に行くという話は何も出ていない。

やすは、信じようと思う。政さんがどんな決心をするにしても、それはぜったいに、紅屋を裏切るということではないと。

政さんは今でも時々、うわの空に見えることがある。それでも政さんの包丁は冴えている。味に迷いも曇りもない。政さんの作る料理は、きちんと美味しくて、真心がこもっている。

大切なことはそれだけだ。政さんの作る料理そのものが政さんの心を表していると、やすは信じる。

おしげさんが台所に顔を出した。

「ちょっと政さん、今日のあれ、大評判だったよ」

「あれって、五色団子のことかい」

「そうそう、あのお団子！　部屋にあがったお客にあれを出したらみんな目を丸くしてさ、三色は知ってるけど五色とは驚いた、って。しかも、色が綺麗なだけじゃなく美味しいって」

「あの団子は、やすが思いついて作ったんだ」

「いいえ、思いついたのはとめちゃんです」

やすが言うと、とめ吉は耳まで赤くして下を向いた。

「あらまあ、とめ吉、あんた、さすが紅屋の台所小僧だ」

おしげさんが言って、とめ吉の肩をぽんと叩いた。

「いいお師匠さんが三人もいて、あんたは果報者だよ。精進して、早く一人前の料理人になっとくれ」

「気が早いな、おしげさん」

平蔵さんが笑う。

「まずは一人前の奉公人にならねえとな」

「もうちょっとの辛抱さ。紅屋じゃ、男は十五から給金が出るからね。それよりあの五色団子、明日のお八つに出しとくれよ。女中たちみんな、あれが食べたいって言ってるよ」

「わかったよ。おやす、明日、とめ吉と二人でみんなのお八つ、用意してやってくれ」

「へえ」

やすが答えると、とめ吉も、へえ！と元気よく合わせた。

白、赤、緑。よもぎの季節は終わったので、緑は抹茶。赤は紅。黄色は南瓜。黒は、黒胡麻をびっしりとつけた。どの団子にも仕掛けがある。白い団子の中にはこし餡。緑の団子の中にはつぶ餡。赤い団子の中には、みそ餡。そして黄色の団子の中には、南瓜を甘く煮て濾(こ)した南瓜餡を。黒胡麻を貼(は)り付けた団子の中には、ごま餡がしのばせてある。

　串に刺すのではなく、皿に盛ると決めたのはとめ吉だ。串に刺さった団子は茶屋で食べるもの、旅籠の部屋で食べるなら皿に盛ってある方がいいと、自分から言い出した。自分の思いつきにこだわったりしがみついたりせずに、料理をどんな風に食べるかを考えた。そのことだけとってみても、とめ吉には料理人としての素質があると、やすは思う。

　皿に盛るなら、もうひと工夫。団子の中に餡を入れてみようと思いつき、試してみた。だが団子を五個に餡までとなると、ひと皿食べたらお腹が満たされてしまい、夕餉を食べるのに差し障る。団子を小さくしたら、中に餡を入れるのは難しい。とめ吉と二人で何度も作り直し、団子の粉も工夫した。茹でる前に餡を包みやすいよう、少し柔らかめに練った。案外難しかったのが南瓜餡で、水っぽくなったり、味がぼやけたりと難点が多かった。

　この半月、仕事の後で毎晩とめ吉と二人、台所で過ごした。団子の粉も胡麻も、やすの給金で買った。作り損ねた団子も餡ももったいなくて、夕餉を食べずに二人で食べたこともあった。

ようやく、お客に出せるものに仕上がった。政さんに食べてもらい、今日からお客に出すことになった。

とめ吉の誇らしげな顔。控えめなとめ吉が、おしげさんの言葉に見せた、一瞬の表情。すぐに下を向いて赤くなってしまったけれど、あの時とめ吉は、料理人への梯子段を一段、上ったのだ。

とめ吉が一段目にいるのなら、自分は今、何段目にいるのだろう。

やすは、思わず勝手口から夜空を眺めた。天空に煌めく星々。その星の一つ一つが、一流と呼ばれる料理人なのだとしたら、あとどのくらい上ったら、自分も星に手が届くのだろうか。

いや。

やすは、心の中で自分を戒めた。

星はどこまでも遠くにある。高い高いところにある。手を伸ばせば届くと思うのは、慢心だ。驕りなのだ。

大事なことは、一段一段、しっかりと上り続けること。むやみに手を伸ばすのではなく、足元を見つめることだ。

これからもとめ吉と一緒に、一歩ずつ上って行こう。

境橋のたもとに、今年初めて西瓜売りが姿を見せた。西瓜好きの女中、おはなさんがさっそく駆けつけてみたが、まだ熟しきっていない、種が白いものばかりだったと、がっかりして戻って来た。それでも買わずにいられなかったようで、お勝手口から入って来ると、手にした西瓜のひと切れをこっそりとめ吉に渡してくれた。

「まだあんまり甘くないけどね、とめちゃんの分だけあるから、他の女中に見られないとこでお食べ」

とめ吉は顔を輝かせたが、すぐにやすの顔を見た。

「良かったね、とめちゃん。おはなさんにお礼を言って、井戸のとこで食べてらっしゃい」

「へえ、でもあの」

「大人の分はないいんだよ」

おはなさんが言った。

「たまには子供だけいい思いをしてもいいんだよ」

「そうよ、とめちゃん。やすも子供だった頃には、女中さんたちからこっそり飴玉(あめだま)をもらったりしたものなの。だから遠慮しなくていいからね」

「へえ！」

とめ吉は西瓜を手に走って出て行った。

「いい子だよね、とめちゃん。よく働くし、あんたにもよく懐いてるし」

「いい子です、本当に。よく働くし、嫌な顔というものをしないんです」

「文句が多くて、怠けてばかりいた勘ちゃんとは随分違うもんだねえ。だけど勘ちゃんはあれで、なんか憎めない子だったよね。それにあの子は頭が良かった。颶風の時はお手柄を立てたって噂だけど」

「そうらしいです。元気でいてくれるようでほっとしました。芝が大火事になったと聞いた時には、心配で心配で」

「でもあんたのとこにも文一つよこさないんだろう？」

「元気でいてくれさえすれば、それでいいです」

「とめちゃんは勘ちゃんと違って、長続きしそうだね」

「へえ。そうであってもらいたいんですが」

「あんなことがあったのに、健気な子だよ、本当に。それでさ、あの子に味噌を塗った下手人、まだ見つからないのかねえ」

やすは、髭の男のことを思い出した。あの男のことを誰にも言わずに黙っていたのは、やはり間違っていたのだろうか。そのせいで、下手人がいつまでも捕まらないのだろうか。

「そのことでさ、ちょっと妙な噂が耳に入ったの」

おはなさんは、声をひそめた。

「さっきね、西瓜売りのとこで、湯屋の帰りらしい芸者が二人、西瓜を食べながら喋ってってさ。それがね……うちの若旦那がね……相模屋のお女郎さんといい仲になってるらしいんだけど」

やすは驚いて、思わずお勝手の中を見回した。平蔵さんは仕入れに出かけ、政さんは番頭さんと台所のかかりについて話している最中。他には誰もいない。おはなさんがとめ吉に西瓜を買って来てくれたのは、こういうことか……

「そのお女郎に入れあげてるどこぞの坊がいるんだってさ。大店の息子らしいけど、よくいる馬鹿息子でね、そいつが金で人を雇って紅屋に嫌がらせしたんだろうって。とめちゃんのことは、あの夜に大勢で探し回ったからね、品川中に知られちまってるし。ねえ、おやすちゃんはどう思う？　この噂、番頭さんの耳に入れといた方がいいかしらね」

「……番頭さんなら、外に漏れないようにしてくれると思いますけど……」

「なんだかさ、告げ口みたいで気が重いのよ。聞かなかったことにしてればいいか、なんて思ったんだけど、とめちゃんの仇は早くとってやりたいしねえ。だけど若女将が知らないことだったら、夫婦仲を悪くしちまうかもしれないし。それとさ、相模屋ってのがちょっとひっかかってね。品川遊郭一、二を争う大妓楼だけど、揚羽屋と違って出入りしてんのが二本差しが多いでしょう。ちょっと胡散臭い浪士も出入りしてるって噂があるし」

「やっぱり、番頭さんには、話した方がいいと思います」

「そう思う？　そうだよねえ……ま、番頭さんのことだから、もう知ってる話かもしれないけど。聞いてくれてありがとね、おやすちゃん。番頭さんの手が空いたとこで、ちょっと話しておくことにするね」

おはなさんが奥に戻ったのと入れ違いに、西瓜の皮を手にしたとめ吉が入って来た。

「美味しかった？」

「へえ！　あんまり甘くないっておはなさんが言ってましたけど、甘かったです」

「それは良かった」

「あの、皮を糠漬けにしますか？」

やすは微笑んだ。

「そうね、それっぽっちじゃ、とめちゃんの分しかできないけど」

「おやすちゃんの分にしてください」

とめ吉は西瓜の皮をやすに手渡した。

「赤いとこはおいら、食べちゃいました。でも本当はおやすちゃんの分もとっとけば良かったって、食べ終わってから思いました。だから皮の糠漬けは、おやすちゃんが食べてください」

とめ吉の頭を、やすはそっと撫でた。

優しい子だ。素直で優しくて、働き者で。

この子が楽しくここで働き続けられるようにするのは、私の役目だ。

やすは決心した。あの髭の男のことを政さんと番頭さんに話そう。黙っていろと男に言われたけれど、どんなことでも番頭さんの耳に入れておけば、とめちゃんをひどい目に遭わせた人を捕まえるきっかけになるかもしれない。

強くならなくては。とめちゃんの為に、とめちゃんを守る為に。

その日の夜、やすは政さんと番頭さんに、髭の男に呼び止められた時のことを話した。二人はやすを叱らなかった。

話を聞いている番頭さんの顔には、何か、合点がいった、という表情が浮かんでいた。

「なあ、おやす」

台所に戻ると、政さんが言った。

「おまえさんが、髭の男のことを黙っていたのは仕方ねえことだ。見知らぬ男に黙ってろと脅されたら、女のおまえさんが怖くなるのは無理もねえ。でも勇気を出して話してくれたんだ、そんなに申し訳なさそうな顔をしなくてもいい」

「へえ……でも、自分が情けないんです。とめちゃんの仇をとりたいなら、もっと強くならなくてはと思いました」

「とめ吉に悪さをしたやつのことなら、もう心配しなくていい。もうじき、何もかもわかるだろう」

やすは政さんを見た。政さんは穏やかに微笑んでいた。

「世の中には、いろんな勘違いや行き違いがあるもんだ。今度のことも、そうした行き違いの一つなんだよ。紅屋の誰も悪くない」

「……信じます。紅屋には、嫌がらせをされるほど悪いことをする人なんか、いません」

「そうだな。でもな、おやす。人ってのは、全部の方向に向かって笑っていられるわけじゃない。誰かに向かっては怒ることもある、また別の誰かに向かっては泣いて見せることもある。いろんな顔があるのが当たり前だ。そして他人ってのは、そのうちの一つか二つの顔しか知らずに、その人間をよく知っていると思い込むもんなんだ。紅屋の誰にしたって、いつもいつも、いい顔ばかりしてたら暮らしていけねえよ。たまたま怖い顔をしてる時に出会っちまったら、怖い顔の人だと思い込まれることだってある。言ってる意味、わかるかい?」

やすはうなずいた。

納得したくはない。政さんは、紅屋の誰かが他人に恨まれることはあり得るのだ、と言っている。けれど、それは正しいのだ。人は生きていく上で、いつもいつも笑顔、誰に対してもいい人、でばかりはいられない。

「行き違いはただせばいいんだ。でもそれは、慎重にやらねえと関わった人の気持ちをひどく傷つけることになるかもしれねえ。おまえが悪い、おまえが謝れ、と責め立てたりすれば、責められた方は意固地になって、余計に事がこじれる」

政さんは、ふう、と息を吐いた。

「人ってのは、難しいもんだな。けどな、誰かを信じたいと思う気持ちは大切だ。おやすはその気持ちを大事にしな」

「へえ」

やすは言った。

翌日、日本橋の十草屋さんから飛脚で文が届いた。

清兵衛さまの達者な筆で、無事にややこが生まれたこと、男の子であることが書かれていた。

花火の頃には、ややこをお見せできると思います。ぜひいらしてください。

やすは、嬉しくて嬉しくて、しばらく泣いていた。

この作品は、月刊「ランティエ」二〇二一年十二月号～二〇二二年六月号までの掲載分に加筆・修正したものです。

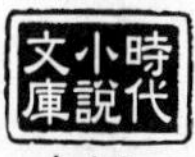

し 4-8

あんの信じるもの お勝手のあん

著者 柴田よしき

2022年6月18日第一刷発行

発行者 角川春樹

発行所 株式会社 角川春樹事務所
〒102-0074 東京都千代田区九段南2-1-30 イタリア文化会館

電話 03(3263)5247[編集] 03(3263)5881[営業]

印刷・製本 中央精版印刷株式会社

フォーマット・デザイン＆シンボルマーク 芦澤泰偉

ISBN978-4-7584-4492-7 C0193

http://www.kadokawaharuki.co.jp/[営業]
fanmail@kadokawaharuki.co.jp[編集] ご意見・ご感想をお寄せください。